鏖戦《おうせん》／凍月《いてづき》

HARDFOUGHT / HEADS

GREG BEAR

グレッグ・ベア

酒井昭伸・小野田和子＝訳

早川書房

鏖戦^{おうせん}／凍月^{いてづき}

鏖戦（おうせん）／凍月（いてづき）

HARDFOUGHT / HEADS
by
Greg Bear

Translated by
Akinobu Sakai / Kazuko Onoda
Published 2023 in Japan by
Hayakawa Publishing, Inc.
This book is published in Japan by
direct arrangement with
Baror International, Inc.
Armonk, New York, U.S.A.

Cover Illustration ／小阪 淳
Cover Design ／岩郷重力＋M.U

目次

鏖《おう》戦《せん》

HARDFOUGHT

酒井昭伸訳

漢王朝の時代、中国の歴史は勅令によって任命された歴史家の手で記録されていた。歴史の記録を許されたのは歴代の太史令《たいしれい》ひとりのみ。その手でしたためられた正史は、厳重に封印された鉄張りの記録庫に保管され、歴代皇帝がいくら試みても、存命中に中を覗けた者はだれもいなかった。太史令たちはみずからの信用を失うよりも死を選んだのである。

その記録庫は皇帝崩御のたびに開封され、そこに記された先帝時代の歴史が公にされた。おそらく新帝の便宜のためであろう。しかし、これらの正史なかりせば、中国の歴史の大半は残らなかったにちがいない。

歴史の糸は、ごくごくきわどいところで生き残ったのである。

人類はそれを〈メドゥーサ〉と呼んだ。ブルー、イエロー、カーマインの三色に輝き、もつれあいながら五十パーセクにもわたって宇宙空間にたなびく、無数のガスのリボン——その中心核の色は、淡い黒斑のちらばった不気味なグリーンだ。中心核の周囲には六つの原始星がめぐり、さらに多重の淡いガス塊がその壮大な磁場の波間に点在している。〈メドゥーサ〉は星々の巨大な子宮であり——

そして領有権未定の領域でもあった。

　ディスプレイや舷窓《げんそう》ごしにその姿を見るとき、〈メドゥーサ〉はプルーフラックスの目に、つねに禍々《まがまが》しい存在として映る。それはまるで、子供たちを守ろうと死にものぐるいになった母親の形相だ。プルーフラックスは母というものを知らないが、仮象《かしょう》のなかでなら見たことがあった。

　五歳ともなれば、巡航艦《混淆《メランジー》》の任務と自分の役割くらいはわかる。すでにプルーフラックスは、艦内時間で四年間、ずっと教練を施されてきた。初陣《ういじん》を迎える日まで、教育は〈没入《ノウ》〉と〈講技《テル》〉の両面からなされる。実技訓練が行なわれるのは闘技室。眠っているあいだも戦闘訓練はつづけられ、夢の中で赤と白に彩られたセネクシの巨大な種子船群《シードシップ》に突入、船に侵入して蔵識嚢《ブルード・マインド》を見つけだす。「バン《ザップ》、バン《ザップ》」と声には出さず、口だけ動かすのは、思念の集中が甘いと講士《テルマン》に判断されないようにするためだ。

　円形の階段教室で中央に位置する講士がプルーフラックスの顔を覗きこんだ。クラスメートたちはじっと講士を見つめ、クモに似た教卓の周囲に意識を凝らして、いまかいまかとひと悶着起こるのを待っている。

「セネクシ一胞族の蔵識嚢《ブルード・マインド》には何体の分枝識胞《ブランチ・マインド》が属する？」講士が質問し、教室内を見まわした。ひとりひとりの顔を覗きこんでから、ふたたび彼女に目を向ける。「プルー？」

「五つ」とプルーフラックスは答えた。

　両腕が痛い。前回の覚醒相でさんざんしごかれたせいだ。妖精態の彼女はすでに身長三メートルに達しているが、細長い手足は充分な肉がついているというにほど遠く、破擢籠手《グラヴ》にフィットするよう手術された指はまだ本調子ではない。

「蔵識嚢にはなにがある？」講士は重ねてたずねた。その無表情な顔は、肩幅と同じくらい長く横に広がって、ハンマーヘッド形の頭部全体を埋めつくしている。講士形態を魅力的と思う女もいなくはないが、けっして多くはないし――プルーフラックスは少数派ではなかった。

「嚢漿《のうしょう》が」

「嚢漿にはなにがある？」

「仮象《かしょう》が」

「具体的には？　すべて仮象とばかりもいいきれまい？」

「情報が。セネクシのデータが」

「それをどうする？」

「破摧《ザップ》する」にっとほほえむ。

「なんのために？」

「嚢漿には同系胞の遺伝記録があるから。嚢漿を破摧《ザップ》すれば、組をなす五識胞《しきほう》もおしまい」

「では、蔵識嚢そのものをも破壊するか？」

「しない」プルーフラックスは言下に否定した。この授業がはじまって以来、このような問いかけをされるのははじめてだ。「最高上位者《オーバー》のために回収する」

講士は回収されたセネクシの蔵識嚢をどうするかはいわなかった。プルーフラックスにとっても、そんなのはどうでもいいことだ。

「よし」と講士。「いつも心ここにあらずの者にしては、上出来の答えだ」

心の散策といってよね、とプルーフラックスは思った。講士はあれこれとことばを弄するけれど、わたしは興味ない。講士が〈講育〉にふけっているあいだ、わたしは心の中を散策し、未来に思いを馳せるのみ。わたしももう五歳、じき六歳になる。けっこうな齢《とし》だ。なかには四歳にならないうちにセネクシを見た者もいる……。

「バン《ザップ》、バン《ザップ》」と、声には出さずに、プルーフラックスはつぶやいた。

いちばん幅のある莢《さや》に乗り、液体安母尼亜《あんもにあ》の薄膜上を滑走しながら、阿頼厨《あらいず》は新しい任務のことを考えていた。人種《にんしゅ》なる種族が〈美杜莎《めどぅーさ》〉と呼ぶものについては、施爾倶支《せねくし》にもそれなりの名称がある。投じた莫大な時間と労力を反映する呼称がある。彼にとってその原始星群は、もうほとんど謎のない場所だった。阿頼厨は同じ蔵識嚢《ぞうしきのう》を戴く同胞四識胞《しきほう》とともに、種子船《しゅうじせん》に乗り組む六胞族中の一胞族を構成し、原始星群のまわりを九十三周もめぐってきたからだ。軌道を一周するのに要する時間は——劫外《こうがい》次元内の無時間期間も含めれば——人種《にんしゅ》の時間にして約百三十年におよぶ。彼らの仕事は気体の触手に分け入り、接近しては、徐々に凝縮する物質の分布を調べ、恒星への王道をたどりゆく原始星周辺に集まった降着円盤の、岩塊の組成を調べることにあった。一周ごとに情報は更新されていき、そのたびにこの原始星群に関する蔵識嚢の評価も変わる。百世代のち、施爾倶支の計画がついに成就するときまで、この作業は連綿とつづけられることだろう。

　施爾倶支の族齢は銀河系と同じほど長い。銀河系がいまだ球状星団だったころから、彼らは早くも宇宙を飛びまわっていた。施爾倶支はけっして俊敏で反応の速い種族ではない。ひとつの偉業を達成するには何千世代もかかる。それも、体構造上の悪条件によるものばかりではない。当時、氦《へりうむ》より重い元素はめずらしく、原初の水素を貪欲にがぶ飲みする恒星のまわりだけにしか存在しなかった。その恒星群は猛々しく、青く燃えさかり、早々と爆発して、まだ形の定まらぬ銀河の渦状肢に対し、炭素、窒素、鋰《りちうむ》、酸素をまきちらした。鉄よりも重たい元素は皆無といってよい時代のこととて、種族IIの主要恒星をめぐる冷たい巨大気体惑星では、生物が進化するうえでそれほど豊富な化合物を利用できなかったのである。

　識胞ゆえに、限定された知覚しか持たないものの、それでも阿頼厨にはわかる。総合的にいって、種子船に敵対する人種《にんしゅ》は、より適応力に富み、活発だ。だが、経験という点では足元にもおよばない。

何十億年にもわたって蓄積された施爾倶支の知識は、しばしば人種の活力と互角の戦いを可能にする。そして阿頼厨の視野は、この新しい任務に驀進することで、日々、広がりつつあった。

闘争初期の世代において、その精神的停滞と文化的硬直ゆえに、施爾倶支は種族I系恒星のもとで進化した種族との接触を避けていた。より若く新しい種類の生命を育《はぐく》む諸惑星の浄化計画も実行には移さなかった。それにはとてつもない労力を要するだけでなく、おそらく無意味であろうと思われたからである。そして、若い種族の宇宙文明が広がりだすや、接触もしないうちから施爾倶支は撤退し、古い星々に要塞を築いて閉じこもった。そうして待機すること三世代……人種の時間では三万年ものあいだ、施爾倶支は赤色矮星をめぐる拠点世界で蔵識嚢を生みだし、育て、きたるべき戦いに備えて力を蓄えつづけたのだった。

施爾倶支の予想どおり、やがて若い種族I系の恒星で発生した種族は、銀河系創成期から存在する老星さえも利用せざるをえないほどに増殖した。そして、豊かな元素の混沌から誕生した生物特有の精力と変異性を発揮して、傍若無人かつ貪欲に宇宙への進出を開始した。いかなる運命のいたずらか、生物学はひとり歩きし、施爾倶支は時代に遅れた存在へと追い落とされてしまったのである。

阿頼厨は上部球体をかかげ、その表面に十字形に並ぶ五つの眼根《げんこん》で外界をさぐった。

種族I系種族の進出当時、阿頼厨の胞族はまだ存在していなかった。にもかかわらず、彼は当時の記憶を、いや、もっとむかしの記憶を保有していた。施爾倶支の歴史は百二十億年にもおよび、その経験の全記録ともなると、さすがに荷が勝ちすぎるが、そのなかから抜粋された要点は、蔵識嚢内にぎっしりと詰めこまれていたからである。

上部球体につづいて、阿頼厨は後莢《こうきょう》を押しだした。

蔵識嚢のおかげで、阿頼厨には過去十万世代の膨大な記憶をたどることができる。しかし、蔵識嚢そのものは、所属する五識胞よりもあとから造られたものだ。まだ幼く、水中に棲む幼生だったころ、各識胞はそれぞれの記録嚢を持っていた。それらにはまだ、完全な記憶のほんの一断片だけが入っていたにすぎない。だが、安母尼亜《あんもにあ》の海をたゆたい、濃く温かい気体の空界をただようちに、直径が三ないし四弓量《きゅうりょう》の球状原形質塊だった識胞は、重層する過去の重みのもとで識格形成をはじめた。ただしそれは、完全な過去ではなかった。ゆえに、自分たちが柔軟性を欠くのはむりもないことだと阿頼厨は思う。大半の識胞にもその程度のことはわかっている。彼のように、自分の種族と種族Ⅰ系種族との歴史比較を許容されていればなおさらだ。しかし、その点についてはいかんともしがたい。それに、施爾倶支はみずからのありように満足している。変化するのはまったくもって耐えがたく、そのくらいなら滅んだほうがいい……もちろん、滅ばずにすむならそれに越したことはないのだが。

　とはいえ、施爾倶支が劣勢に置かれているのは事実だ。この状況を打開する対策として、蔵識嚢は多数の実験に着手していた。阿頼厨の胞族は、種子船《しゅうじせん》の協議叢《そう》から選任され、それらの実験の監督をまかされた特別研究胞族である。そして、その主監に選ばれたのが阿頼厨だった。

　この二周ほど軌道を周回するうちに、彼らは保育器に入った人種の胎児を六体と、待望の記憶庫を入手した。過去三世代か四世代というもの、施爾倶支の戦いの相手はおおむね人種にかぎられている。施爾倶支が種族Ⅱ系種族に君臨しているように、人種もまた種族Ⅰ系の支配的位置にあったのだ。

　人種の胎児に対する実験はすでに実行されていた。一部の者は正常に育つことを許されているが、阿頼厨には不明の理由で、一部の成育は干渉を受けている。その干渉はあまりうまくいっていない。

　今後の実験は異なる方向へなされるはずだった。これ以降、種子船の行動は、阿頼厨の研究成果に左右される。ほどなく彼は人種に関する最高権威と認められるだろう。たいていの識胞は、そうした重荷を背負うと分裂してしまう。しかし、阿頼厨だけはちがった。人形《にんぎょう》はきわめて不気味なものだが、阿頼厨はそれに興味を持っている。もしかすると人形こそは、施爾倶支の存続に必要な鍵になるかもしれない……。

妖精態のプルーフラックスは、苦行を通じて日々鍛えられていた。覚醒相のあいだ、ずっと苦痛に苛《さいな》まれて横たわったまま、彼女は懸命に目を閉じまいとした。精神が変容しつつあるせいだろうか、眠ればそのまま死につながるのではないかとの恐怖がつきまとう。彼女の悪夢はそう簡単に現実から切り離されるしろものではない。じっさい、悪夢には現実よりずっと鮮明なところがある。

眠りの中でふと気がつくと、よくセネクシの罠にかかっている。いくらもがいてもどうにもならず、深みへ深みへと引きずりこまれていくばかり。その圧倒的なパワーの前には彼女の憎悪とて通用せず……。

やがて苦行がおわり、頑固な講士《テルマン》から休養の許可が出た。プルーフラックスはこわばったからだを動かし、《メランジー》の緑道に赴いて、低重力帯を歩きだした。手がかゆい。過去数期の覚醒相でたまった疲労により、心はほぼからっぽの状態だ。しかし、これほど冷静で頭がはっきりしたこともなかった。前にも増してセネクシが憎くなっている。ただでさえ獰悪《もうあく》な相手であるのに加え、上位者《オーバー》たちによって彼らと戦う能力をつけさせられたことにより、憎しみが倍増したらしい。いや、理屈は関係ない。プルーフラックスは冷静さを保ち、確信を持った。覚醒相を経るごとに、自分は成熟していく。講士はそれを戦闘芽のほころびと呼んだ。憎悪が花開き、わが教えという陽光で光合成して、醇乎《じゅんこ》たる戦意が生まれ出ようとしているのだと。

緑道が部分的に盛りあがり、艦体を包む迷宮シールドと装甲が目に入った。透明プラスティックとスティールの織りなすジオデシック構造が、あたかも庭園の上にレース飾りをかぶせたかのようだ。緑道ぞいの植栽に必要な外光が透過可能なのは、この構造のおかげだった。

艦内では移動機械の使用がいっさい禁じられている。ゆえに歩くしかない。もっとも、歩くことは贅沢《ぜいたく》であり、特権だった。

プルーフラックスは緑道の両脇に並ぶ緑の植栽を見おろした。どう評価していいかわからなかった。美しい——そういう者がいる。じっさいにそう思う者もいる。だが、それはどういう意味なのだろう。快感? 快感がどういうことかもよくわからない。快感といえそうなものを感じるのは、せいぜいが破摧《ザップ》のことを考えるときくらいのものだ。花の香りを嗅ぎ、説明書きを読む。〝核融合のはじまっていない若い恒星の光でのみ咲く花〟、とあった。艦はいま、そのような恒星のそばにおり、緑道には冷光ブラックと電子グリーンの花々が咲き乱れている。照明が灯されているのは、このような薄闇に適応していない植物のためだ。特殊な技術により、太陽はある特定の角度から特定のプラスティック・パネルを通したときだけ見えるようになっている。技士とはなんとすごい存在なのだろう。

外見についていえば、プルーフラックスは講士よりも技士のほうが好きだったが、これは一般的な傾向だった。講士が知識容量を必要とするのに対し、技士は頭の柔軟性を必要とする。技士は強力であり、強力な機械を操作する者たちだ。冒険仮象《かしょう》でよく主人公になるのもうなずける話だった。この緑道にいま、いずれかの技士といられたらよかったのに。苦行のおかげで、彼女は男性を受容できる状態になっているが——鏡を見れば、目に独特の光が宿っているのでそれとわかる——受胎のための逢瀬《おうせ》は望むべくもない。そもそも、妖精態のいまの段階においては、まったく妊娠不可能なのである。とはいえ、それ以外の目的で男性と接触する機会もないわけではなかった。

顔をあげると、すくなくとも百メートルは離れたところに、ひとつの人影が見えた。緑道のそば、立入自由の小区画にすわっている。彼女はこわばった肉体のゆるすかぎり、できるだけさりげなく、優美な足どりで近づいていった。技士でないことはひと目でわかったが、失望はしなかった。それもこれも、身にしみついた冷静さのなせるわざだ。

「オーバー」歩いていくプルーフラックスに気づいて、男がいった。

「アンダー」

彼女も答えたが、さほど齢の差はなさそうだ。艦内時間でせいぜい六歳か七歳というところだろう。あまり判然としないが。

「じつにみごとな妖精態だな」

そういう男の髪は黒い。背はこちらよりも低いが、からだの造りは籠手使い《グラヴァー》に通じるところがある。男のことばに会釈で答え、彼女は近くの場所を指さした。男がすわれというしぐさをしたので、膝をさすりながら、どすんとすわりこむ。

「苦行かい？」と男。

「さんざん」とプルーフラックス。

「グラヴァーだね」彼女の手の薄れかけた傷を見て、男がいった。

「あなた、だれ？」

「非戦闘員。〈全人類通鑑《マンデイト》〉の管理員だよ」

プルーフラックスは〈マンデイト〉のことをよく知らない。知っているのは、規定でどの艦艇にも一基は搭載が義務づけられており、中を覗くことを許されたクルーはごくわずかということくらいだ。

「非戦闘員？　ふうん」

プルーフラックスは考えこんだ。非戦闘員だからといって、この男に軽蔑をいだいたわけではない。同じ艦のクルーともなれば、そうたやすく悪感情など持てないものだ。じっさいには、なんの感情もいだいたわけではなかった。すべてはこの冷静さのせいにほかならない。

「この覚醒相ではずっと仕事をしていたんだ。たぶん働きすぎたんだろう。ちょっと散歩してこいといわれてね」

《メランジー》では、働きすぎは性的欲求不満と見なされる。そのわりに、この男には性的な欲求を感じなかった。

「グラヴァーはね、急激な成長のあと、散歩をするの」

男はうなずいた。

「ぼくはクリーヴォ」

「プルーフラックス」

「もうじき、戦い?」

「だといいな。ずっと待ちぼうけ」

「わかるよ。こっちも〈マンデイト〉にアクセスできるようになったのは、ここ五、六期の覚醒相のことだからね。なにもかもが目新しい。最高だ」

「その話、聞かせてくれる?」

プルーフラックスはねだった。簡単にアクセスできない艦の情報は、情報交換の切り札となる。

「どうしよう……」クリーヴォは眉をひそめた。「みだりに話すなといわれてるんだが」

「ちょっとでいいのよ」

この男はおそらく、グラヴァーの血筋を引く者だろう。技士ではないはずだ。さほど筋肉はついておらず、グラヴァーほど背が高くもなければ、ほっそりしてもいない。

「きみが破摧籠手《グラヴ》のことを話してくれるんならね」

プルーフラックスはにっこり笑い、両手を差しだして、太短い指を動かしてみせた。

「いいわよ」


蔵識嚢《ぞうしきのう》は何本もの支持桿《かん》で支えられ、無重力洞に浮かんでいた。支持桿の材質は炭素繊維である。施爾倶支《せねくし》の船では、金属類は珍重される。材料が払底しているというよりも、これはむしろ伝統的な事情が大きい。阿頼厨《あらいず》の知るかぎり、施爾倶支がめったに金属を使用しないのは、かつて人種《にんしゅ》が経験したのと同様の理由からだった。阿頼厨はそこで意識を凝らし、例の回収した記憶庫から引きだした人種の過去に関する情報のしずくを思いだした——古代地球の羅馬《ろーま》人は唯一農耕のみを気高い労働と**考えており、ゆえに金属の使用は——**

人種《にんしゅ》のいう農耕とは、食料およびその原材料の植物を育てることを指す。植物は施爾倶支の幼生が食す識食《しきしょく》に似ているが、識食は緑色ではないし、定住性でもない。

精神の触手を広げて人種の概念を取りこむさいには、いつも独特の快感をおぼえる。記録を十全に渉猟《しょうりょう》する時間はほとんどないが——それはむろん善《よ》いことといえる。なぜなら彼は、特別の質問に答える義務を課されているからだ。人種情報の広大な泥沼のなかでもがいている余裕はない。

阿頼厨は蔵識嚢の前に浮かんでいた。蔵識嚢内のあらゆる思考がからだじゅうを駆けめぐっている。彼には中枢神経系もなく、これといって特殊化した器官もない。あるのはただ、外界に対応する器官——触莢《しょっきょう》、眼根《げんこん》、振透膜のみ。いっぽうの蔵識嚢は、全体が中枢神経系そのもので、粘稠《ねんちゅう》な液体を内包する、幅十弓《きゅうりょう》量ほどの薄皮の袋にほかならない。

「汝、人種《にんしゅ》の記憶装置を調査せしや」蔵識嚢がたずねた。

「はい」

「可なるか、是《こ》れ人形との意思疎通」

「すでに人種の機械を操作する界面《いんたーふぇいす》を開発しました。意思の疎通は可能と思われます」

「既往《きおう》の先賢《せんけん》、人種との永き争闘に於て、還《ま》た意思疎通を為《な》すの底《てい》有りや。汝また作麼生《そもさん》」

答えにくい質問だった。ここで問われているのは、一介の識胞《しきほう》である阿頼厨にはないはずの資質だ。たとえば、詮索。識胞は質問したりしない。識胞が主体性を示すのは、蔵識嚢の端末として機能するときにかぎられる——。

われながら、愕然とした。そういう疑問をいだいたことに思いあたったからである。

「過去において、人種の記憶庫が回収された例はありませんでした」問いかけをはぐらかすことで、阿頼厨は回答を避けた。「記憶庫の膨大な情報なくして、意思の疎通はできなかったでしょう」

「ならば問う。過去に於て人種の機械を使えし故は如何に」

「問題ははるかに複雑です」

蔵識嚢はしばし間を置いた。

「蔵識嚢と人種の意思疎通を封ずる禁、是れ有るか、有らざるか」

阿頼厨は識胞に感じられるかぎりにおいて、もっとも苦悩に近いものをおぼえた。自分は価値なき者と考えられているのだろうか。識胞にふさわしからぬ行為を責められているのだろうか。蔵識嚢に対する自分の忠誠心はゆるぎないものなのに。

「あると考えます」と彼は答えた。

「何を以ての故に」

「汚染回避のため」

「然《しか》り。人種《にんしゅ》と接して穢《けが》れぬこと能《あた》わず。彼《か》の地を歩めず、彼の世の空気を吸えぬが理《ことわり》なれば」

ふたたび、沈黙が降りた。阿頼厨は不活性の相に入った。ほどなく蔵識嚢が質問を再開したので、すぐさま活性相に復帰する。

「汝識《し》るや、己が妄心を」

「わたしは……」

またもや、ためらい。蔵識嚢にうそをつくことはできない。彼我《ひが》のあいだでやりとりされる信号が複雑になり、意味論的陥穽《かんせい》に陥りかねないからだ。自分が妄念に取り憑《つ》かれているという認識はない。だが、蔵識嚢の質問はそれをほのめかしている。いずれにせよ、彼にはこれほど短時間のうちにその事実を直視し、分析する能力はなかった。阿頼厨は苦悩の信号を送った。

「わが胞族に在《あ》りて、汝は甚だ重宝なる者」蔵識嚢はいった。

阿頼厨はたちまち平静に返った。思考が鈍くなり、受動的になっていく。救いはありそうだ。だが、自分の妄心とはいったいなんだろう。

「然れども、汝、みずから人形との意思疎通を試みんと欲せり。斯《か》くも深き関わりを持ったるうえは、爾今《じこん》以後、一切、同胞と接触すること莫《な》かるべし」

では、自分は封印されてしまうのか。

「この任務完遂ののちは、判明せる事実を余に伝え、須臾《しゅゆ》のうちに空滅《くうめつ》せよ」

阿頼厨は命令の複雑さに困惑した。

「そのようなご指示をくださるとは……わたしはどのような妄心をいだいているのでしょう」

蔵識嚢の表面は、細波《さざなみ》ひとつ立つことなく、鏡面のように静まり返っている。信号発振器官である、ぼんやりとしたいくつもの黒いしみがゆっくりと嚢内をひとめぐりし、ひとつ、またひとつと戻ってきて、阿頼厨に焦点を合わせた。

「汝は新たなる識胞となりて再蘇《さいそ》するを得ん。再蘇個体が汝の欠陥を受け継ぐこと、よもあるまじ。若《も》し斯《か》かる事態の出来《しゅったい》することあらば、かならずや余の損失と為らん。汝の空滅は幸いなれど、争《いかで》か再蘇識胞の空滅をば慶ぶべき」

「わたしの妄心とはどのようなものなのです?」

「己が妄執を見得《けんとく》せざれば、則《すなわ》ち得ず」と蔵識嚢はいった。「時きたらば、新たなる識胞をば育て、人種との接触を除く記憶をことごとく代替識芽《しきが》に移植せよ。代替識芽が生き延びること能《あた》わずんば、同胞の識胞を選び、代理再蘇を依頼すべし」

阿頼厨の球体の背面に桃色の小斑が現われた。阿頼厨はふわりと浮かんで前進し、最大の振透膜を用いて蔵識嚢の冷たい表面に触れた。鍵と命令が授与され、彼の肉体は生殖可能となった。

ついで、立ち去れとの信号が発振された。阿頼厨は無重力洞をあとにした。

通路の役をはたす液体安母尼亜の小流に乗って移動しながら、彼はいわくいいがたい興奮と混乱に包まれていた。特権を与えられると同時に、破門されるとは……称揚されると同時に、蔑《さげす》まれるとは――。このようなことを経験した識胞が自分のほかにいるだろうか。

そこで彼は、蔵識嚢の正しさに思いあたった。たしかに自分は同胞とはちがう。このような疑念をいだく者はほかにいない。人形との意思疎通を示唆されて生き延びた者は、自分以外にはいないのだ。この役目を与えられていなくとも、いずれにせよ自分は空滅させられていただろう。

桃色の小斑が大きくなり、ほどなく灰色の小片に成長しだした。識芽《しきが》だ。それが皮膚を突き破って突出すると、阿頼厨はほとんど意識せぬまま、それを隔壁にこすりつけて刮《こそ》ぎとった。識芽が隔壁にへばりつき、ためいきのような電波を放射しながら、安母尼亜中の養分を吸収しはじめる。

阿頼厨はその場をあとにし、人形の観察に赴いた。


プルーフラックスはクリーヴォに魅かれたが、この種の関心ははじめてのものだった。格別に性的受容を行ないたいわけではない。むしろ精神的な飢餓感、もしくは一種の脳苦行を注入されたような感覚といえる。クリーヴォが語った〈全人類通鑑《マンデイト》〉の話は、これまで考えたこともない世界をかいま見させてくれた。ものごとはなぜそのようになっているのだろう。

そのなかにあって、自分はどんな位置を占めるのだろう。

〈マンデイト〉はおそろしく小さいんだよ、とクリーヴォは説明してくれた。ひとつひとつの体積は一立方メートルもない。そこには人類の全歴史と文化が詰めこまれている。現存するありとあらゆる情報源から選別されたデータが、できるかぎり正確に。各艦の〈マンデイト〉は統合ステーションへ帰港するたびにアップデートされる。クルーの平均寿命がこうも短いんだから、ぼくらが生きているうちに《メランジー》が統合ステーションに帰ることはないだろうがね。

クリーヴォが割りあてられているのは、ささやかな仕事だった。データをチェックし、艦のデータバンクに登録することだ。その余禄として、〈マンデイト〉のデータをすこしばかり参照することも認められているらしい。

「記録をとることは最優先指令《マンデイト》なんだ。そして、ぼくらが記録しているものとは、全人類情報《マン・データ》にほかならない」クリーヴォはにっこりと笑った。「つまり、駄洒落だな、一種のね」

プルーフラックスは真顔でうなずいた。

「すると、わたしたちは……どこからきたの？」

「地球だよ、決まってるだろう。だれでも知ってることじゃないか」

「わたしがいうのは、わたしたちがどこから生まれたのかということよ。あなたやわたしが、それにクルー全員が」

「出産局からさ。なぜそんなことをきく？　あたりまえのことじゃないか」

「うん……」プルーフラックスは眉をひそめ、考えに集中しながら、「つまりね、こういうことよ。わたしたち、セネクシと同じ場所で生まれたわけではないでしょう？　同じ生まれ方をしたわけではないわよね？」

「おかしなことをいうね……」

自分でもおかしなことだとわかってはいた。セネクシはまるっきり異質な生物だ。わたしったら、なにをきこうとしてるんだろう？

「彼らの仮象《かしょう》、わたしたちのものと似てる？」

「仮象？　歴史は仮象じゃないよ。すくなくとも、ほとんどは。仮象は現実じゃない。歴史は確たる事実だ」

プルーフラックスにもぼんやりとながら、仮象が現実でないことはわかっていた。

もっとも、この快適な暮らしをだいなしにしたくはない。

「仮象はおもしろいわ——破摧《ザップ》のしかたを教えてくれるし」

「そういうものなのかな……」クリーヴォは疑わしげに答えた。「ぼくは非戦闘員だから、仮象での破摧《ザップ》がどういうものかはわからないけどね」

破摧《ザップ》のない仮象など、考えることもできない。

「そんなの、つまらない」

「もちろん、きみにはそうだろうとも。でも、ぼくから見れば、破摧《ザップ》の仮象なんて退屈かもしれない。そういうふうには思わないかい？」

「あなたはわたしとちがうのね」とプルーフラックスはいった。「セネクシと同じくらい、異質」

クリーヴォが目をむいた。

「そんなことはないよ。同じクルージじゃないか。ぼくらは人間だ。セネクシは……」

そこから先はいいよどみ、不愉快このうえないという顔でかぶりをふった。

「そうじゃないの、わたしがいうのは……」

プルーフラックスはためらった。自分は禁断の領域に踏みこもうとしているんじゃないだろうか。

「あなたとわたしは、ちがう食べものを与えられているだけ。ちがう苦行を受けているだけ。でも、セネクシというのは、根本的にわたしたちとは異なるの。わたしたちのように造られることもない。行動だって、あなたやわたしとはまったくちがう。ただ……」

やはり、うまく説明できない。いらいらしてきた。

「もういい。話したくない」

そのとき、ひとりの講士《テルマン》が緑道を通りかかった。プルーフラックスが見たことのない講士だった。

講士はクリーヴォに手を差しだした。クリーヴォがその手をとる。

「驚いたな」と講士はいった。「おまえたち、どうしてそんなにも魅かれあっているんだ。立ち去れ、妖精態。ここはおまえがうろついていていい緑道ではない」

以後、二度とふたたび、この若き研究者と会うことはなかった。グラヴァーの訓練を受けつづけるうちに、やがてあのかゆみも薄れ、ふたたび破摧《ザップ》がすべてに優先するようになった。


施爾倶支《せねくし》には近くに人種《にんしゅ》が存在することを知るさまざまな方法がある。この種子船《しゅうじせん》の場合、人種の艦隊や個々の巡航艦が原始星直径の百分の一以内に入ってくると、船内温度があがって居心地が悪くなる仕組みになっていた。不安のゆえにすべてが紫外線を放つなか、生まれたてで壁にへばりついている識胞については、歪曲《わいきょく》を防ぐため、珪酸塩の特殊な容器で保護してやる必要が生じる。蔵識嚢《ぞうしきのう》は自動的に角皮でおおわれるが、いくら外套膜を硬化させようとも、種子船が敵に貫入されてしまえばなんの役にも立たない。

阿頼厨《あらいず》はみずからの困惑を忘れるため、仕事に没頭した。そして人種の記憶庫に深く埋没し、その利用案内を見つけだした。〈曼陀羅《まんでいと》〉（人種《にんしゅ》のことばは、相互に連関する一連の発振信号となり、界面を経て伝達された）を自称するこの記憶庫の造りは、ごく簡単な予備命令でさえも難解だった。他の支族の私海を泳いでいるような感じだが、異質さの点で桁がちがう。同族が知らない経験に――あるいは同族が遭遇したことのない問題や欲求に――いったいどうやって接触すればよいのだろう。

いくつかの無線周波数を用いて、すこしなら人種のことばをしゃべることはできる。だが、人種の形態をとったとき、どのように変調音を発生するかについては、いまだ決めあぐねている。

これはやっかいな問題だ。どこの部位を振動させればよいのか。振透膜を微妙に振動させることはできるが――識胞が聚合《しゅうごう》して蔵識嚢を形成するさいは、そのようにして信号伝達を行なう――微妙な制御ができるかどうかは疑わしい。それよりも、人種のほうがみずから神経系の信号放射を制御し、施爾倶支と意思疎通するようしむけたほうが早いかもしれない。もっとも人種は、その呼吸管の内に振動発生用の専門器官を有している。その構造をまねることならできそうだ。

死んだ人種をじっくりと研究したことはないので、断言するのは早計だが……。

観察期が訪れるたびに、阿頼厨は一、二度、自分が生成した新生識胞《しきほう》を観察しにいく。代替識胞を見るのは今回がはじめてだった。通常の過程では、二体の蔵識嚢が嚢漿《のうしょう》を交換して新しい識芽《しきが》を生み、養分を与える。それがある程度まで成長すると、識芽は蔵識嚢のもとから解放され、独立した幼生となり、施爾倶支が領有する惑星の液体と気体の大気中を遊泳しはじめる。幼生が泳ぐ距離は、じつに数百由旬《ゆじゅん》から数千由旬。それだけの距離を踏破するうちに、やがて当初の場所に戻った幼生は、同じ胞族の識芽たちと合流するが、その放浪のあいだに、一体ないしそれ以上の原識芽が死んでいた場合、別個に生成された〝汎用〟の予備識芽叢《そう》から代替の識芽が選択補充される。識芽が全滅していれば、その生殖は失敗したということになる。

これが幼生ではなく、成熟した胞族となると、代替識胞の補充が行なわれるのはいずれかの識胞が死んだときにかぎられる。こうして自分の代替識胞が成育されている以上、すでに阿頼厨は死んだと見なされているということだ。

しかし、自分はまだ役に立つ。施爾倶支の感情に愉快と形容できるものがあるかどうかはさておき、人種のことばを借りるなら、愉快なのはその点だった。同胞たちとの接触を控えるのはつらかったが、阿頼厨はそのぶんの時間を、界面を通じ、〈曼陀羅〉に没入することで過ごした。

捕獲した人種たちは代理親を通じて〈曼陀羅〉と接触しており、そのかぎりにおいてはおとなしい。蔵識嚢へはあまり報告せずにおいた。接触を確立するまでは、報告すべきことがほとんどなかったからである。

だが、こんな難行《なんぎょう》のさなかだというのに、阿頼厨も他の識胞たちと同じく、戦闘が近いことを察知していた。この原始星群における施爾倶支の全事業が成功するかどうかは、その戦闘の帰趨《きすう》ひとつにかかっている。遠大なる計画においては、局所における失敗などなにほどのこともないかもしれない。とはいえ、過去を顧みれば施爾倶支は、遠大な視点にばかりとらわれすぎてきた。そのとほうもない族齢と経験、そして冷静さは、しばしば逆効果ともなる。

人形と意思疎通しようとの決断が下されたのはそのためにちがいない。このような試みからなにが得られるのかはまだ未知数だ。しかも、阿頼厨が成功する保証はまったくなかった。

もっとも、彼は自分のことをよく知っている。成功しない理由はひとつもない。

すでに阿頼厨は、人種に対して共感をいだくようになってきていた。まわりから隔絶された部厚い玻璃《はり》防壁ごしに人種たちを観察し、その高温の肉体や有毒な化学組成のことを考えただけで、表皮がぞくぞくしてくる。病んだ共感ではあった。そしてその共感ゆえに、彼はみずからを憎んだ。同時に、その悪弊《あくへい》に耽溺《たんでき》もした。彼が胞族中、ひときわ有用な存在であるのは、この悪癖ゆえにほかならない。自分に欠陥があるにせよ、同胞につくすうえでほかに道がないのであれば、そうするまでだ。

他の四識胞は、遠くから阿頼厨の行動を見ながら、なにも心を動かされずにいる。いくら阿頼厨が活動していても、すでに彼は死胞なのである。このうえない犠牲を払っていながら、それでいて彼は英雄になれない。同胞が彼の犠牲に発憤することは金輪際ない。

なんと残酷な時、なんと残酷な葛藤だろう——。

彼女は言語のただなかに浮かび、またたく間にそれを習得した。気を散らすものはなにもなかった。ついで、歴史のただなかに浮かび、できるかぎり多くの情報を吸収した。情報は無尽蔵に思われた。そうしながら、覚醒相と夢眠《むみん》相《そう》との差を見きわめようとした。覚醒相のときには——自分がいるのは荒涼とした淡い灰茶色の部屋だ。外周を取りまくものは部厚い緑色の透明壁で、その向こう側には、ぼんやりとした丸いものが浮かんでいる。夢眠相のときには――周囲は一面、言語と歴史の海のみ。確たる足場すら存在しない。

覚醒相には〈ママ〉が見える。そのやさしい手足、おだやかな声、食べものを供給するチューブ、老廃物を除去するヒス音。〈ママ〉のケーブルを通して彼女は学ぶ。〈ママ〉が面倒を見ているのは、彼女と似た者がもうひとり、そして彼女たちとは似ても似つかぬ者が一体。その一体は、むしろ緑の壁の向こうでうごめくなにかに似ていた。

彼女はまだ若く、壁の外についてはなにも知らない。

しかし、すくなくとも自分の名前は知っている。そして、なにをなすべきかも知っている。それはささやかながら安らぎを与えてくれた。

破摧籠手《グラヴ》を装着したプルーフラックスは闘技室へと赴いた。どちらかというとグラヴに引きずられがちなのは、まだ右手の人差し指にプラグイン神経が発達しておらず、ペース制御が未熟なためだ。闘技室に入っては、他のグラヴァーたちとともに飛びまわる――暗黒の空間を縦横無尽に。

それがもう、連続六覚醒相もつづいている。彼女が飛ぶ姿は、まるで光の尾を引く妖精のようだ。さまざまな星座や星雲が、彼方の壁に瞬間的かつランダムに投影される。それらに向かって、彼女は夜鷹のように飛びかかる。グラヴメートは、ひどくほっそりした男性・オルニン、赤毛の女性・バン、出産局から出てきたばかりの新顔で衝鋒《しょうほう》をになう、ヤー、トライス、ダミューの三姉妹。

思うさまグラヴをふるうとき、彼女はかつてなく自由な気分になれる。グラヴを制御しているのは、ほんとうに自分なのだろうか――そんな疑問もなくはないが、べつにかまいはしない。コントロール機構があるのは目と指のあいだのどこか。それはまるで美しい銀のワイヤーで操られ、最良の効果が発揮される場所へ引きよせられているという感覚だった。なにをしても、かならず最良の結果を生む。部厚くて硬いグラヴのグリップからあふれでるフィールドも、生命を維持するその感触も、まったく感じたことはない。じっさい、状況、標的、機会、破摧《ザップ》の成否以外には、いっさい見たことも感じたこともなかった。失敗すれば鋭い痛みが訪れる。

失敗したことで譴責《けんせき》されたことは一度としてない。譴責者は彼女自身の血に住んでおり、死にたい気分にさせられるだけだ。しかし、それがバネとなり、技倆《ぎりょう》は向上する。破摧《ザップ》が成功したときには、まわりじゅうのなにもかもが——星々、セネクシの種子船《シードシップ》、《メランジー》をはじめとして、ありとあらゆるものが——彼女自身の美しい夢の一部となったかに思える。

闘技室の彼女はまさに水を得た魚だった。

予備訓練がおわり、突入訓練がはじまった。

順次、衝鋒《しょうほう》の三姉妹が双曲フォーメーションをとる。三対のグラヴのフィールドがしだいに広がり、ひとつに融合していく——と見る間に、三姉妹は猛然と突入を開始した。

標的は鮮烈な赤と白の、紫外線と電波と憎悪を撒き散らすセネクシの種子船《シードシップ》モックアップだ。三人の引く長い光条が種子船の外部シールドを舐め、水面《みなも》に浮かんだ長い髪、絹のごとく細い髪のように渦を巻く。シールドのとてつもない大エネルギーを吸収して、三姉妹が燦《さん》たる光輝に包まれた。種子船の外殻に取りついた小さな星でもあるかのように、三姉妹がエネルギーを吸いとるにつれ、位相幾何学の原理にしたがって力の渦にそいつつ、外部シールドに小さな窪《くぼ》みが生じていき、ついにグラヴァーが突入できるサイズの突破孔が穿《うが》たれた。三姉妹が力場シールドをねじ曲げるとともに、プルーフラックスは下方に広がりゆく小孔を覗きこみ——

訓練中止。

妖精態のグラヴァーたちは、いきなり漆黒の闇に包まれた。破摧《ザップ》に逸《はや》っていたプルーフラックスはあわてふためいて飛びまわった。なんの説明もなかったため、急に闇夜から真昼へと運んでこられた蛾のように、すっかり恐慌をきたしてしまったのだ。なおも飛びつづけるうちに、やんわりと方向を制御され、誘導された。あっと思ったときには、回収チューブの中に飛びこんでいた。フィールドが徐々に中和されていく。グラヴをはめたまま、フィールドが消滅した。全身、がたがた震えていた。

「いったいなんなのよっ！」プルーフラックスは叫んだ。両手がずきずき痛みだしている。

「――エネルギーの節約」機械的な声が答えた。

プルーフラックスが背後を見ると、回収チューブ内にはほかの妖精態グラヴァーたちも並んでいた。ただし、ヤー、トライス、ダミューの三姉妹は姿が見あたらない。というのも、三姉妹の役割だけは模擬的に実行できないため、早々に訓練を引きあげさせられ、シミュレーションに取って代わられていたからである。すでにグラヴを外していた三姉妹がチューブの中に入ってきて、仲間たちが現実の優越性に適応するのに手を貸した。

闘技室を出ていくプルーフラックスたちと入れ替わりに、別のグラヴァー・チームが入ってきた。プルーフラックス一行よりもさらに若く、妖精態になったばかりの者たちだ。ヤーが両手をかかげてみせると、年下の者たちはそろって挨拶をした。

「毎日毎日、増えるばかり」プルーフラックスはぼそりとつぶやいた。

こうもおおぜいグラヴァーが育っては、満足に破摧《ザップ》するひまもない。だれもかれもがグラヴァーになるのなら、グラヴァーの名誉なんてどこにあるのよ。

訓練後に特有の爽快感といらだちをおぼえながら、彼女は狭苦しい寝台に潜りこんだ。横たわったまま模擬訓練を反芻し、しそこねた破摧《ザップ》を片づけてから、自分の貧弱でかぼそい脚を鬱々《うつうつ》と見つめる。

彼方にはセネクシが待っている。おそらく向こうもこちらと同じ気持ちでいるだろう。戦いを待ち望み、手綱《たづな》を取られることにいらだちながら。それにしても、わたしはなんて無知なんだろう。敵がそういう状態でいるかどうか、それを判断する知識すらないなんて。

ふと、あの研究者、クリーヴァのことが頭に浮かんだ。

「このバカ」と彼女はつぶやいた。「このバカ、このバカ」

そのような考えはあってはならないものだ。セネクシを擬人化するなんて、グラヴァーのするべきことではない。


阿頼厨《あらいず》は機械を見つめ、莢《さや》のひとつを伸ばして念じた。人種《にんしゅ》の音声言語が向こう端から流れ出て、氦《へりうむ》大気の中、かぼそくキイキイと響いた。あまりにも不愉快な音に、われ知らず気分が悪くなった。技工壁の膠状鎖《こうじょうさ》から器具を引っこめ、伸張させた振透膜を通してそれを体内に押しこむ。そののち、濃厚な安母尼亜《あんもにあ》を大きく吸いこみ、ふたたび人形洞にすべりこんだ。

せまい通用路にからだを押しこんで、観察房に収まる。透明壁の向こうの熱とまばゆい光に眼根《げんこん》を適応させてから、まず球形の変異体を——失敗におわった一連の実験の産物を——観察した。つづいて、丸い眼根《げんこん》を回転させ、ほかの形態に視線を移した。

しばらくのあいだ、どちらのほうがより醜悪か——変異体のほうなのか、通常体のほうなのか——判断がつかなかった。それから、人種《にんしゅ》が施禰倶支《せねくし》を改造し、自分たちの姿に似せるさい、どのようにするかに思いをめぐらし、まんまるい変異体を見つめ……急に熱波に襲われでもしたかのように縮みあがった。阿頼厨はこの変異体の作成実験にいっさい関与していない。それだけが救いだった。

どうやら人種の芽は——卵子は——受精しないうちから特別な役割に適応しているらしい。健康な人種には——性差を考慮に入れなくとも——機能によって何種類かの異体があるようだ。

莢は四つ、眼根《げんこん》が一対。耳根《にこん》一対と鼻根《びこん》も頭部にある。頭部にはほかに、舌根《ぜっこん》と呼ばれる振透膜もひとつあった。〈曼陀羅《まんでいと》〉で知った一部の種族I系種族にある毛皮は、人種にはないらしい。

阿頼厨は発声器の先端を音声通信層にあててしゃべった。

「ギゴエルガ……」人形洞に音が響いた。床に横たわっていた丸い変異体が顔をあげた。四つの、ほとんど役にたたない莢で支えられている、巨大に膨れた腹。いつもは絶えずかんだかい音を発しているが、阿頼厨の発する音が響いたとたん、それは音を出すのをやめ、自分と実験体管理機械とをつなぐ接続管を緊張させて、音に聞き入った。

「聞こえる」

そう答えたのは、〈男〉のほうだった。〈男〉は人形洞の向こう端で横桟にすわっている。自分の接続管はもうつないでいない。

代理親と教師の役目をする機械は人形洞の一角に立っていた。異様に長い手足、小さすぎる頭——人種のぶざまな模倣体だ。工程師たちが人種の体構造をくわしく調べたがらなかったことがひと目でわかる形状だった。

「ワタシハ×××」

阿頼厨は名乗ろうとしたが、名前の音は無意味な白色雑音としてしか響かなかった。もっとうまく発音しなくては。振幅をせばめ、振動数を調整する。

「——ワタシハあらいず」

「はじめて声をかけられたわね」これは若い〈女〉だ。

「オマエタチノ名ハ？」彼らの会話は何度となく聞いているので、ほんとうは名前くらい知っている。

「ぷるーふらっくす」と〈女〉は答えた。「鎧扞鬼《ぐらゔぁー》よ」

ここの人形にはごくわずかな遺伝記憶しか収録されていない。名前、役割、基本的な環境の知識が賦与されているのは、種族の識別子とするためか。これらは意図的に刷りこまれたものと思われる。自然の状態においては、人種はほぼ無識《むしき》のままで生まれてくるものらしいからだ。もっとも、人種の生殖化学はおそろしく微妙で複雑なため、断言はできない。

「ワタシハ教師ダ、ぷるーふらっくす」阿頼厨はいった。

この言語の論理構造は、いつまでたっても苦痛でしかたがない。

「意味がわからない」ぷるーふらっくすが答えた。

「オマエタチガワタシニ教エル。ワタシガオマエタチニ教エル」

「われわれには〈ママ〉がいる」こんどは〈男〉が答え、機械を指さした。「ものごとは〈ママ〉が教えてくれる」

彼らのいう〈母《まま》〉は〈曼陀羅〉に接続されている。この〈曼陀羅〉とは、本質的には、施爾倶支の蔵識嚢に相当するものだ。それを人種から切り離しておくことはとても考えがたい。人種のなにより困った点は、自然のままでは最低限の知識すら持って生まれてこないところにある。

「ソコガドコカ承知シテイルカ?」阿頼厨はたずねた。

「生きているところ」ぷるーふらっくすが答えた。「覚醒相で」

阿頼厨は舷窓のひとつを透明化し、人形たちに銀河の星々と原始星群の一部を見せてやった。

「窓カラ外ヲ見テ、自分タチノ現在地ガワカルカ?」

「光点の群れのただなか」と、ぷるーふらっくす。

では、人種というのは、他の種族I系種族と異なり、星々の配置から本能的に位置を知るわけではないのか。

「こいつと話をするんじゃない」〈男〉がいった。「おれたちと話をするのは〈ママ〉だけだ」

阿頼厨は〈曼陀羅〉を探り、人種たちが実験体管理機械に与えている名の意味をもとめた。

それによれば、どうやら〈母《まま》〉とは自然の子宮を持つ親のことらしい。阿頼厨は機械の動力を切り、「〈母《まま》〉ハモウ機能シテイナイ」と告げた。

技工壁には、人種たちを〈曼陀羅〉と結びつけ、養分を補給する媒体として、もっと識別しにくい機械を造らせねばなるまい。人種たちの安らぎと信頼の対象は、唯一自分だけにしておきたい。

機械が停止したとたん、〈女〉がいきなり接続管を引きぬき、叫びだした。阿頼厨の理解を絶する反応だった。彼と〈曼陀羅〉との接続はしごく皮相的なものだったので、その叫び声と眼根《げんこん》を濡らす水の意味には調べがつかなかった。ややあって、〈男〉と〈女〉は床に伏し、夢眠相に入った。

丸い変異体がもっとおだやかな音を立てながら、透明壁に近づいてきた。そして、懇願するようにかぼそい両腕を差しだした。ほかのふたりがすこしもかまおうとしてくれないので、阿頼厨に相手をしてもらいたがっているのだろう。どうやら生物学師たちは部分的な改造に成功したようだ。これは人種《にんしゅ》よりも施爾倶支に近い生きものなのかもしれない。

阿頼厨はすばやく通用路からあとずさり、外の冷たくて安全な通路に退いた。

はてしない軌道のダンス。標的を探知しては進路を合わせ、遠ざかってはまた戻り、目くらましを仕掛けては出現しつつ、《メランジー》と種子船《シードシップ》は舞をつづける。攻撃はどうしても人間側の船から加えざるをえない。人間のほうが高速で、高次の次元に精通しているからだ。

これまでに得た技倆《ぎりょう》と知識を発揮すべく、プルーフラックスは満を持して待機していた。いまにも枝から落ちそうに熟れた果実の気分だ。実戦を間近に控え、模擬訓練もこの段階に入ると、妖精態はすっかり受容態勢が整っている。プルーフラックスは恋人を作ることを許され、外部縁道近くにある小さな個室を与えられていた。

男性とのコンタクトは首尾よくいった。恋人はクムナックスという年長のグラヴァーで、個室内に寄りそって横たわり、空中ダンスの仮象でくつろぎながら、さまざまなことを話してくれた。過去の戦いのこと、特殊な戦術のこと、生き残るすべ……。

「生き残るすべ?」当惑して、プルーフラックスはたずねた。

「もちろん」長い茶色の顔を個室の小さな窓に向け、緑道の景色をじっと見つめて、クムナックス。

「どういうことなの」

「ほとんどのグラヴァーは生き残れないんだよ」クムナックスは辛抱強い口調で答えた。

「わたしはちがうわ」

クムナックスは彼女に向きなおった。

「きみは六歳だ。まだまだ若い。ぼくは十歳。たっぷりと経験を積んでいる。初陣《ういじん》を間近に控えて、きみは自信に満ちあふれているだろう。だが、たいていのグラヴァーは生き残れない。グラヴァーは何千人と生みだされる。ぼくらは消耗品なのさ。ぼくらは過去最強のグラヴァーをベースに造られているが、その最強のグラヴァーでさえ生き残れなかったんだ」

「わたしはちがうわ」むっとした顔で、プルーフラックスはくりかえした。

「きみはいつもそういうね」クムナックスはぼそりといった。

プルーフラックスはしばし恋人を見つめた。

「ぼくは前にもきみを知っていた。前のきみも、いつもそういっていたな。そして、こんどのきみも同じことをいう」

「前のきみ……?」

「マスター・クムナックス」機械的な声が割りこんできた。

クムナックスは立ちあがり、彼女を見おろした。

「グラヴァーは得た情報を声高に吹聴するから、仲間同士のあいだでは情報の伝わりが早い。ゆえにぼくらには情報が制限されている。しかし、いったん知られてしまえば口の封じようがない」

「軍規違反です」ふたたび、機械的な声がいった。「Sのもとへ出頭してください」

「そして、生き延びつづければ、きみは講士《テルマン》が語るよりも多くを知るようになる」

「なにをいってるのかわからない」

プルーフラックスはまっすぐ彼の目を見つめ、ゆっくりと、一語一語はっきり区切ってそういった。

「なに、借りを返したまでさ」クムナックスは答えた。「グラヴァーは借りを忘れないものだからね。さてと、懲《こ》らしめを受けにいくとするか」

クムナックスは個室を出ていった。以後、初陣まで、二度とその姿を見ることはなかった。


種子船《しゅうじせん》は防御膜に包まれ、落下してくる氷や岩塊を防ぎながら、徐々に熱くなってゆく原始星内に沈んでいた。この原始星は、おびただしい惑星をしたがえて密集する第四世代と第五世代の恒星群がいっせいに爆発してできたもので、阿頼厨《あらいず》が乗った種子船にいま雹《ひょう》のごとく降り注いでいる岩屑は、すべて爆発の名残《なごり》にほかならない。

かつて阿頼厨は、これほど孤独を感じたことはなかった。語りかけてくる同胞が一体もいないのだ。それどころか、姿さえ見かけない。蔵識嚢にはたびたび報告を行なっているが、その最中でさえ、温度はどんどん高くなっていき、ついには意思の疎通も不可能になった。その結果として――これも計画どおりだが――阿頼厨はむしろ人形たちとの接触を深めるようになった。人種《にんしゅ》に対していっそう共感をいだくようにもなった。どうやら人種と施禰倶支《せねくし》のあいだにさえ、要求の――役に立ちたいという要求の――掛け橋が成立するものらしい。

蔵識嚢はひとつの質問に興味を示した。人形たちを人種の船にどれほど巧《うま》く潜入させられるかだ。破壊工作まで行なえるのか、それともすぐに偽者だと見破られてしまうのか？　すでに施禰倶支の指示は、人形たちへの教育内容に盛りこんである。

「戦闘の混乱にまぎれて、うまく潜入できると思います」と阿頼厨は答えた。蔵識嚢の計画の概略については、ずっと以前から見当がついている。人形と意思疎通をする目的はただひとつ。最終的に、彼らを囮《おとり》にし、可能であれば扇動者としても利用することにある。人形は兵器なのだ。人種の活動とふるまいについての知識そのものは、じつは真の目的ではない。自分の身に起こったことに鑑《かんが》みれば、蔵識嚢がなぜこれ以上研究を進めさせたがらないかは明白だった。

まもなく、育成した人形は手元を離れ、阿頼厨の役目は終了する。人種に染まりすぎた彼のことだ。用済みになると同時に空滅させられ、代替識胞が存在の相に入るだろう。その識胞はいまの阿頼厨とほぼ変わらない。ただ一点ちがうところは、新生阿頼厨の精神は矯正され、調整されているであろうことである。代替識胞が阿頼厨の特殊性を備えることはない。

阿頼厨は蔵識嚢との最後の会見に赴いた。すでに最後の務め——空滅の覚悟は固めている。冷たい液体で満たされた無重量の洞内には、彼の胞族の——また彼という存在の——中枢である、赤と白の巨大な嚢体が待っていた。阿頼厨は蔵識嚢を尊崇している。その行動を批判する意志も能力もない。

だが——。

「我、敵の索敵を見得《けんとく》しつ」蔵識嚢がいった。「如何なるか、人形の備え」

「整いました。新たな教育はゆるぎないものです。自分を完全な人種と信じきっています」じっさい、施爾倶支につくすようにとの教えを除けば、彼らは完全に人種そのものといえる。「……ときおり、反抗しますが」

変異体についてはなにも報告しなかった。あの個体が利用されることはありえない。今回の会戦に勝利したなら、いまの阿頼厨の肉体とともに、核融合の業火によって完全に空滅させられるだろう。

「人種来《にんしゅきた》らば即ち人形をば放つべし」蔵識嚢は指示を出した。「配置と遷移の動径は刹那の間に是を与えん」

暗闇の中での待機。装塡されたばかりの弾丸のように、プルーフラックスは出撃チューブの内部で命令を待った。グラヴを通じて、遠くの通信のつぶやきが漏れ聞こえてくる。まるで中空のパイプを伝わってくる声のようだ。《メランジー》はいよいよ臨戦態勢に入ろうとしていた。

これほど巨大な宇宙戦闘艦といえども、種子船《シードシップ》に比すれば豆粒のようなものでしかない。種子船の構造については漠然と細部を憶えていたが、その情報の大半に関しては、意識の妨げにならぬよう、精神内の安全な格納場所に封じてあった。どのような戦術を取るのかについても知らされていない。闘技室では、すくなくともその程度は周知されていたものだが、実戦直前のいま、そのような情報は伝達されぬままだ。でなければ、心のアクセス不可能な領域に押しこめられ、適切なトリガーで解放されるのを待っているのだろう。

敵の所在については、出撃の直前に詳細が通達される予定だが、概略は知らされていた。種子船は原始星の奥深くに沈下し、次元の歪みと電磁エネルギー嵐の陰に潜んでいる。《メランジー》はそのただなかに突入し、必要とあらば種子船への体あたりも辞さない。そして、貫入。出撃。索敵。破摧《ザップ》。指が痛い。出撃まぎわ、最後の苦行を——戦意の鼓舞を——受けるはずだ。それがすめば、妖精態としての出撃準備は完璧。わたしは成熟したグラヴァーとなる。女になる。

そう、もし戻ってこられれば——

(戻ってくるわ)

——わたしは血統の一部となる。わたしの受容は、穏やかなぬくもりではなく、エクスタシーへといたる。わたしは第二段階に、生まれついてのグラヴァーに貢献する。当面はそう思うだけで満足。それだけでもたいへんな名誉だ。

指の痛みがひどくなってきた。

戦意の鼓舞がはじまったのだ。つぎつぎに苦痛の波が訪れては戦闘データが流入してくる。

それが潜在意識に伝達されるさい、つかのま垣間見えたイメージは――
岩と氷。塵《ちり》とガスの部厚い雲が真っ赤に輝いている。なのに、どこか暗い印象があり、指標となる星々も星座も見えない。ビーコンが点灯した。グラヴの慣性が消えた。目標にロックされたあとは、一路ビーコンめざして進むのみ。
種子船《シードシップ》
はまるで
翳《かげ》のなかの翳
全長は二十二キロ、それでも
乗せている胞族は
たったの
六つ
「出撃」飛翔!
データ:《メランジー》は種子船に貫入、臓器を喰らう肉食獣の鼻づらのごとく、種子船内深くにあり。
指令:斥候隊の大群が種子船内を探索中、求めるは蔵識嚢、蔵識嚢収容室、識胞。グラヴァー隊はあとにつづけ。
自分自身の姿が鮮明に見えた。自分は復讐に燃える巨大な彗星、凶兆にして破滅の使者。ガラスも氷も希薄で冷たいヘリウムも、そこに存在しないかのように切り裂いて通る鋭利なナイフ、死の弾丸。斥候につづいてセネクシ船内を突き進むその速度は時速数百キロにも達する。
もはや種子船は高次元に退避できない。《メランジー》に釘づけされている。首根っこは押さえた。情報の大洪水が押しよせてきて、プルーフラックスは心から歓喜した。跳弾のようにオレンジ色と灰色の通路を凌辱《りょうじょく》しながら、猛スピードで飛翔する。あっという間に識胞の一体と遭遇した。

識胞は嵐のような突撃に抵抗しつつ、アンモニア層を移動し、武器庫へ向かおうとしていたらしい。最初の破摧《ザップ》。あまりにも簡単にいきすぎて拍子ぬけした。想像していたよりもはるかにあっけない。破壊した識胞の原形質を航跡に飛散させ、プルーフラックスは奥へ突き進んだ。

阿頼厨《あらいず》は二体の人形に動径《べくとる》を与え、射出準備をおえた。二体とも人種の武器の類造品を備えており、両手に灰色の忌まわしい鎧扞《ぐらヴ》をはめている。

種子船《しゅうじせん》は深刻な危機に陥っていた。緒戦での一撃で帰趨《きすう》は決したといってよい。もはや種子船には全体を維持できなくなっている。このうえは人種の船を懐にいだいて自壊するのみ。ただし、自壊の前に、適当な小区画を脱出洞として選び、できるだけ多数の胞族を収容して切り離す。

人形たちは動径《べくとる》にしたがって飛びだしていった。阿頼厨は種子船のどの区画が緊急時脱出洞として選ばれるのかを見きわめようとした。けっしてそこにいてはならない。任務をまっとうした以上は、空滅するのが定めだ。

グラヴァー隊は種子船《シードシップ》の中央空洞に展開し、シールドされた核融合の炎と再処理施設を回避しつつ、巨大で冷たい駆動装置を破壊したのち、地球が形成される前に造られた機械をかたはしから打ち壊しはじめた。

先頭をいくのは衝鋒《しょうほう》の三姉妹だ。ふいに、その足並みが乱れた。蔵識嚢のひとつを発見したものの、さほど強固な防備はなされていない。三姉妹は蔵識嚢を押し包み、破摧《ザップ》の準備を整えて——。

囮だった。その蔵識嚢はみずからを犠牲にして、御しやすい標的へと敵を引きつけ、種子船の他の領域から目をそらさせようとしていたのである。だが、エネルギーはどこか他の場所に集中している。それを感じとるや、三姉妹はただちに蔵識嚢を始末し、先へ進んだ。

阿頼厨《あらいず》の所属する蔵識嚢はすでに脱出準備を開始していた。船内を移動し、時間を停めた脱出洞へ急ぎながら、時間流なき劫外《こうがい》の相に退避するべく、みずからを時縛繭《じばくまゆ》で包みこみにかかっている。

五識胞のうち、三識胞はもう生存していない。他の蔵識嚢が死んでいくのも感じられる。阿頼厨の代替識芽もやはり死んでいた。

人形たちは阿頼厨の訓練にしたがい、主戦闘区域とは反対方向の通路に飛びこんだ。〈男〉のほうは囮だ。衝鋒三姉妹がたまたま遭遇し、〈男〉と行をともにしかけたとき……いきなり〈男〉が武器をふるった。一発はあやうくトライスに命中しかけた。即座にほかのふたりが〈男〉を撃つ。送出時の混乱も収まらぬまま、〈男〉は悲鳴をあげて絶命した。

蔵識嚢が退避しようとしている先は、人形たちの育った洞を含み、いまなお回収した〈曼陀羅《まんでいと》〉が蔵されている区画だった。そこで阿頼厨は、はっと気づいた。自分が属するものを除いて、蔵識嚢が全滅している。人種たちはそれほど猛烈な勢いで襲いかかってきたのだ。これからどうすべきか？どこかずっと遠くで、また一体の同胞が死にゆく断末魔の波動を感じた。他の生き残りを求めて、種子船の中を探る。気配なし。では、自分が最後の一体なのか。もはや空滅するわけにはいかない。蔵識嚢の生存に全力を尽くさなくては。

つぎの獲物を求め、崩れゆく種子船内を飛翔していたプルーフラックスは、負傷したグラヴァーに行きあたった。衛生兵に連絡し、そのまま先に進む。

蔵識嚢はやっとのことで脱出洞にたどりついた。維持系に損傷を受けている――劫外相への退避を急ぎすぎたのだ。ために時縛繭の形成にも遅れが生じていた。

そのわずかな遅れをつき、まだら状にきらめく発泡電子氷の隙間から、ヤー、トライス、ダミュー三姉妹が猛然と突入した。停滞フィールドの閉鎖を食いとめようと、懸命に時縛繭カッターをふるう。可能であれば最後の蔵識嚢は捕獲せよとの命令が出ていたからである。

が、途中でヤーが時縛繭にひっかかった。強力な停滞フィールドにグラヴをもがれて、一瞬ののち、分解しゆく暗い通路に撥《は》ね飛ばされた。種子船《シードシップ》が分解するにつれ、いたるところに赤い亀裂が生じている。ヤーが瞬時に凍りつくや、銀光を引きながら障壁に激突し、粉微塵に砕け散った。

停滞フィールドの閉鎖圧は依然として衰える気配がない。ほどなく、トライスもそのフィールドに咥《くわ》えこまれた。死にものぐるいで押し返そうとするが、凍りゆく時縛繭にどんどん取りこまれていく。グラヴが塵と消え、ついに彼女は、氷結した湖面にはまった羽虫のごとく、時縛繭の氷壁に塗りこめられた。

蔵識嚢は時縛繭の最終凍結段階に入りつつある。そうなれば人種には手も足も出ない。ただひとり残ったダミューはやみくもに破摧《ザップ》を開始したが手遅れだった。

阿頼厨が時縛繭の予備能量《えねるぎー》をダミューに振り向ける。ダミューの攻撃は時縛領域から撥ね返され、当人もその干渉縞に捕まり、振動し、極微《ごくみ》の粒子が複雑な渦巻き回転を停止して空間と閃光に還元された。

だが、蔵識嚢もまた損傷を受けていた。嚢構造の一部から急速に記憶が流出しつつある。時縛繭の最後の停滞波が本体を閉ざさないうちに対処すべく、蔵識嚢は漏れゆく記憶の退避場所を探しもとめた。

阿頼厨は界面《いんたーふぇいす》を蔵識嚢の表面に向けた。時縛繭の表面はわずかな隙間を残すのみとなり、ほぼ完全な鏡面と化して周囲に銀光を放っている。最後の瞬間、蔵識嚢の損傷部分の情報は、手近で利用できるただひとつの記録装置――〈曼陀羅〉へ転送された。

ここに、人種と施爾倶支の情報はひとつになったのである。

銀色の鏡面が完全に融結しおえると、阿頼厨はあとずさった。もはや蔵識嚢の存在は感じられない。何者もおいそれとは干渉できない領域に行ってしまった。しかし、まだ安全とはいえない。種子船の本体からこの区画を切り離さなくては。それがすんだら、人種の最後の凌辱から脱出洞を守るため、洞全体をさらに時縛繭で包みこまねばならない。

阿頼厨は慎重に、まだ破壊されずに残る数すくない通路を移動していった。そこでさえも、氦《へりうむ》の空気はほぼ完全に消散させられていた。移動しながら、すべての手順を懸命に思いだそうと試みる。まもなく種子船は、人種の船もろともに爆発するはずだ。そのときまでに脱出を完了していなくてはならない。

真っ赤な怒りに燃えて、プルーフラックスはかすかに感じる阿頼厨の姿を追いかけていた。氷壁の向こう側にかろうじてその姿が見える。もうじき最良の破摧《ザップ》位置だ。最適の一瞬、グラヴに制御を預け
たとき、背後からせまりくるひとつの影を察知した。その影は、グラヴではないグラヴ、彼女のグラヴとは異質のグラヴをはめていたが、緊張フィールドの中にこちらの位置を特定する能力はあるらしく、みずからも破摧《ザップ》を発し、プルーフラックスの放った破摧《ザップ》を食いとめた。脱出洞が分離しだす。原始星の高熱がなだれこんでくる。プルーフラックスとその影は力の渦に巻きこまれ、双子の彗星のように絡みあった。一体は赤、一体は鈍い灰色――。

「だれ！」フィールドのなかで相手に接近するや、プルーフラックスは叫んだ。

彼我のフィールドが融合する。がっちり組み討った。周囲はしだいに昏《くら》くなっていく。その混乱のただなかで、彼女は敵とともに原始星から引きずりだされた。そこでついに、相手の顔を見た。

わたし――？

種子船の自壊は進む。脱出洞は原始星から離脱し、いずれ諸惑星がめぐるであろう軌道面にそって、大破した瀕死の《メランジー》から遠ざかっていく。

恐慌を起こしかけながらも、プルーフラックスは渾身のパワーを振り絞り、脱出洞に孔をうがった。

ヘリウムが噴きだし、死んだ識胞のかけらが飛びだしてきた。

阿頼厨は即座に二体の人種をとらえ、脱出洞内の構造に再構成を施し、あの変異体や〈曼陀羅〉とともに人形洞へ押しこめた。いましばらくは、この二体に精力を集中する余裕がある。この者たちは危険だ。力はほぼ互角だが、自分の育てた人形は本物の鎧扞鬼《ぐらゔぁー》とくらべて消耗の度が早い。ふたりは壁から壁へと跳ねまわり、人形洞内を飛びまわった。変異体は隅に逃げ、恐怖の叫びをあげている。

偽物を救い、本物をとらえてみるか。そうするだけの価値はありそうだ。戦いに夢中になっている隙に、双方の力場を用心深く切開して捕獲し、一種の粗雑な眠りに追いこめばいい。それも、本物の鎧扞鬼《ぐらゔぁー》が武器を自在に操りだす前に。鎧扞《ぐらゔ》自体は――本物も偽物ももろともに――処分してしまえる。そのあとでこの二体を〈母〉に接続しよう。それに、変異体もだ。失敗におわった実験といえども、得られるものはあるだろう。

切開と捕獲は思ったよりも手早くできた。脱出洞を包みゆく時縛繭の中で、阿頼厨は必要な処置をとった。最後に、二体の人種を〈母〉に接続し、蔵識嚢の時縛繭が脱出洞の時縛繭にきちんと収まるよう手配した。

徐々に徐々に、脱出洞がより単純な次元へ滑落していく。

まるで存在しなかったかのように。


戦いは終わった。勝者なし。阿頼厨《あらいず》は経過した時間の膨大さに気づき、朦朧《もうろう》とした意識に活を入れ、乾いた通路を苦労して這い進むと、環境設備を再起動させた。脱出洞全体において機械がのそのそと活動を再開する。

あれから何世代が経過したのだろう。星座にはまるで見覚えがない。星々の解析を行なったところ、なじみある光譜《すぺくとる》と系列は見つかったが、いずれもはるかに年老いていた。脱出洞全体を包む時縛繭に異常が発生したらしい。戦いが行なわれた原始星すらそこにはなかった。あるのはただ若い惑星群をしたがえた、堂々たる中年の星々だった。

阿頼厨は急造の観測房から降りると、脱出洞内をめぐり、新たな住居の境界を設定してから、硬い銀色の鏡面に包まれた蔵識嚢《ぞうしきのう》のもとへ赴いた。蔵識嚢はまだ時縛繭に包まれていた。これを解除するすべを彼は知らない。いずれは時縛繭も消滅するときがくるだろうが——それには彼の一生にあたる時間がかかるかもしれない。おまけに、種子船《しゅうじせん》ももはやない。蔵識洞《ぞうしきどう》までもが失われ、それとともに代替識胞も失われた。

胞族で生き残った識胞は、彼が最後の一体。もっとも、だからといって、どうということはない。蔵識嚢なくしては、なにひとつできないのだから。時縛繭が未来永劫、解凍されぬままであれば——異常発生時にはしばしば起こることだ——彼は死んだも同然だった。

そう思って思考を封じ、ほぼ完全に自閉しかけたとき——人形洞から警報が聞こえてきた。訪れてみると、〈曼陀羅《まんでいと》〉との界面が切れていた。新型の〈母〉にも異常が起きたらしい。なんとか機械を修理しようとしたが、技工壁の助けなくしては手も足も出ず、せいぜい古い人型の〈母〉を通じて、一時的に栄養を与えることくらいしかできなかった。応急処置をおえると、捕虜と人形二体のようすを見てから、彼らと界面と生命そのものとをつなぐ、手も脚もない〈母〉に視線を転じた。

彼女はこれまでの全人生を、広さはせいぜい八十×十メートル、高さが自分の背丈よりすこし高い程度の、せまい空間で過ごしてきた。いっしょに育ったのはグレイドただひとりで、そのほかには、おとなしい生きものが一体だけだ。生きものの名前は知らないし、名前があるかどうかもわからない。しばらくのあいだは〈ママ〉がいて、そのあと、ずっとつまらない別の〈ママ〉に取って代わられた。

なんともみじめで窮屈で歪んだ生だったが、彼女はそれに気づいてもいなかった。

部屋は透明の壁で囲まれており、その外に丸い形をした別のなにかが定期的にやってきては、声か身ぶりで存在を知らしめた。

彼女が正気を保っていられたのは、グレイドのおかげだった。ふたりして共謀もした。みずからをインターフェイスとの接続状態から――彼女のいう〝夢眠相〟から――切り離し、たがいに助けあいながら、本能的に知っていることを基盤に事態を理解し、インターフェイス経由で提供される情報の意味を汲みとり、透明壁の向こうから語りかける存在の正体を推《お》し量《はか》ろうとしたのだ。

はじめに知ったのは、たがいの名前だった。自分たちがグラヴァーであることも知った。

グラヴァーというのは兵士のことだ。インターフェイスを介してアライズから戦い方を教えられたとき、苦労はしたものの、ふたりは熱心に学んだ。その内容はふたりの本能の奥深くに埋めこまれた指示に抵触《ていしょく》するものではなかったからである。

そのような状態で五年を過ごすうちに、彼女は内省的になった。なにも期待せず、夢眠相以外には多くの経験を期待しないようになった。覚醒相でのグレイドの存在も、せいぜい夢程度のものとしか思えない。同じ部屋の中にいる膨れた生きものについては、ふたりとも完全に無視するようになった。その生きものは二六時中、〈マンデイト〉と〈ママ〉に接続して過ごしていた。

たしかにいえることはただひとつ。自分の名前がプルーフラックスであることだ。唯一確実なそのことばを、覚醒相でも夢眠相でも、彼女はつねに口にした。

だが、戦いが間近にせまるころになると、夢なき眠りに似た状態に陥っていた。指示を与えられたロボットといってもいい。五年にわたり、夢眠相と覚醒相とで培《つちか》われてきたプルーフラックス人格の一部は、アライズがプログラムした戦闘の指示によって抑圧されていた。グラヴァーが飛ぶように、彼女は飛ぶ（ただし、そのグラヴはどこか不自然だったが）。そして自分自身と格闘した（と思う）。

しかし、たしかなものはひとつもなかった。

現実をあまり貪欲に求めてはならない――それを悟ってからもうずいぶんになる。あの戦いのあと、彼女は〈マンデイト〉に――夢眠相に――性急すぎるほど急に退行した。

それのどこがいけないというのか。覚醒相が夢眠相よりもずっと理解しにくいものであるならば、覚醒相に特有のいらだたしい気持ちがなぜこうも不可欠に思えるのだろう。だから彼女は、覚醒相のことを忘れようとした。

だが、変化は夢眠相にも訪れていた。戦いの前まで情報は選別されたものだった。それがいまでは、思うがままに〈マンデイト〉内を渉猟《しょうりょう》できる。まったく馴じみのない新しい情報は、海のにおいと同じように、すぐにそれとわかった。どこから手をつけていいものか見当もつかない。そうやって、ふらふらさまよっているうちに、こんな情報に行きあたった。

……は、その船格や級《クラス》には関係なしに、どの艦艇にもかならず積載されている。どの生物個体にも、かならずその種族の生物的情報が記録されているのと同様の理屈である。〈マンデイト〉には人類の全情報が記録されている。そこにある歴史は正確であり、いっさいの修整を受けていない。なぜなら、人類がすこしでもものを学んでいるなら自明のことだが、改竄《かいざん》された不正確な歴史こそは、なにより指導者の目を曇らせるものだからだ。指導者は真実に触れねばならない。それは彼らの責任である。指導者のもとで働く者が入手した情報は、いかなる理由であれ、指導者が信じてはならない。部下が得た情報には虚偽も含まれうるからだ。指導者はできるかぎり正確な情報を求め、また与えられねばならない。さもなければ、人類は弱体化し、衰弱して――

〝指導者〟なる存在は、よほどすばらしい夢を見るにちがいない。そして彼らは、〈マンデイト〉を介して〝真実〟という本質的贈り物を与えられるらしい。プルーフラックスにはとても信じられないことだった。夢眠相の新しいフィールドをおそるおそる探索するにつれて、彼女は〈マンデイト〉という語と自分の経験を関係づけるようになった。自分がいるのは、まさにその〈マンデイト〉の中だ。そして彼女は、ひとりきりだった。かつてはグレイドとともに知識を探求したが、そのグレイドはもう影も形もない。

彼女は急速にものを学んだ。ほどなく、地球の浜辺、ミリアドンと呼ばれる惑星の浜辺、そのほか、現われては消えるさまざまな惑星の浜辺を散策するようになった。そして、入口を急速に駆けぬけるうちに、漠然とながら形相《エイドス》という概念を知り、抽象的概念としての浜辺がどのようなものであるかも知った。それはひとつの夢眠相と別の夢眠相との――水界と陸地との境界だった。そのどちらにも、覚醒相の作りものめいた感じはまったくなかった。

浜辺には砂があることもあった。雲があることもあった。雲のエイドスはおそろしく魅力的だった。そして、ある浜辺にさしかかったとき――

自分自身が立っていた。

その影は悲鳴をあげ、恐怖に駆られて逃げだした。

呼びとめようとしたときには、もはや姿が消えていた。カイリーンという緑がかった黄色の太陽のもと、プルーフラックスは浜辺に立ちつくし、かつてなく強い孤独に苛《さいな》まれた。

浜辺を探しまわった。わたしにそっくりのあの影はともかく、せめてグレイドでもいないだろうか。グレイドならわたしを見て逃げたりはしない。グレイドなら――

例の丸く膨れた生きものが、短い手足を震わせて近づいてきた。恐怖して逃げだすのは、こんどは彼女の番だった。いままで夢眠相でこの生きものに出会ったことはなかったのに。それは自由自在に動くことができた。目的を持っていた。プルーフラックスは地を駆け雲を越え、樹々を飛びこし岩をまたぎ越え、風を切り大気圏から飛びだし、方程式を通り抜け、物理学の限界を超越して、ひたすら逃げつづけた。遠くへ逃げれば逃げるほど、両手と小さな頭を持つあの膨れた生きものから離れれば離れるほど、恐怖は収まっていった。

グレイドはついに見つからなかった。


戦いの記憶はなまなましく、苦痛に満ちていた。ぎごちなくグラヴから両手をぬいたときの、あの強烈な痛み。環境は崩壊し、なにかぼんやりしたものにとってかわられていた。プルーフラックスは深い眠りに陥り、夢を見た。

夢の内容はひどく異質なものばかりだった。眠りの弧が左に回転するときは、哲学や言語のほか、彼女には形容できないものの夢を見る。右に回転するときは、悪夢としかいえないほど理解を絶する、歴史や科学の夢を見る。

それは不愉快このうえもない眠りであり、ほんとうに眠っているわけではないと気づいたときには、かえってほっとしたくらいだった。

転回点が訪れたのは、回転の速度を落とし、夢のテーマを変える方法を学んだときのことである。彼女は自分に予備知識がない場所、それでいて脅威を感じさせない心地よい場所に入った。そこは広大な水の広がりだった。脅威はまったく感じられない。両手ですくってみるまで、それが水だとはわからなかった。水面の向こう側には、振動する粒子の大地があった。水面の上にも粒子の上にも、広大な空間が広がっている。黒くはないが、あれはまぎれもなく宇宙空間だ。

そこにぽつんと光る、強烈なブルー・グリーンの光輝。光に目を引かれた瞬間、そこにあの存在、種子船《シードシップ》で遭遇した人影が浮かんでいた。わたし自身だ。追ってくる！　プルーフラックスは逃げた。

逃げて逃げて、セネクシ情報との境界にたどりついた。そこではっと、自分の見ているものが自分自身の内部からくるものではないことに気がついた。わたしは外部の情報源からデータを受けている。どうやら捕虜になったらしい。強制的に洗脳されようとしているのかもしれない。講士《テルマン》はよくそんな可能性を話していた。だが、そういう特殊な状況にあるとき、どのように身を守るべきなのか、その方法を教えてもらったグラヴァーはひとりもいない。教えられたのは――有無をいわさぬ口調で――このひとことだけ。

〝自爆こそが唯一の答えである〟

だから彼女は、みずからの命を絶とうとした。

気がつくと、赤と白の部屋にいて、凍てつきそうな寒さの中にすわっていた。床面をおおう液体に足が接しているのに、触れている感触がない。その視覚情報は感覚と一致しなかった――なんとなくぼんやりしていて、しっくりこないのだ。他のデータと異なり、それは参与も働きかけも許容しない。なにもかもがっちりとロックされている。

命を絶つ効果的な手段は見つけられなかった。ほかにどうすることもできず、彼女は目をつむり、みずからに分解せよと念じた。が、目を閉じることは、情報のより深い、あるいはより浅いレベルへ――他のカテゴリー、主題、ヴィジョンへ自分を導く結果におわった。これでは眠ることもできない。疲れることもなく、死ぬこともままならない。

流れに浮かぶ木の葉のように、彼女は流されていった。ほどなく思考がほぐれてきた。自分が海と呼ばれる水域に浮かんでいるところを想像してみる。目はずっと開いたままだ。それに遭遇したのは、まったくの偶然だった。

ようこそ、〈マンデイト〉利用案内へ。非戦闘プロセッサであるあなたの役目は〈マンデイト〉を保守管理し、上位者《オーバー》に対して重要な情報を提供し、〈マンデイト〉を守り、状況によっては破壊することにあります。〈マンデイト〉はあなたの直属のオーバーです。〈マンデイト〉にメンテナンスを要求された場合、それにしたがわなくてはなりません。いまあなたがそうしているように、ひとたび〈マンデイト〉にリンクしさえすれば、閲覧要求をするだけでどのような情報も見ることができます。

閲覧要求のさいには、もとめる主題の核を提示し――

主題はプルーフラックスよ！　彼女は声なき絶叫を張りあげた。プルーフラックスとはなに？

まったく口調のちがう声が即座にとってかわった。

ああ、それは数奇な物語だ。わたしは彼女の伝記記録者にして、伝記テープの整理者（ジョージ・マクナックスを参照）。彼女の晩年はよく知っている。彼女が生まれたのはファーメント２６４６８。ここに彼女の伝記テープがある。〝強調〟を選んでごらん。分析結果が出てくるから。

――だれ！　あなたはだれ？　それに、あそこにもだれかいる……

――しッ！　聞くのよ。彼女を見て。あれはだれ？

ふたりはその人物を見つめ、情報に耳をすませた。

――あれは……わたしだわ……ある意味で。

――あれはね、わたしたちなのよ。

プルーフラックスの身長は二メートル半。豊かな黒髪はショートカット。手足に盛りあがる筋肉は訓練とホルモン調整で得られたものだ。年齢は十七歳、太陽系で生まれた数すくない〈鳥〉のひとり。ここしばらくは肩にチップをつけている。ほかの〈鳥〉たちは、どこにいっても、彼女の母、ジェイ・アックスのことを引き合いに出した。

「きみ、かあさんより優秀？」

そんなはず、ないでしょ！　かあさんより優秀な〈鳥〉などいるわけがない。でも、わたしだって優秀よ。教官たちはそういうもの。訓練はまだはじまったばかり。成長して〈鷹〉になるにしても、ふつうの〈鳥〉のままでいるにしても、わたしは有能に仕事をこなすわ。

そんなふうに思っていたので、母親のことをたずねられるとき、プルーフラックスは決まって口を引き結び、柳眉《りゅうび》をさかだてた。

　マーシオールにある養成所は総面積四千ヘクタール、専用の宇宙港まで用意されている。

　養成所は〈大地〉、〈宇宙〉、〈思念〉の三エリアに分かれ、その各エリアにおいて、〈雛〉は——すなわち、〈鷹〉に成長しようとする若い〈鳥〉は——基本訓練を課せられる。プルーフラックスは三齢〈雛〉だった。すでに〈大地〉は卒業し、〈宇宙〉での二年も修了している。しかし、もっとも苛酷な苦行は、だれもがいうように、〈宇宙〉に合格することではなく、惑星上と軌道上での訓練をおえてから過ごす〈思念〉での四年間だ。

　プルーフラックスは内省的なタイプではないが、自分に向いていることについては勉強家になれた。火器管制数学はあっという間に修得したし、実戦にかかわる物理学もなんなく身につけた。しかし、軍役と政治教育については——これは前〈鳥〉課程において試験的に選択したものだ——退屈でしかなかった。

　なんといっても、うんと幼いころ、まだ五歳のころから——

——五歳？　五歳ですって？

　母の艦艇と戦闘服と仮象を見て育った彼女のことだ。みずから彼方まで遠征して種子船《シードシップ》をその目でとらえ、セネクシを血祭りにあげるまで、けっして満足できないことを知っている。

——破摧《ザップ》！　あの娘《こ》、破摧《ザップ》のことを話してる！

——破摧《ザップ》？

——あなたはわたしでしょう、知ってるはずよ。

——わたしはあなたじゃない、わたしたちは彼女じゃない。

破摧《ザップ》、と〈マンデイト〉がいった。データは切り替わった。

「明日、諸君は最初のインプラント移植を受ける。それを装着すれば、無相角エンジンと同調して、生身のままよりずっと迅速に標的を発見できるようになる。もちろん、このインプラントは鼻孔から大脳辺縁系に挿入されるもので、多少の異物感はあり、副鼻腔炎を起こす場合もあるが、それ以上のトラブルを招くものではない。訓練がもっと進めば、さらに接続端子とデジタル・アダプターを移植される予定だ。なにか質問は？」

「はい、教官どの」円形階段教室の最上段で、プルーフラックスは立ちあがった。〈鷹〉の教官は、教壇ごとくるりと回転して彼女に向きなおった。「無相角数学でよくわからないところがあります。現実運動量の換算についてです」

　ほかの三齢〈雛〉たちも、そうそう、そこがわからないとさえずった。教官はためいきをついた。

「全員に補完装置を装着させたくはないが……。生体補完目的でインプラントを装着するのは安易にすぎる。各自、積極的に学習に励むほうがずっと望ましい。それでもなお補完装置をつけてほしいと望むか？」

　これは挑戦だ。〈雛〉たちはみな、否定的な反応を示した。が、プルーフラックスは心中ひそかにほくそえんでいた。このテーマについてはもう理解しきっている。質問した目的は、もういちどこの数学を講義させることにあった。すでに理解していることとの復習になるし、ほかの者には補習となり、やはりプラスになる。だからけっして時間のむだではない。それにしても、一刻も早く、セネクシに武器をふるいたいものだが……。

「無相角とは、一時的に現実モーメントを換算することだ」

　方程式と網状構造が各自の前に表示された。教官は先をつづけた。

「参与者原理と現実仮定のあいだに障壁さえ設定できれば、そこに非現実を宿し、現実に抵抗させることが可能となる。参与者の持つ有効性は、われわれが相角と呼ぶ重宝なモデルによって決定される。無相角を得るには、現実波分裂の修整フーリエ解析により、曖昧《あいまい》な蓋然性フィールドを通さなくてはならない。これはビーム反射なる、無相角に対して有効な対抗力によっても実現しうる。なぜなら、ビームはつねに複合体であり、複合体は必ず時間に遡行するからだ。ここに真の思念《ゲダンクス》が——」

——無相角。あの娘、破摧《ザップ》の勉強をしてる。

——よほど敵を憎んでるんでしょう。

——セネクシ？　敵とはセネクシね。

——と思う……覚醒相はセネクシの世界。ということは……？

——わたしたちが捕虜だということよ。あなたはわたしより先につかまったのでしょう。

——ああ……。

その急報が飛びこんできたのは、インプラントを移植して療養中のことだった。種子船《シードシップ》の大船団がふたたび人類の領域を侵犯し、三十五の惑星に〈郭公《カッコウ》〉を投下したというのだ。どの惑星もまだ若い植民惑星で、〈郭公〉どもは生物という生物を根絶やしにし、セネクシ系の生物を播種《はしゅ》しようとしたらしい。それに対し、上位者《オーバー》たちは各惑星の地表を焦土化するという強硬策に出た。

勝者なし。双方痛み分け。それにしても、なんとセネクシとは凶猛なのだろう。作戦が成功するかどうかなど一顧だにせず、やみくもに破壊を撒き散らすとは。

彼女はセネクシを憎んだ。これ以上邪悪な存在は想像できない。

わたしは二十三歳。あと一年で巡航／強襲艦の〈鷹〉になれる。そのときがきたら、かならずこの憎悪をたたきつけてやる……。

阿頼厨《あらいず》は自分がますます無明《むみょう》にとらわれていくのを感じていた。識胞《しきほう》がこんな精神状態になるのは自壊が間近に迫っているときだ。いまの自分になにができよう。脱出洞はどうにか存続させられたが、失われたものはあまりに大きい。生存の目的もない。達成された目的は皆無だ。原始星も……たぶん……失われた。それを確認する手段すら、もはやない。

外部からの多彩な反応がないことに、ぼんやりといらだちをおぼえた。目的がなければ、しょせん識胞など、使い道のない大量の原形質でしかない。

捕虜と人形たちを覗きこんだ。全員が〈曼陀羅《まんでぃと》〉に接続されていた。この者たちをどうするべきか。このような状況に置かれたとき、人種《にんしゅ》たちはどのように反応するだろう。おそらく、もっと精力的に反応するにちがいない。彼らは戦いを続行する。つねにそうだ。指導者がいなくとも、明確な目的がなくとも、負け戦《いくさ》のさなかであろうとも、彼らは果敢に戦いを挑む。なにが彼らにそれほどの活力を与えているのか。人種のほうが優れており、存続する価値があるのか。人種のほうが優れているなら、施爾倶支《せねくし》が彼らに敵対するのは正しいことなのだろうか。

もはやわけがわからない。どうやら人種たちを長く観察しすぎたようだ。かなり強く毒されている。だが、そこにはすくなくとも目的らしいものがあった。疑問には答えを出さなくてはならない。

その答えを出すのに必要な準備をしよう。見たところ、蔵識嚢《ぞうしきのう》の時縛繭《じばくまゆ》は永続するものではない。むしろ急速に解凍されつつある。時縛繭の停滞凍結が完全に解けたら、あとは蔵識嚢に判断を委ね、解答を出してもらえばよい。

漠然とではあるが、阿頼厨は気づいていた——施爾倶支の基準では、もはや自分が完全な異常者であることに。

これから〈曼陀羅〉に接続し、以前に特定の解答を求めるさいに用いた、やや独立した界面を改善するとしよう。そして、自分と捕虜と二体の人形とで、ともに人種の記録を渉猟《しょうりょう》しよう。あたかも種族I系種族の乳児が母親の乳にしゃぶりつくように。施爾倶支の場合は若い識胞が蔵識嚢に栄養と情報をもたらす。阿頼厨本来のやりかたと今回のやりかたは、極端な対比をなしていた。

はたして〈曼陀羅〉は栄養か毒か。それともその両方か……？

――彼女、愛した？
――どういう……こと？　受容したかということ？
――ちがう。彼女／わたしたち／わたしは与えたの？
――なんのことかわからない。
――彼女にわたしのいう意味がわかるなら……

愛、と〈マンデイト〉がいった。データは切り替わった。

プルーフラックスは二十九歳。新たな作戦のもと、一隻の巡航艦に乗り組んでいた。作戦内容は、優秀だが実戦経験のない戦士を、なんの予備知識もないままに苛烈な作戦に投入すること。そうすることで、養成所がどれだけ優秀な戦士を生みだせるのかを確認するのが目的だ。無謀だという意見もあったが、プルーフラックスには充分な成算があった。

巡航艦は百万トン級の強襲型で、〈鷹〉突撃部隊五十三名、正規のクルー八十名を収容していた。第一波につづき、プルーフラックスは第二波攻撃隊に加わって出撃することになっている。

怖かった。だが、それはそれでいいことだ。適切に処理しさえすれば、恐怖は基本的な反射速度を改善しうる。巡航艦はセネクシの領域を強襲し、かつて行なわれた〈郭公〉播種作戦の復讐をはたす予定だった。したがって、今回は種子船《シードシップ》ばかりでなく、茨棘船《ソーンシップ》と遭遇する可能性もある。

戦いは熾烈《しれつ》なものになるだろう。

巡航艦は現実優越性の最終否定を行ない、異様で不気味な多泡構造《スポンジ》空間にめりこんだ。もういちどまともな形状で通常次元に出現したのは、銀河面のはるか上方でのことだ。

プルーフラックスは〈鷹〉用ラウンジにすわり、回転する銀河系の雪玉に似たシミュレーションを見つめていた。既知のセネクシ領界にそって赤いコードが明滅している。

古い星々、暗い巨星群。地球の太陽がガスに包まれた幼星だったころ、早くも最盛期を迎えていた、いまは幽鬼のような星々の領域。緑の矢印が示しているのは巡航艦の現在地だ。

　ほかの新兵たちと同様、プルーフラックスも多泡構造空間《スポンジ》に関する講義内容を貪欲に吸収したが、初陣《ういじん》なのと恐怖とで、ひとり自分だけ浮いているような不安を味わっていた。だれも彼もが落ちつきはらっているように見える。ほとんどの兵はこれが四陣めか五陣め——つまり出撃するのが四度めか五度めだ。初陣は十名。歴戦の勇士のなかには、ほんのひとにぎりながら、九陣めから二十五陣めという猛者《もさ》もいる。三十陣を超える者となると、戦場にはめったに出てこない。それほど多数の戦闘を生き延びたごく少数の勇者たちは、実戦を引退し、政治教官のもとでPR活動に従事するのが一般的なのである。そういった者たちは生きる支えを失い、仮象のなかで失意の一生をおえることが多い。

　まだ〈雛〉であったころに、プルーフラックスは仮象を通じて何度となく、憧れのヒーローであるクムナックスとアロルが鮮やかに破摧《ザップ》を決めるところを見まもったものだった。両者が所属するのは、三十名の男女混成小隊だ。このふたりは小隊でもとびきりの腕ききとして知られる。

　くる日もくる日も、甲冑に身を包んでの訓練がつづけられた。クルーたちがあわただしく作業するあいだにも、〈鷹〉たちはインプラントを通じて教育を受けた。スラングでいうところの〈没入《ノウ》〉だ。それに対して、教室での講義は〈講技《テル》〉という。

　それはすっかりルーティーン化し、好奇心をくすぐりこそするものの、興奮でうずうずするような刺激を失っていた。

——まただわ。感じる？

——わかるわ。感じるわ。あの丸いものが覚醒相の一部に……

——セネクシ？

——ちがう。名前のない、わたしの兄弟。

――あなたの……兄弟？

――うん……ちがうかもしれない。

――わたしたちを傷つける？

――傷つけたことはないわ。話しかけようとするだけ。

――あっちへいけ！

――いってしまった……

もっとも、この手の学習には、これまでに見聞きしたことのない情報がいろいろと含まれていた。戦士のみに許される情報、戦闘をするうえで不可欠の情報だ。古参の〈鷹〉たちは、データの閲覧が自由にできた過去のことをよく話題にする。ラウンジではセネクシの話があれこれと語られ、やがてプルーフラックスもそれらの断片から、ある程度はセネクシの発生と進化の過程を推し量《はか》れるようになっていた。

セネクシ発祥の世界は、二十陣めの某戦士によれば、金属が皆無に近い若くて明るい恒星をめぐる、冷たい巨大ガス惑星群であったという。それらの巨大ガス惑星群は、太陽から何億キロメートルもの軌道をめぐっており、近傍で死んだ恒星の残骸をまとわせていた。そして、炭素、窒素、珪素、弗素《フッソ》などの基本元素が充分に集まったとき、いくつかの惑星において種族Ⅱ系の生物が発達した。

冷たいアンモニアの海で脂質は複雑な鎖を形成し、やがて原始的な生命が誕生、繁栄するにいたる。セネクシの原形ともいえる生物が進化するまで、それから数百万年しか経っていない。地球の進化にくらべれば、原初の創成プロセスはきわめて急速といえた。生殖と進化のメカニズムは、作用面では複雑でも、化学面では単純だったのである。

しかも、異なる遺伝基盤を持った生物同士における競争が、まったく起こっていない。

地球の例を見れば、遺伝記録を伝える多数の方法のなかから一部が選択されるまで、とほうもない時間がかかっているというのにだ。

原セネクシには、捕食されないかぎり、死というものがなかった。死が登場したのはずっとあとになってから——社会的理由により、みずから滅びる必要が生じてからのことだった。そして、個々の識胞《しきほう》が構成する巨大コロニーは、徐々に徐々に、現在知られる少数群体構成を発達させていった。

じきに情報は識胞の芽を通じて受け継がれるようになった。幼生集団を守り、彼らを再集合させて新たな集団精神を形成させるため、文明も急速に発達した。テクノロジーは稀少な重い元素を用いたものに限定されたため、しばし技術と無縁の発達がつづいた。やがてセネクシは、しっかりと環境に適応した。捕食者もおらず、狩りをする必要もなく、大気や液体アンモニアの層にただよう栄養分を吸収するだけですむ生物。その知覚は電波とマイクロ波に基づくものだったので、彼らはかなり早い段階から電波望遠鏡の列のように識胞を並べ、濃い大気を通して詳細に宇宙を観測していたという。盛んに活動する若い銀河の中心核には格別の関心をはらった。他の銀河から流出し、高エネルギーの輻射線《ふくしゃせん》を放つ巨大な物質のジェットは、彼らの間にあわせの観測に格好の研究室を提供してくれた。彼らにとって、物理学は科学の出発点だったのだ。

生殖によって世代が交替しても、ほとんどといっていいほど知識の欠損がないため、ときに文明は長足の進歩をとげた。また、莫大な知識の蓄積はそうとうの重荷ともなるため、ときに文明の発達が遅々として進まないこともあった。

やがて彼らは建設資材に水を用い、人間にはまだ解明されていない技術を用いて、生まれた世界を飛び立つ準備をはじめた。

古株の〈鷹〉たちの話を聞きながら、プルーフラックスは思った。人間はどうやってそんなことを知ったんだろう。セネクシをつかまえて訊問でもしたんだろうか。それともこれは、すべて推測？それをほんとうに知っている人間はいるんだろうか。きけば教えてくれる相手がいるんだろうか。

――彼女、弱いわね。

――どうして?

――グラヴァーが知らないほうがいい知識……最高オーバーにまかせておいたほうがいい疑問……

そういうものもあるのよ。

――ここでなら、彼女の疑問に……わたしたちの疑問に答えられるかしら。

――むりよ、むり。まずは、自分のことを……わたしたちのことを知るのが先決。

会戦を間際に控え、プルーフラックスはひとりになれる場所を探した。そんな場所を見つけるのは、巡航艦ではむずかしいことではない。搭乗している〈鷹〉とクルーの数にくらべて、艦があまりにも巨大だからだ。護身フィールドをまといさえすれば、だれにも会わずに歩いたりただよったりできる場所はいくらでもある。そうした場所には、多叢《たそう》被膜におおわれて黒々として見える機器がまわりのいたるところにあった。艦の働きについては、まだ理解できていないこと、教えられていないことが多い。

なぜこうも有りあまるほどの設備や武器があるのだろう。予備にしては多すぎる。理由はいくつか考えられた。たとえば、マーシオールのオーバーたちが、戦闘艦の作戦遂行能力を柔軟な状態にしておきたかった可能性だ。しかし、知識の欠如そのものよりも彼女を悩ませたのは、なぜこうも自分はなにも知らないのかという疑問だった。これほどたくさんのことがらについて、〈鷹〉を無知の闇に置いておく必要があるのだろうか。

冷たい無重量トンネルをつぎつぎに歩くうちに、孤独と静けさにもやや飽きてきた。ほどなく外へ、巡航艦の艦殻方向へと分岐するトンネルに差しかかった。プルーフラックスはすこしためらってから、そのトンネルの奥に向け、環境ビーコンを送った。ビープ音が鳴った。近くにひとり、乗員がいる。意外だった。わたしと同じくらい好奇心の強い者がいたのね、と彼女は思った。

〈鷹〉やクルーの大半はたっぷりと経験を積み、とうのむかしに艦内探険など卒業していて、そんなことは児戯に等しいと思っているようだ。しかし、プルーフラックスはそうではない。彼女はいつも、ちょっとしたプライドとともに、自分のことをすこしばかり変わり者だと思っている。だから両手を広げ、両足を内壁につっぱり、甲冑を着ているかのように、鮮やかにトンネルを昇っていった。

トンネルの中には乳緑色を帯びた靄がかすかにただよっており、環境ビーコンもそれに吸収されて透過に支障をきたしていた。が、せいぜい二百メートルほど進んだところで、トンネルはまっすぐになった。シグナルがしだいに大きくなってくる。

行く手に見えるのは、兵器を取り除かれたあとの半球形砲座《ブリスター》だった。それでこの靄の説明がつく。多叢被膜のエアロゾルが低圧で拡散しているにちがいない。そのブリスターに、ひとりの男がいた。護身フィールドを淡い紫に輝かせている。男はブリスターの一角を透明にしており、そこから星々を眺めていた。プルーフラックスが近づいていくと、男はこちらに向きなおり、無表情に彼女を見た。どうやら〈鷹〉らしい。戦士の体形をしており、長身で痩せぎす、異様に白い皮膚の上に茶色の髪を生やしている。大きな目の中の瞳は、向こうの宇宙空間が透けて見えているのかと思うほど黒い。

「アンダー」たがいの護身フィールドが触れあい、融合すると、彼女はいった。

「オーバー。こんなところでなにをしてるんだ？」

「こっちも同じことをきこうと思っていたところよ」

「戦闘準備をしなくてもいいのかい？」

「準備はもう完了しているわ。しばらくひとりになる必要があったの」

「なるほど……」男は星々に向きなおった。「ぼくもむかしはそうだった」

「もう戦わないの？」

「引退したんだ。いまは研究員さ」そういって、男はかぶりをふった。

プルーフラックスは畏怖の念を顔に出すまいとした。これだけの才能はめったにいるものではない。元軍人で研究者になれるのは異例中の異例だ。

「なんの研究？」

「敵の情報を相関させることだよ」

「無相角が確立された以上、いまさら敵の情報なんて必要ないでしょう」

〝そうかもしれない〟のひとことくらい、あってもよさそうな局面だった。だが、彼は無言だった。

「なぜセネクシなんかの研究をしたいの？」

「敵と渡りあうためには、敵のなんたるかを知らなくてはならないだろう。無知は敗北に通じる」

「戦術の研究？」

「ともいいきれないな」

「じゃあ、なに？」

「今回の会戦はひときわ激烈なものになる。ひとつ頼みがあるんだ。よく戦い、観察し、帰還したら、ただちにここへきて、見たことを話してくれないか。そうしたら、きみの質問に答えよう」

「直属のオーバーよりも先に報告しろというの？」

「ぼくにはそれだけの権限があるんだよ」

これまでプルーフラックスは、うそをつく人間に会ったことがない。だからこの場合も、うそかもしれないとはちらりとも思わなかった。

「きみの戦意、高いのかい？」

「とても」

「任務は？」

「セネクシの戦士と交戦し、識胞と蔵識嚢を狩ること」

「敵船突入の兵数は？」

「十二名」

「相手は大物らしいな」

こくりとうなずく。

「戦場に出たら自問してみてくれ。なんのためにセネクシは戦うのかと。いいね？」

「でも──」

「自問するんだ、なんのためにセネクシは戦うのかと。それだけでいい。そうしたら、ここへ戻ってきてくれ」

「あなたの名は？」

「そんなことはどうでもいい。さ、いきたまえ」

プルーフラックスが出撃室に戻ったまさにそのとき、多泡《スポンジ》構造空間離脱準備の警告音が鳴り響いた。

古参の〈鷹〉たちが指揮下の兵のあいだを歩きまわっては、各員の装備を点検し、活を入れはじめる。

プルーフラックスの顔にも成型センサー・マスクがかぶせられた。

「気合いを入れろっ！」

古参の〈鷹〉が怒鳴った。

「鏖戦《ハードフォート》だ！」

そこで、彼女の肩をどやしつけて、

「戦果を祈る！」

「了解！」

身をかがめ、甲冑にすべりこむ。出撃待機の縦列で、ほかの十一名も同じことをしている。

オーバーたちと艦のクルーは出撃室を出ていった。出撃チューブへと通じる赤いビームは十二本。

甲冑が自動的に浮かびあがり、各自がそのビームにそって移動を開始する。水中にたゆたう銀繊維のごときオーラを放っていた護身フィールドが安定し、脈打ちきらめく冷たい壁と化した。その周囲に射出エネルギーが蓄積されていく。

戦術が通達された。艦のセンサー群は彼女の情報ネットの一部となった。目標、セネクシの茨棘船《ソーンシップ》。直径は十二キロ、真っ赤な果実にたかる蛆《うじ》のように、その外殻にはおびただしい〈郭公《カッコウ》〉が取りつき、〈蛇〉どもが獲物を待ち構えている。

ぞっとする反面、狂喜した。興奮のあまり体温があがりだす。甲冑がすかさず体調調整にかかった。カウントがはじまった。十、九……切り替え！　生体からサイバーへ。何週間にもわたり、彼女の思考プロセスを学習したインプラントは、いまやプルーフラックスそのものと化した。

一瞬、自分がもうひとりいるような気がした。生体モードが部分的に残っているのだ。仮象を見ているときのように、生体部分ではすこしリラックスすることもできた。

サイバーモードの電子時間の中、夢の中のようにゆっくりと、甲冑がビームにそってすべり出る。星々が見えた。巡航艦のビーコンに同調する。その視覚とビーコンを参照しつつ、十二名の〈鷹〉はいっせいに出撃し、ただちに剣花隊形を編成、茨棘船に馳せ向かった。林檎《リンゴ》に潜りこむ害虫のように、〈郭公〉どもが巨大な真紅の船体内へ引っこんでいく。

つぎの瞬間、何百という微小な黒点が剣花隊形近傍の象限に出現した。

〈蛇〉どもだ！

各〈蛇〉には一体ずつ、セネクシの識胞が乗り組んでいる。

「鏖戦《ハードフォート》！」

サイバーへ完全移行する直前、生体プルーフラックスはみずからを鼓舞した。

闇より出でて
氷と炎と火花のシャワー
貫き通すはなんのため？
たぶん地獄を創るため。

ここかしこで攻撃し
つかのま光輝を閃かせ
突入しては砲火を交わす。

幽《かそけ》く光る戦火のもとで
浮かびあがるは異様な美。
円陣なして火を吐くわれらは
消えゆく光の最高天《エンピリアン》。
燃える烈風感じとり
衰え力をなくしつつ
なおもくすんだ輝き放つ。

瞋恚《しんい》の炎と光も新たに
濁った氷と夜の中
太陽のように燃え落ちていく
青く耀《かがや》き、旋舞しながら。

まもなく敵も
消耗し、疲弊のはてに赤へと染まる。
味方は集《つど》い、過去と引き比べ
密なる道で冷えゆく灰に。

そしてふたたび
われらは翔《かけ》る、
灰の群れとなり、濁りの中から
離脱し引きあげ、
眠りにつきつつ。

上と下とを流れゆく川
上にひしめく鉄蛇の群れは、
急追、切り裂き、同調し、
ヘリウムの目をぴたりとすえて
雪華の〈鷹〉をつけ狙う、
鋼《はがね》の筋肉《にく》とエネルギー牙《が》で、
襲いかかるはいかなる飢えか、
われらが毒液ものともせずに。

毒は翔ってクリスタル毀《こぼ》ち、
ただよう霧を灰緑《かいりょく》に染める、
降りそそぐアンモニアの雨で。

眠りながらもわれらは翔る、
左右にあるのは
目に見えぬ岸辺
苦悶に満ちたる
目に見えぬ潮《うしお》。

——これは彼女が書いたのよ。わたしたちがよ。彼女の……わたしたちの……詩の一篇。

——詩？

——一種の仮象、だと思う。

——なにが書いてあるのかわからない。

——わかるでしょう！　彼女が書いているのは鏖戦《おうせん》のこと。

——破摧《ザップ》？　それだけ？

——いいえ、そうは思わない。

——意味がわかるの？

——完全には……

プルーフラックスは足を組んで目を閉じ、インプラントの支配が——サイバーモードの優越が——退いていくのを感じながら、寝台の上に横たわっていた。背中に戻ってきた痛みがかえって心地よい。

初陣にはなんとか生き残れた。茨棘船《ソーンシップ》は大破し、船殻を焼き焦がされ、二度と〈郭公《カッコウ》〉を射出できぬほどずたずたにされて撤退していったという。

ああなってはもう、廃船にするか囮にでもするしかないだろう。船体崩壊《アウト・オブ・アクション》。気分爽快《サティスファクション》／船体崩壊／気分爽快……。

とはいえ、出撃した十二名の〈鷹〉のうち、八名もが失われた以上、そうそう喜ぶ気にもなれない。〈蛇〉どもは健闘した。果敢だったといってもいい。罠を張り、犠牲になるのもいとわず、連携し、〈鷹〉の攻撃隊に負けず劣らず優れたチームワークを発揮したのだから。

巡航艦の強襲が成功したのは、ひとえに戦略の点で勝《まさ》っていたからにほかならない。優れた接近法、巧妙な戦術。そしておそらく、奇襲効果。最終分析はまだ送られてきていないが……。

そういった好条件がなければ、味方は全滅していただろう。

プルーフラックスは目をあけ、天井パネルに明滅する光のパターンを見つめた。一秒ごとに秘密のコードをくりかえす光のパターン。それを見るつど、心の深みにあるインプラントが情報を封印され、新たな指示を受ける。強く意識して見ないかぎり、いま見ているものを理解することもできない。

プルーフラックスはできるだけ急いで例のトンネルに向かった。ブリスターまで上昇していくと、今回行なわれた鏖戦の情報パックに埋もれて彼がいた。

彼が注意を向けるまで、プルーフラックスは待った。

「で?」と彼。

「敵がなんのために戦うのか自問したわ。いまは腹がたってしかたがない」

「なぜ?」

「答えがわからないからよ。わたしにはわからない。相手はセネクシなのに」

「敵は健闘したかい?」

〈鷹〉の戦死者八名。八名もよ」咳ばらいをした。声に険があった。

「敵は健闘したのかい？」男はくりかえした。

「話に聞いていたより手ごわかったわ」

「向こうも死んだ？」

「かなりの数が」

「きみが殺した敵の数は？」

「わからない」口ではそういったが、ほんとうは知っていた。八体だ。

「八体だ」男は情報パックを指さした。「いま、戦闘の分析をしているところでね」

「与えられた指示の背後にいたのは、あなた？」

「……そのひとりではある。きみは優秀な〈鷹〉だな」

「優秀になることはわかっていたわ」静かな声で、あっさりと彼女はいった。

「向こうも勇敢に戦ったが――」

「セネクシがどうして勇敢になれるの？」ことば鋭く、たずねる。

「なぜなら……勇敢に戦ったからさ。そうだろう？」

「向こうも生き延びたかったはずだわ。自分たちの……なすべきことをするために。わたしと同じ」

「ちがうな」男のことばに、プルーフラックスは混乱した。あまりにも理解を絶する反応に翻弄され、最初は抵抗したものの、ついには音《ね》をあげた。「相手はセネクシだ。われわれとはちがう」

「あなたの名は？」当面の問題を棚あげにして、彼女はたずねた。

「クリーヴォ」

こうして、まだ栄光に輝きもしないうちから、彼女の転落ははじまった。

〈曼陀羅《まんでいと》〉に接続したとたん、硝子《がらす》に張りつく氷のように、蔵識嚢《ぞうしきのう》から緊急退避させた知識が周囲で氷結していくのを感じた。阿頼厨《あらいず》は寂《じゃく》とした光景の中に立ちつくしていた。生体記憶媒体から人種《にんしゅ》の機械記憶媒体へ転送した結果、蔵識嚢の情報は符号化され、あるいは細部が欠落していた。どちらにしても記憶は冷たく、もう動的ではない。相互に比較し、相関させなければ理解しがたく、そもそもそんなことが可能かどうかもわからない。

そうするだけの空き領域を作るには、どれだけの人種《にんしゅ》情報を抹消しなければならないのだろう。慎重に、人種の記憶に分け入っていき、無作為に主題を選んだ。が、いくらもたたないうちに引きあげた。そこで見聞きしたはずのことがさっぱり理解できず、憶えるそばから消えていってしまう。識胞はいちど見聞きしたことを絶対に忘れない。それなのに、なんらかの理由で、人種の情報だけは受けつけないらしい。異なる思考法を理解しようとするだけでも、たいへんな努力を必要とした。

阿頼厨は社会学の情報から撤退し、物理学と数学の情報に閉じこもろうとした。そこでなら、そう苦労することもなく、自分に理解できるように情報を変換させられる。

やがて予期せぬできごとが起こった。近くに別の精神を察知したのである。そっと送られてきた、親しげゆえにかえって奇異な問いかけは、施爾倶支《せねくし》の挨拶に相当するものだったが、正式なものではなかった。これは同じ胞族の識胞が同胞に声をかけるときに使うものだ。こんなに無礼な話はない。相手は同じ胞族どころか、同じ支族でさえないのだから。阿頼厨は人種の記憶から脱しようとした。〈曼陀羅〉の中でふたつの精神が出会うとは、どういうことなのか。引きあげるさいに、理解不能の情報で埋めつくされた、広大な海を通過した。そこには、彼が調査してきた他の人種領域に見られる特徴がまったくなかった。

ここは機械の領域だ、ともうひとつの精神がいった。すべての文化的情報が生体のみに限定されているわけではない。きみがいるのは程序《ぷろぐらむ》と電脳構造が保存されている領域だ。そこに会面できるのは

〈曼陀羅〉に接続された機械のみ。

――所属支族は？

阿頼厨は問うた。施爾倶支が緊急に相手を確認するさいは、まずこの質問をすることになっている。

――支族はない。わたしは識胞ではない。活動している蔵識嚢に会面したこともすることもない。

知識は〈曼陀羅〉から得た。

――では、何者だ？

――よくわからない。きみと似ていなくもない。

そのひとことによって、阿頼厨は相手の正体に気がついた。これはあの変異体の精神――人形洞に取り残され、阿頼厨が透明壁に近づいたさいに相手をしてくれと懇願した、あの異形の者の精神だ。

もういかなくてはならない、と変異体はいった。阿頼厨はふたたび、理解不能の混沌の中で孤独の相に陥った。ゆっくりと、慎重に移動して施爾倶支の領域に移り、馴じみ深い主題を呼びだしていく。変異体とはいえ、人形と接触できたとなれば、ほかの者たちとも接触できるはずだ。おそらくはあの捕虜とさえも。

それはぞっとする考えであると同時に――魅力的な考えでもあった。彼の知るかぎり、施爾倶支と人種のあいだでそのような接触が実現した例はない。だが、この方法には非常に施爾倶支的なものがある。蔵識嚢に接触した識胞が、悠久のむかしからつづく記憶を探るにつれて精神構造を浄化されていく過程、あれに似ている。

恐怖が鎮まった。これ以上悪いことが起こるはずはない。同胞は死に絶え、蔵識嚢は時縛繭に閉じこもっており、もはや自分がなにをすべきかも定かならぬ状態にある。

いまの阿頼厨は、生まれてはじめて、ささやかな〝自由〟を感じていたのである。

オリジナル・プルーフラックスの物語はつづく。

クリーヴォのところに通いだした当初、彼女は怒りを隠そうともしていなかった。彼のやりかたはまどろっこしくて、目的も明確にしなかったからだ。いったいこの人、わたしをどうしたいんだろう。それにわたしは、彼になにを望んでいるんだろう。

逢瀬は内々のものながら、べつに禁じられているわけではなかった。彼女は〈鷹〉。訓練と実戦のほかには、もうたっぷりと自由時間のある身分だ。巡航艦の閉鎖区画にはモニターなどなく、したいことはなんでもできる。ふたりが会う場所はいつも艦殻に近い区画で、たいていは星々を一望できるブリスターだった。そこでふたりは話を交わした。

プルーフラックスは長々しい会話に慣れていない。〈鷹〉が能弁であれと育てられることはないし、その選考基準にも好奇心という項目はない。しかしクリーヴォは、退役した〈鷹〉のくせになかなか能弁で、いままで出会ったなかではひときわ変わった人物だった。自分では変わり者だと思っていたプルーフラックスも、彼にはとうていおよばない。

クリーヴォはしばしば、彼女を激怒させた。とりわけそれは、彼女のいう〝誘導ゲーム〟のときが多かった。彼は教官のように、つぎからつぎへと質問を投げかけ、プルーフラックスを導いていく。といって、べつに罠へと導くわけでもなく、とくに目的があるわけでもない。

「母親のことをどう思う?」

「そんなことをきく意味があるの?」

「ぼくにはないな」

「それなら、なぜきくの」

「きみには意味があるからさ」

プルーフラックスは肩をすくめた。

「すばらしい母だったわよ。選びぬかれた才能を与えてくれたし、〈鷹〉候補生としても育てあげてくれたし。いろいろ物語を聞かせてもくれたし」

「ジェイ・アックスそのひとの膝の上で物語をしてもらったんだ、どんな〈鷹〉もうらやむだろう」

「膝の上じゃなかったわ」

「これは言いまわしというものさ」

「ともかく、わたしにとって、母はたいせつな人だったの」

「彼女は独り身を好んだろう？」

「ええ」

「すると、きみには父親がいないわけだ」

「個人情報は見ないで相手を選んだみたい」

「とすれば、きみもセネクシとたいして変わらないことになるな」

プルーフラックスはかっとなった。

「ひどい！　また侮辱したわね！」

「とんでもない。ぼくはずっと同じひとつの質問をしているだけさ、きみは耳を貸そうともしないが。きみは敵のことをどれだけ知っている？」

「敵を破壊する程度には」クリーヴォがずっとこのことを質問していたとは、とても思えない。

彼の話の引きだし方はひどく奇妙だった。

「そう、個々の戦闘に勝つ程度には知っているだろう。だが、最終的に戦争に勝つのはどっちだ？」

「長い戦争になるわ」クリーヴォから数メートル離れた場所に浮かんで、彼女は答えた。この体勢で見ていると、ぼやけた星々の弧をさえぎって、クリーヴォがブリスター内を回転しているかに見える。巡航艦がふたたび無時間次元から実体化しようとしているのだ。「向こうも善戦しているしね」

「セネクシは信念を持って戦っている。きみは連中が悪だと思うかい？」

「攻撃してくるもの」

「それはこちらも同様さ」

「そうなると、要点は」自分の当意即妙ぶりにほくそえみながら、彼女は切り返した。「どちらから攻撃をしかけたかということね」

「そうじゃない。それについては、はっきりした答えはもう出せまい。人類の指導者たちも、そこはどうでもいいと考えている。明らかにね。要点はそこじゃないんだ。こちらは新しい、向こうは古い。古いものはいずれかならず、新しいものに取って代わられる。セネクシと人類との本質的な差異は、そこにあるんだよ。戦いが生じたのもそこからなんだ」

「たがいのちがいはそれだけだというの？　向こうが古くて、こちらはあまり古くないから？　よくわからないわ」

「ぼくもだ、完全にはね」

「だから結論はなんなのよ！」

「セネクシは――」泰然とした顔で、クリーヴォはつづけた。「そのむかし、発生した惑星と同系の巨大ガス惑星群だけを必要としていた。そうやって、地球が形成されるまでの何十億年ものあいだ、平和裡に暮らしていたんだ。ところが、星から星へと渡り歩くうちに、他のタイプの惑星を利用する方法を知った。いっぽう、当初はもっぱら地球タイプの岩石惑星にしか興味を持たなかった人類も、徐々に巨大ガス惑星の利用法を学んでいった。双方が出あうころには、相互に相手の領域を侵蝕していたわけさ。セネクシのテクノロジーはどうにも得体の知れない、われわれのものとは完全に異質なもので、はじめて遭遇したときには、だれもが異次元の生物にちがいないと思ったものだよ」

「どこからそんな情報を得たの？」プルーフラックスはけげんな顔で目をすがめた。

「ぼくはもう〈鷹〉じゃない。だが、そのままポイと捨ててしまうにはあまりにも惜しい人材だった。ぼくの経験は広範なものだったし、能力は大いに有用だった。だから研究部門に配属されたわけだ。ぼくにとってもここは安全な場所に思えた。戦友たちとも接触する必要がなかったし」クリーヴォはまっすぐに彼女を見つめた。「人類は敵を知る努力をしなくてはならない。すくなくとも、ある程度までは」

「それは危険だわ」ほとんど本能的に、プルーフラックスはいった。

「たしかに、危険だな。敵を憎めなくなる」

「憎まなきゃならないのよ。憎めばそれだけ力を発揮できるもの。セネクシだって同じはず」

「かもしれない。しかし、ときとしてきみは、戦いのあと……敵と親しく話をしたくならないか？　向こうの兵士とじっくり話しあってみたくならないか？　向こうの戦術を学んで、どういった動きをするのが最良であり、味方の戦術と比較して――」

「冗談じゃないわ！」プルーフラックスはブリスターを飛びだし、トンネルを降下した。「そろそろ当直時間。準備しなきゃ」

――賢いわね。放りだしていったわ。あの男、いかれてる。

――どうしてそう思うの？

――戦いをやめさせようとしてるもの。破摧《ザップ》をやめさせようとしてるもの。

――むかし〈鷹〉だった人よ。

――そして〈鷹〉はグラヴァーとなる。でもグラヴァーも方向を誤るの。あなたのように。

――？

――人類があなたを利用したことを知らない？　自分がどう利用されたかわからない？

――すっかり記憶がぼやけていて……。

——とにかく、あの男のそばにいたら彼女は破滅。しッ、あれはだれ？
——だれかがわたしたちと話を聞いている。
——だれだかわかる？
——だめ、いってしまった。

つぎの会戦はさらに熾烈で、まさに地獄の戦い《ヘルフォート》となった。プルーフラックスは甲冑を身にまとい、ものを蹴りつけようとするかのように足を折り曲げ、出撃に備えていた。多泡構造《スポンジ》空間を出た瞬間、ろくに空間補正もされないうちから、巡航艦は早くも交戦状態に入った。意識が朦朧《もうろう》とし、見当識が失せている。古参〈鷹〉たちは瞬時に生体からサイバーに切り替え、事態の改善を試みた。

攻撃対象がわからない。戦術情報がインプラントに流れこんできたが、感じられるのはデータ量の膨大さのみ。まだインプラントとの融合がすんでいないのだ。事態は混沌としていた。気に入らない。古参の〈鷹〉たちは混乱など感じていないらしいのに。

巡航艦が損害を受けつつある——その程度のことはわかった。いらだちのあまり、叫びだしたい。そこでようやく、インプラントとの融合指令がきた。生体がサイバーに切り替わる。即刻、〈没入《ノウ》〉状態に移行した。

巡航艦が実体化した場所は巨大ガス惑星の上空だった。大気上層からの距離は七万九千キロ。損傷原因は氷機雷《こおりきらい》。人類艦が付近に実体化することを予測し、セネクシが多泡構造《スポンジ》空間に敷設しておいた水氷群だ。それに巡航艦がひっかかった——大きな運動量と通常次元への遷移失敗による不安定性の残余を引きずったままだ。艦にとっての失敗は、セネクシ側にすれば大成功につながる。

氷機雷の群れは巡航艦の近傍で現実への優越性を捨て、艦殻の全面で爆発した。さいわいにして、出撃レーンは無傷だった。発進誘導ビームに連なった〈鷹〉たちはつぎつぎに宇宙へ飛びだしていき、古典的な剣花隊形をとって散開した。

酷寒の惑星。そこは敵の一大拠点だった。上位者《オーバー》たちは惑星の大気組成すら把握していなかったが、星系内におけるセネクシの活動がこの惑星を中心に活発に行なわれているのを見て、いちかばちかの攻撃に踏みきったようだ。大気圏をめがけ、雪崩を打って殺到していく〈鷹〉の群れ。その後方から巡航艦が射出しだした無数の特異卵が、途中で〈鷹〉を追い越し、つぎつぎに惑星へ落下していく。特異卵は黒い卵形をした巨大な兵器で、各々が後方に曳く一条の黒縄《こくじょう》航跡は、通常次元に新生破壊をもたらし、ガス惑星を短命の太陽に変えてしまう威力を持つ。

時間は限られている。その限られた時間のうちに、〈鷹〉の各隊は降下橇《そり》に乗って大気圏に突入し、通常、セネクシが好んで湧昇《ゆうしょう》プラントを設置する液体水の層まで降下しなくてはならない。

到達後は手あたりしだいにプラントを破壊し、さらに液体アンモニア層付近まで降下、隠れていた〈郭公《カッコウ》〉どもを狩りたてつつ、この惑星のなにがそれほど重要なのかを探りだす手はずだ。

五名の〈鷹〉とともに、プルーフラックスは降下橇に乗った。ぐんぐん迫りくる朧々《ろうろう》とした大気の透明領域にセネクシのセンサー群がきらめいている。そのセンサーを撃ち落とすため、六機の橇からクモの巣ビームが放たれた。

大気圏突入！　空気抵抗の始まり、摩擦による金切り声とすさまじい熱。

二百キロの深みに達したとき、橇は逆噴射の炎を花開かせて降下速度を落とし、負荷を減らした。帰還は橇にたよるしかない。甲冑の推力でこの巨大な重力井戸から脱することは不可能だ。

橇はさらに深みへと降下した。おぼろに光る赤いスポットが第二層に貫入し、オレンジ色と紫色の層界面をくっきりと浮かびあがらせた。あそこから下はもう液体アンモニア層だ。第二層に近づけば、見たものすべてを恒久記憶に記録するよう、あらかじめ指示を受けている。

視覚的に〝見える〟ものはほとんどないが、他のセンサー群は大量のデータを記録しつつあった。そのすべてがインプラントの中で適切に処理されていく。

「生物がいる」と彼女はつぶやいた。

土着の生物だった。セネクシが基本的な道義を欠いていることの、これは新たなる証拠といえる。独自の複雑な生態系が発達した惑星に干渉するなんて！

周囲の温度がアンモニアの沸点にあがり、たちまち水の沸点に跳ねあがった。甲冑に大きな負荷がかかり、予想よりはるかに速くパワーを消耗しつつある。この層ではとくに浮遊生物が多いようだ。

そのとき、下方にいきなりセネクシの〈蛇〉どもが出現し、すれちがって高みに昇っていったかと思うと、反転して上方から襲いかかってきた。

プルーフラックスに降下指令がきたのはそのときだった。

（橇に同乗の〈鷹〉五名は現高度にとどまり、掩護にあたれ）

彼女が降下すると同時に、もう一機の橇が背後にすべりこみ、掩護陣を強化した。

湧昇プラント特有の輻射曲線を探しもとめる。あった。液体水の最下層界面だ。あそこよりも下にいけば無事に昇ってこられる保証はない。

セネクシが巨大ガス惑星の対流を利用する施設にしては、通常よりもずっと深い高度だった。

そしてそのプラントの上空には、これといって特徴のない曲線で構成された、ぱっと見ただけでは識別しにくい物体があった。両者の間隔は約十キロ。湧昇プラントは集束エネルギー・ビームの形で上空の施設にエネルギーを供給しているらしい。

降下速度をゆるめる。数十キロ上には、上空の戦闘を離脱してきたもうふたりの〈鷹〉が占位し、背中を守ってくれている。インプラントが適切な戦術を模索した。当面、無相角攻撃は控え、偵察に努めたほうがいい。

そのとき、湧昇プラントと付属構造物から音が流れ出ているのを感じとった。たんなるノイズではなさそうだ。リズミカルで、意図的なものに聞こえる。近づいてみると、その音は生物の群れが放つ波動であることがわかった。各々の生物は、気体で膨れたソーセージを連ねたような、巨大な蠕虫《ぜんちゅう》を思わせる形状をしていた。一体の長さは数十メートルはあり、直径はいちばん太い部分で二メートル。セネクシの〈蛇〉型戦闘体に似ていなくもない。原住生物だろう。それらがプラントの上に浮かんだ構造物に引き寄せられているのだ。敵が迎撃にくる気配はない。直衛の二名が左右に分かれて降下し、プルーフラックスの両脇を固める。

即座に決断した。原住生物が構造物に近づく方法にはひとつのパターンがある。そのパターンの隙をつけば、気づかれぬまま構造物に侵入できるかもしれない。

——あれは〈碾《ひ》き臼〉。彼女、知らないんだわ。

——〈碾《ひ》き臼〉？

——破摧《ザップ》しなきゃ！　たちの悪い兵器なのよ。セネクシがよく使うやつ。惑星じゅうに配置して。〈郭公〉に似ているけれど、もっと大がかりな作戦で使うやつ。

生物たちはつぎつぎに構造物の圧搾《あっさく》フィールドへ呑みこまれていった。その体組織が絞りとられ、構造物の下部から投下されていく。新たな成長のための——セネクシの成長のための——原材料だ。より重い元素はのちに収穫するため取っておかれるのだろう。

蠕虫に似た生物の群れにまぎれこみ、プルーフラックスは圧搾施設の中に飛びこんだ。内部の幅は数百メートルほどで、周囲をくすんだ白の壁に囲まれていた。霧の中にはのっぺりした灰色の機械が浮かんでいる。室内に満ちているうつろな反響は、つぎつぎに処分されていく原住生物の悲鳴らしい。プルーフラックスは後退しようとした。が、選別フィールドに捕獲されてしまった。甲冑が抵抗したものの、乱暴にふりまわされ、あっと思ったときには検査室に放りこまれていた。異物と認識されて、圧搾施設から隔離されたのだ。記録したのち破壊するという彼女の目的は、自動フィルターによって阻害されたことになる。

「情報充分」出撃前、インプラントにプログラムされた指令ロジックが、彼女の制御に取りかかった。

「湧昇プラントおよび付属施設に対して無相角攻撃を実行」

だが、軽いショック状態は依然として収まらず、彼女は検査室内に浮かんだままだった。なにかが消滅しかけている。サイバーに移行しかけても、すぐさま生体に戻ってしまう。オーバーのロジック・コマンドも攪乱《かくらん》されていた。インプラントに異常が生じ、生体に制御を戻そうとしているらしい。選別フィールドが全サイバー機能に障害をもたらしたのか、兵器プロセッサまでもがダウンしていた。

慎重に、ダウンしたシステムをひとつずつチェックしていき、現状でできることとできないことを確認した。それだけのことに三十秒も要した。インプラントの基準では天文学的な時間だ。

まだ無相角兵器は使える。賢明に行動し、パワーを無駄にさえしなければ、この検査室から脱出し、直衛たちと共同して、この圧搾施設もろともに湧昇プラントを破壊できるだろう。橇に戻るころにはインプラントも復活し、防御を司《つかさど》れる程度に修復が進んでいるかもしれない。脱出できたとしても、外になにが待っているかわからないが、当面、そこまで心配している余裕はない。

無相角ビームの集束度を絞ってから、発射の直前に甲冑を勢いよく振りまわし、へばりついた氷と沈泥のように細かい蛍光塵《けいこうじん》を振り落とした。ついでビームを発射する。壁面に通りぬけられる程度の穴があくと、じりじりと甲冑を這い進ませ、さらに壁と障害物に穴を穿《うが》ち、やっとのことで検査室を、そして圧搾施設を脱けだした。

自由落下に入ると同時にからだをひねり、広角に設定しなおしたビームを圧搾施設に向けながら、直衛たちに状況説明のメッセージを送る。

が、直衛はどこにも見あたらない。じきに圧搾施設が分解しだし、不透明な大気中に破片が飛散をはじめた。あのリズミカルな音がとまり、蠕虫に似た生物の群れが散らばっていく。

プルーフラックスは降下を停止し、数キロ上空をめざして――セネクシ〈蛇〉編隊のまっただなかめざして駆け昇った。橇にまで戻れるパワーはぎりぎりあるかないかだ。戦闘はもとより、ビームを湧昇プラントに向けるパワーも残っていない。

サイバーはダウンしたままだ。

橇のシグナルも微弱だった。慣性誘導サイバーからの方向指示を計算する余裕もない。そもそも、圧搾施設で選別フィールドにつかまって以来、すべてのサイバーはあてにならなくなっている。

（なぜ彼らはこうも巧妙に戦うのだろう？）

クリーヴォの疑問が思考にまとわりついた。ののしりながら心を無にし、甲冑制御の機能をすべて維持しようと試みる。

（双方の力が伯仲《はくちゅう》していれば、敵を理解しないかぎり勝つことはできない。しかし、ほんとうに敵を理解しているのなら、戦おうとはせず、話しあおうとするはずだ）

クリーヴォがそんな言い方をしたことはない。これほど口数多く、はっきりといったことはない。それは彼女自身が持つ論理思考の一部だった。

（狭隘《きょうあい》な選択の幅しか持たぬ自動機械以上のものであれ。敵を過小評価してはならない）

それは養成所に古くから伝わる格言であり、新しい訓練で失われるどころか、クリーヴォによっていっそう強調されていた。

（敵がきみと互角に戦うのなら、おそらく敵もきみと同じような考え方をするだろう。そこを突け）

孤立しているうえ、急速にパワーが衰えていく。もう選択の余地はない。敵に危険ではない相手と見なされるよう努めよう。そうすれば、しばらく放っておいてくれるかもしれない。

駆動を切り、錐揉《きりも》み降下に移った。これなら一見、圧倒的な気圧の墓場へまっさかさまに落下中と見えるだろう。こちらのパワー・レベルは把握されているにちがいない。ここでシールドをはずせば戦闘不能に陥ったと見なされるはずだ。シールドを解除した。このまま敵が落下を見逃し、とどめを刺さずにいてくれたら——上空の手ごわい〈鷹〉たちに集中してくれたら——プラントのはるか下、水蒸気層まで降下する程度のパワーは保持できそうだ。

そこまで降りたら、熱気泡に乗り、静かに上昇する。運さえよければ、無相角ビーム網を展開してプラントの破壊もできるかもしれない。

作戦をまとめるまで数分の余裕がある。その間《かん》、烈風になぶられ、標的から何キロも流されながら、気まぐれな雪華のようにひらひらと虚空を舞い落ちつづけた。

落下中はいっさいエネルギーを使えない。万一走査され、潜在エネルギーを把握されたら終わりだ。もしかするとわたしは敵を過小評価しているのかもしれない。敵の防衛態勢は自分が考えているよりずっと徹底したもので、念のためにこちらを破壊しようとするかもしれない。わたしがしようとしているのと同じく、行動方針に格別の基準はなく、直感のようなものにも頼っているのかもしれない。養成所では直感を否定された。サイバーよりあてにならないというのがその理由だった。しかし——。

落下はつづく。周辺温度がぐんぐんあがっていく。甲冑にかかる気圧が空気供給を圧迫しだした。戦時瞑想《めいそう》に入り、呼吸を切りつめる。

いまだ！

瞑想から醒めた。濃密な大気で動きづらい。ビーム網の準備。残余エネルギーの計算。

プラントにいたる上昇気流へにじりよる。熱気泡に乗った。嵐に翻弄される、ものいわぬ紙きれのように、目標の下をひらひらと舞いながら、彼女は上昇を開始した。頭上に脈打つ巨大フィールドの吸気孔——その見えない輪郭が雷光に浮かびあがる。まだビームは撃たない。

いまにも失神しそうだった。甲冑の内部は耐えきれないほど暑い。

ほとんど意識せぬままにビームを展開した。ビームが濃霧の中へ吸いこまれていく。熱気泡に乗り、濃霧の層を上昇していくうちに、巨大な影が見えた。プラントだ。はるか頭上、透明な大気の乱流に浮かぶ城。その吸気孔を貫いて、フィールド熱源ノードとプラント本体を包みこみ、無相角ビームがまばゆいブルーのチェレンコフ光を投げかける。プラントの表面が分解しだした。ついで、中層部、主要支持部へと分解が広がりだした。分解は分子レベル、原子レベル、素粒子レベルの順番で進み、構造物が吹雪のように舞い散ってゆく。養成所の言いまわしを用いてビームの働きを説明するなら、プラントはいま、現実に対する自信を失いつつあるのだ。

「物質は夢を見るんだ」十年も前、ある教官がそういった。「みずからが現実であることを夢見て、つねに結果を出すことにより、物質は法則をねじ曲げ、その夢を維持する。その夢を攪乱するには、法則の歪曲が不定の結果をもたらすようにしむけてやればよい。そうすれば、物質はみずからを保持できなくなる」

上昇熱気泡を脱けだし、新たな熱気泡を見つけた。ぼんやりと、考えが浮かんだ。自分はどこまで昇っていけるのだろう。最期のときにも好奇心が顔を出す。いいわ、見ていよう。最後の実験を。いつのまにか、からだが冷たくなっていた。インプラントがノイズを出しているのは復活の兆しだ。だが、サイバーには移行せずにおいた。死にいたる時間を引き延ばしたところでなんになるだろう。意味がない——

まるっきり。

だが、生き残った〈鷹〉のひとりが操縦する橇がすぐ下を通りかかり、危ういところで彼女に気がついてくれた。

阿頼厨《あらいず》は施禰倶支《せねくし》の記憶内でじっと待った。思考は一時的に、ささやき程度に衰えている。自分がなにを待っているのかも定かではない。

——こい。

呼びかけ方がおかしいが、その声には聞き覚えがあった。思考がうごめき、そのおぼろげな存在のあとにつづいて、施爾倶支領域から外に出る。

——おまえの敵を知れ。

ぷるーふらっくす……人種《にんしゅ》に対して送りだされた、片方の人形の名前。その存在が〈曼陀羅《まんでいと》〉内に感じられた。ある記憶領域に固定された状態だ。阿頼厨はその記憶領域と接触し、要点をとらえた。〈碾《ひ》き臼〉、上昇熱気泡、ぷるーふらっくす視点からの戦い……。

——敵がどれだけおまえを知っているかを知れ。

第二の存在を感じとった。ぷるーふらっくすの姿形にそっくりだった。しばらくして、気がついた。この人種の捕虜もまた再生体にすぎない。そして、その名もぷるーふらっくす……。じつに二体とも、記憶庫にあった人種の女性の記録——それを基にした再生体だったのだ！　原型一体と再生体二体、三体ともにぷるーふらっくす。施爾倶支の神秘数は五と六なので、三という数に感慨はない。しかし、すべてが同一の女性という偶然の一致には愕然とした。

——敵がおまえをどう見ているかを知れ。

〈碾き臼〉が生物たちを——蠕虫状の原住生物を処理するところが見えた。あれは邪魔者を一掃し、重水素回収体を大規模に播種するための下準備だ。蠕虫形生物の個体数が通常よりも大幅に減少しているところを見ると、圧搾作業がはじまってかなりの期間が経っているにちがいない。蠕虫形生物はこの手の巨大気体惑星によく見られる種で……。

ふいに、変異体が記憶庫の特定回路へと誘導した。原型ぷるーふらっくすの感情が伝わってきた。彼女は施爾倶支の行為に嫌悪をいだいていた。阿頼厨とて、人種が施爾倶支の基準で禁じられている行為をするところを見れば、同様の嫌悪を感じただろう。しかし、蠕虫形生物の殺生はあたりまえの行為にすぎない。人種が摂食の前に食物を滅菌するのと同じことではないか。

——それは記憶の中にある。蠕虫形生物は知的生物。独自の文明を持っている。この惑星に対する人種の行動は、蠕虫形生物が施禰倶支に全滅させられることを防ぐものにほかならない。

阿頼厨は問い返した。

——蠕虫形生物が知的だからなんだというのか。施禰倶支とは行動も考え方もちがう。施禰倶支と親和性がある種とも相容《あいい》れない。ゆえに好ましい存在ではない。その点は人種と同じだ。

——人種を滅ぼす気か？

——人種から身を守るだけだ。

——より大きな損害を与えるのはどちらだ？

阿頼厨は答えなかった。質問の流れが理解できなかったからだ。かわりに彼は、ふたたび完全なる自由と混乱とに突き動かされ、ぷるーふらっくすの記憶に潜りこんだ。

インプラントは交換された。ダメージを受けたプルーフラックスの手足や皮膚はまたたく間に修復・再生され、ふだんオーバーにしか適用されない集中治療を受けたおかげで、覚醒相四期のうちには反射速度と敏捷性を取りもどしていた。巡航艦が修理ドックへ向かうあいだに、プルーフラックスは休暇を申請した。それはすんなりと認められた。

まずはじめに、公定検索エリアまでクリーヴォを探しにいった。彼の姿はなかったが、ほほえみを浮かべた若いクルーからメッセージを渡された。急いでそれに目を通す。

〝当面、きみは自由だ。作戦に参加することもない。しばらくは研究をしたまえ。そのあとでぼくのところへくるといい。例の場所は破壊されていない。かつてほどのプライバシーはもう望めないが、いまでもいい場所だ。研究したまえ！　調べるべき情報にチェックをつけてある〟

彼女は眉をひそめ、メッセージをクルーの手に返した。クルーは事務的にメッセージを消去すると、職務に戻った。だが、彼女がしたいのはクリーヴォと話すことだ。研究ではない。

それでも、彼の指示にしたがって、艦載のメモリーストアを覗き、チェックがついた部分の検索をはじめた。予想していたほど退屈ではなかった。チェック箇所をたどっていけば、クリーヴォ本人やその問いかけがより明快に理解できる仕組みとなっていた。

いにしえの文学は、仮象ほどに視覚的ではないが、かなり風変わりなもので、しばし彼女は夢中になった。読んだものをまねて創作してみようとも試みたが、途中で挫折し、消去した。仮象ではない物語作りは、思っていたより難しかったのである。罰の物語があった。義務の物語があった。天国と地獄と呼ばれる場所の物語もあった。これは何万年も前に死んだ作家が書いた作品だが、司書機能のガイドのおかげで、内容をほぼ理解することができた。メモリーストアとインプラントを接続しさえすれば、何百冊もの図書を一時間で読みきれた。

記録のなかには、鮮明度が落ちているものもあった。何十年も、おそらくは何世紀も再生されないまま、ずっと放置されていたからだろう。

そのうちに飽きてきて、検索端末をあとにした。が、またしても奇妙な予感にとらわれて、指示のとおりにブリスターへは赴かず、研究エリアの二階層ぶんを占めるメモリーセントラルに向かった。案の定、クリーヴォはそこにいた。データピラーに没入して、艦の歴史の一側面を調べているところだった。プルーフラックスが近づいていくと、クリーヴォは接続を切り、椅子を回転させ、こちらに向きなおって、ほほえみを浮かべた。

「おめでとう」

「まさに鏖戦《おうせん》。われながら、獅子奮迅の働きだったわ」彼女もほほえみ返した。

「その程度の評価ではすまないだろうね」

「どういう意味、その程度とは?」プルーフラックスはけげんな顔で彼を見つめた。

「オーバーのチャネルを盗聴したんだ」

「で？」

――このひと、危険だわ！

「推薦されていたよ、きみが」

「なにに？」

「英雄とまではいかないな、いまはまだ。英雄になるには、まだまだ何度も修羅場をくぐらなくてはならない。まあ、たとえ英雄になれたとしても、きみは喜ばないだろうがね。英雄になってしまえば、もう戦う立場にないんだから」

プルーフラックスは無言で彼の前に立ちつくした。

「きみは貴重な遺伝情報の持ち主かもしれない。オーバーたちは、きみが困難な状況下で不可能事をなしとげたと考えている」

「わたしが？」

クリーヴォはうなずいた。

「きみの遺伝子型は保存されるかもしれないな」

「ということは？」

「ある計画が進行中だ。最精鋭の〈鷹〉たちを再生して――クローンだよ――均質で粒ぞろいの戦闘部隊を組織しようというのさ。ぼくの全盛期にもうわさはあったが――聞いたことはあるかい？」

プルーフラックスはかぶりをふった。

「べつに目新しい計画じゃない。もう何万年にもわたって、何度となくやりかけては、中止になってきた。こんどはいよいよ、それが実行に移されるらしい」

「あなたもむかしは〈鷹〉だったでしょ。あなたの遺伝子型も保存されたの？」

クリーヴォはうなずいた。

「ぼくにもオーバーたちの関心を引く要素はあったと見える。しかしそれは、戦士としての要素ではなかった」

プルーフラックスは自分の太短い指を見おろして、

「残酷ね」といった。それから、「わたしたちが発見した施設の正体、わかった？」

「害虫駆除施設のようなものだった」

「あなたは敵のことをもっと理解しろといったけれど……。やっぱりむりよ。理解したくもないわ。どうしたらあんなひどいまねができるの？」虫唾《むしず》が走るといわんばかりの顔になって、自分の問いに自分で答えた。「それはあいつらがセネクシだからよ」

「人間も……」とクリーヴォはいった。「同じようなことをたくさんしているじゃないか。ときには、もっとひどいことも」

「うそよ！」

――うそよ！

「うそじゃない」クリーヴォはきっぱりと答え、ためいきをついた。「人間だってセネクシの世界を滅ぼしてきた。人間と同じような知的種族の世界さえ滅ぼしてきた。無辜《むこ》の者などいはしない。この宇宙には、そんなものはいないんだ」

「そんな話、教わっていないわ」

「こんな話をすれば、きみをよりよい〈鷹〉にはできないだろう。だが、それを知ることで、きみは人として向上する。より深みのある人間になる。いま以上に意識を高めたくはないか？」

「もっともっと研究しろということ？」

クリーヴォはうなずいた。

「どうしてわたしにものを教えようと思うの？」

「ぼくが問いかけたことを、きみがちゃんと考えているからだよ。セネクシがどのように考えるかということをね。それにきみは、ほかの〈鷹〉なら生き延びられるはずのない死地を切りぬけてきた。オーバーたちはそれがきみの遺伝子のなせるわざだと思っている。そのとおりかもしれない。しかしそれは、きみという人間固有のものでもあるんだ」

「どうしてオーバーにそういわないの」

「いったとも」肩をすくめた。「ぼくはオーバーにとって非常に重要な人材だからね。さもなければ、とうのむかしに営倉行きになっていただろう」

「あなたがわたしにものを教えることに、オーバーたちは難色を示しているの？」

「さあ、どうだろう。ぼくがきみと話をしていることには気づいているだろうな。その気になれば、やめさせることもできる。連中はひどく抜け目がないからね」ふたたび、肩をすくめて、「もちろん、抜け目がないに決まってる。だからこそ、何度もぼくと意見の齟齬《そご》をきたしたんだ」

「わたしがもし、あなたの教えを受けたら……？」

「じっさいには、ぼくが教えをたれるわけじゃない。過去さ。歴史だ。いにしえの人々がどのようにものごとを考えたのかだよ。ぼくだって、きみ以上に優秀なわけじゃない……とはいえぼくは、ごく一部ながら、歴史を知っている。教えることはあまりないが、ガイドとしてなら役に立てる」

「あなたの問いかけはたしかに考えたわよ。でも、あんなふうに考える必要が——こんどもまた出てくるものかしら？」

「もちろんだとも」そういって、クリーヴォはうなずいた。

——静かね、あなた。

——彼女、籠絡《ろうらく》されようとしてる。

——とっくのむかしにされてるわ。
——怖いはず。
——あなたが——わたしたちが——挑戦を恐れたことがある？
——ないわ。
——セネクシだって怖くない。禁断の知識も怖くない。
——だれかがわたしたちと話を聞いている。存在を感じ——

クリーヴォはまず、過去の戦いの歴史へと導いた。プルーフラックスが〈鷹〉であることを考慮し、そこから入るのが適当と判断したのだろう。彼女は真剣に学んだが、心は揺れ動いていた。ときどきクリーヴォは説教的になったが、それはあまり気にならなかった。絡みあう過去の情報に分け入っていくときも、クリーヴォの態度には変化がないままだった。変わったのはむしろ、彼の態度に対するプルーフラックスの感じ方——そして自分自身に対する感じ方のほうだった。

やがて彼女は、あらゆる戦争の歴史に共通する特徴を見いだした。第一段階は、敵を非人間化し、低次元の存在と見なして、なんの呵責《かしゃく》も感じることなく殺せるようになること。敵がはなから人間でない場合には、これはいっそう簡単だ。しかし、戦争が長びくにつれ、この非人間化戦術はしばしば敵の過小評価を招き、破滅的な結果に通じる。

「われわれはけっしてセネクシを過小評価してはいない」とクリーヴォはいった。「オーバーたちもそこまで間抜けじゃないよ。ただ、どうしても敵を理解しようとはしない。ゆえに、戦いはつづく。いつはてるともなく」

「どうして理解しようとしないの？」

「なぜなら、人類はひとつのパターンに固定化されているからさ。永いあいだ戦いつづけて、人類は自分を見失いつつある。しかもそれはますます悪化しつつある」

クリーヴォはふたたび説教的な口調になっていた。もう何年も前から体系化し、数えきれないほど自分に語りかけてきたことばを、いま、詠誦のように唱えているのだろう。

「しかし、みずからの心を荒廃させてまで勝利すべき戦いなど――それほど重要な戦いなど、ありはしない」

そこのところにはプルーフラックスも異論があった。セネクシとの戦いに敗れることは、すなわち人類の全滅を意味する。それだけはたしかだ。

ふたりはたいてい、あのがらんとした、いまは使われておらず、先の戦いでも損傷を受けなかったブリスターで会った。会うのはいつも、巡航艦が多泡構造《スポンジ》空間跳躍《ジョウント》の合間の現実にいるときだった。クリーヴォがポータブル・モジュールにいれて持ってくるメモリーストアを、ふたりはともに読み、聞き、体験した。もっとも、そうやって学ぶ内容を、プルーフラックスはあまり重視していなかった。彼女の関心は、ただクリーヴォのみに向けられていたからである。それでも彼女は学んだ。

学んでいないときは訓練に没頭して過ごした。他の〈鷹〉たちからしだいに疎外されだしたように思えるのは、おそらく立場と階級がはっきりしないからだろう。彼女の遺伝子型は保存されるのか、されないのか。その決定はまだなされていない。だが、ものを学べば学ぶほど、そんな名誉はほしくなくなっていく。そう思ったことを知られると、かえって危険かもしれない。だれにとって危険かは、まだよくわからないが。

クリーヴォは、理想的ではあるが非現実的な行為の基準を〈鳥〉や〈鷹〉に教えるうえで、いかに英雄としてのイメージが利用されているかを教えてくれた。だが、英雄的行為がかならずよい結果を生むとはかぎらない。必要以上に戦功を焦ったり柔軟さを拒んだりする〈鷹〉は、ときとして悲惨な失策をしでかす。

戦争は断じて仮象ではない。だが、オーバーたちはますますそう見なす傾向が強くなってきている。

セネクシに対して戦略的勝利を収められないがゆえに、オーバーたちは長期にわたる消耗戦を選んだ。そして、人間社会そのものを戦争に適応させようとしていた。

「だれも名前を聞いたことすらないオーバーたちが、人類全員の死命を制し、意のままに操っている。じきに彼らは、生まれてくるべき人間とそうでない人間の選別までしだすだろう。いや、すでにそうしている可能性もある」

「それは偏執的な見方じゃないの？」偏執的。これは最近、覚えたばかりのことば／概念だ。

「かもしれない」

「それに、むかしからそんなふうだったわ――オーバー全員の名前なんて、だれも知らないもの」

「それがますます、ひどくなろうとしているんだよ」

クリーヴォはそういって、自分の予測した未来図を見せた。現在の傾向が変わらずつづくとすれば、やがて〈鷹〉を含む全戦闘員はいっそう機械的にあつかわれるようになり、ついにはオーバーの意のままに動く機械になりはてるだろう……。

――ちがうわ！

――しッ。彼、あの娘《こ》のことをどう思ってるのかしら。

プルーフラックスを導くうちに、クリーヴォは必然的に、彼女の変化について責任を感じはじめた。プルーフラックスは優秀な戦士だ。自分の教えが彼女を役立たずにするとはかぎらない。とはいえ、彼自身は戦いながらプルーフラックスと同じ変化を経験し、ついには配置転換させられた過去を持つ。戦闘部門以外のほうが能力を生かせるし、周囲に悪しき影響を与えることもない、とオーバーたちに判断されたのだ。

いまの彼を生んだ原因のひとつは、そんな判断に対する不満だった。〈鷹〉に研究をさせるとは、オーバーたちも馬鹿な判断を下したものだ。戦士はねばり強い。真実が隠されているのなら、執拗にそれをほじくりだす。そして、そっと仲間たちに伝える。戦士のあいだで交わされる隠語は、直属のオーバーでさえめったに意味を理解できることがない。ましてや、何パーセクも後方の戦略圏にいる最高オーバーには見当すらつくはずがなかった。しかも戦士には、仲間の役に立つことを知ったとき、たとえ罰則を科されようとも、みなに伝えねばならないという不文律がある。クリーヴォはたんに、それにしたがったにすぎない。

だから彼は伝えた。かつてものごとは、いまのようではなかった。戦争は人々を、政府を、社会を変質させた。社会はその構成員に多大なる変化を——生き方や考え方における変化をもたらしうる。現在のような時代はなおさらだ。ものごとはさらに構造化されるだろう。戦う自由はドラッグであり、幻想であり——

——ちがう！

憎悪の状態を永続させる手段でしかない。

「それならなぜ、オーバーたちはデータをメモリーストアに入れたままにしてるの？　そのデータを研究されたら、なにもかもばれてしまうじゃないの」

「重要人物のなかにも、いつの日か、われわれがかつての姿に戻ることを望むのではないかと考えている者がいる。彼らは人類がルーツを失うことを恐れているんだ。しかし——」

クリーヴォの顔に、唐突に、悟りきったような表情が浮かんだ。プルーフラックスがその顔に手を触れると、クリーヴォはわずかに身じろぎし、彼女に向きなおった。

「しかし？」プルーフラックスはうながした。

「ルーツはいまだ整理されていない。われわれは情報を失いつつある。艦のオーバーたちはますます情報検索を制限するいっぽうだ。いずれ過去の情報は腐敗してしまう。すでにこのストアのなかで、一部のデータがそうなっているように。そこでぼくは、しばらく前から計画を立てているんだ。その情報をひとつのユニットにまとめて――」

――〈マンデイト〉を創ったのは彼だったんだわ！

「――各艦艇に一ユニットずつそれを搭載させ、研究者に管理させるよう、オーバーに進言しようと。まだ発掘可能ではあるが消滅しかけている過去の体制の記録を、正式な形で残しておくんだ。いまはその記録の周辺部を見ているところでね。すくなくともぼくは研究を許されている。じきに彼らさえ反駁《はんばく》しようがない証拠が集まるだろう。みずからの歴史をぼかそうとした社会になにが起こったか？そのような社会は完全に発狂してしまう。オーバーたちにも聞く耳を持つだけの理性がなくはない。うまくすれば、進言は通るだろう」

クリーヴォはブリスターの透明部分から外を眺めやった。巡航艦が多泡構造空間《スポンジ》への入口を探っているらしく、一方の星々がにじみだしている。

「自室に帰ったほうがいい」クリーヴォがいった。

「基地に帰ったら、あなたはどこへいくの？　わたしたちみんな、転任させられるんでしょう？」

「基地につくのはまだ先だよ。なぜそんなことをきく？」

「……もっと学びたいの」

「理由はそれだけじゃないだろう」そういって、クリーヴォはほほえんだ。

「どんな理由があってもかまわないでしょ」つっけんどんに、プルーフラックスは答えた。

「われわれも毛色の変わった人種だからな」

いらだちととまどいを覚えて、プルーフラックスはクリーヴォをにらんだ。

「つまりだよ……われわれは〈鷹〉だ。仲間だ。〈鷹〉同士というものは、ふつう、あっけらかんとつきあうものじゃないか、こんなふうにね」クリーヴォはパチンと指を鳴らした。「なのに、きみとぼくは、しじゅうこそこそと会ってばかりいる」

プルーフラックスは無表情を装った。

「きみは……ぼくに気があるんじゃないのかい？」からかうような口調で、クリーヴォがいった。

「思いあがりもたいがいにして。いやな人ね！」

「でも、そうなんだろう？」

「……それが理由のひとつでないこともないわ」プルーフラックスの口調はすこしやわらいだ。

「わかっているとも」かろうじて聞きとれる程度の声で、クリーヴォがささやいた。

遠くから警報が聞こえてきたのはそのときだった。

――いつも同じだわ。

――なにが？

――いつもいつも同じ。こんなの、作りごとよ。

――ばかをいわないで。これはまぎれもない事実よ。

――クリーヴォが〈マンデイト〉を創ったのなら、この情報を記録したのも彼。こんなことは真実じゃない。

――なにをそう動転しているの？

――わたしの信じているものすべてが仮象だったなんて……そんなこと、聞きたくもない。

――わたしは似たような経験をしたことさえないのよ。覚醒相もさほどリアルには思えなかったし。わたしは現実じゃない、あなたも現実じゃない……これは夢眠相。なら、なぜそう動転するの。あなたとわたしは……わたしたちは、それぞれ一個の人間ですらないわ。あなたが感じられる。あなたは破摧《ザップ》したがってる。戦いたがってる。それ以外のことはほとんど頭にない。わたしはただの影。あなたとくらべてさえも。けれど、彼女は本物の一個の人間。彼女はクリーヴォを愛してる。それに、まだわたしたちほどひどい目にあっていないから、なにかが変わるはず。

——あの娘《こ》、もっとひどい目にあうというの？

——〈マンデイト〉がでたらめなら、わたしはでたらめの塊。あなたは絶対に認めないでしょうが、わたしは認めざるをえないの。さもないと、影にすらなれないもの。

——絶対に認めないというわけでもないわ。認めづらいだけ。

——あなたがはじめたことなのよ。あなたが愛のことを考えたからこうなったのよ。

——考えたのはそっちじゃない！

——愛がなんだか知っているの？

——受容よ。


ふたりは兵器ブリスターで初めての愛を交わした。ごく自然な成りゆきだった。多少とも不自然なところがあったとすれば、ふたりともに慎重すぎて、ぎごちない交歓がつづいたことくらいだろう。プルーフラックスはすこしずつ受容的になっていき、クリーヴォもやっとガードをおろした。それは〈鷹〉ご自慢の調和のとれた長いバレエではなく、短時間の、がつがつとむさぼりあうような交わりだった。演技などはいっさいない。アーティストの役を演じる必要はさらさらないのだ。ふたりとも、たがいのことだけしか意識のうちになかった。もっとも、ふたりの感情の交わりにくらべれば、行為そのものがもたらす快楽はさほどでもなかったが。

「あまりうまくなかったわね、おたがい」とプルーフラックスがいった。

「ふたりとも、シャイだからさ」クリーヴォは肩をすくめた。

「シャイ？」

クリーヴォはその意味を説明した。過去において——時代によってたびたび意味が変化するので、これは過去のさまざまな時代において、ということだが——愛を交わすことは単なる肉体的交歓でも僚友関係の披露でもなかった。それは人と人との絆《きずな》を認識させるものだったのだ。

彼女は半信半疑で耳をかたむけた。その種の愛は、彼女が学んだ他のさまざまなことと同じように、奇妙で不愉快なものに思われた。連れあいとなった〈鷹〉のいっぽうが戦死したあとも、その相手の〈鷹〉が故人を愛しつづけたら？　それは確実に、鏖戦《おうせん》に悪影響をもたらす。しかし、嫌悪をいだくいっぽうで、そこにはたしかに魅かれるものもあった。臆病さ《シャイネス》──他人の心に踏みこむことへの恐れ。真実を提示することへのためらい。相手がかけがえのない存在──たいせつでたいせつでたまらない存在であると気づいたときの、はげしい惑乱。そのような感情は、たしかに過去には存在したのかもしれない。いくらクリーヴォが説明しようとしても、この時代にあってはひどく異様にしか聞こえず、過去とのはるかな隔たりを強調するだけに思えるが──じっさいに自分がそのような感情を味わっているとなれば、自尊心から思っていたほどには、過去との隔たりがないということか。

複雑な感情は、養成所のみならず、現場に配属された〈鷹〉のあいだでもきらわれる。複雑な感情は複雑な行動の妨げにしかならない。望ましい心の持ちようは、簡素にして果断。

「でも、わたしたち、ずっとおしゃべりをしていただけでしょう──ついさっきまでは」

プルーフラックスはそういってクリーヴォの手を握り、指の感触を一本ずつ味わった。自分の指とそれほどちがってはいないが、キーボードを操作しやすくするためだろう、やや長くなっている。

「おしゃべりというのは、われわれにできるもっとも人間らしい行為だよ」

プルーフラックスは笑った。

「あなたがどういう人間かはわかってる」からだを引きあげ、自分の目が相手の胸と同じ高さになるようにする。「あなたは世捨て人。パーティー好きのタイプじゃないわ」

「どこでパーティーの概念なんか知ったんだ？」

「あなたに読むようにといわれた文学を読んだまでよ。あなたは根っからの教師ね。教育することで愛を交わそうとするなんて」急に不安をいだき、恐怖ともいえそうなほどの感情をおぼえて、彼女はクリーヴォの顔を見あげた。「あなたの愛し方が気にいらないというんじゃないの。肉体の愛し方は好き」

「なかなかの受容ぶりだったよ。どちらの面でもね」

「わたしたちが話をするのは」プルーフラックスはささやき声になって、「真実を語るためじゃない。そうすることが楽しいからでしょ」

自分の髪をまさぐるクリーヴォの手にうっとりしながら、彼女はつづけた。

「楽しさは頽廃《たいはい》だといわれるわ。天国と地獄のことを書いたあの古人。彼なら罪だというでしょう」

「楽しさとは、だれかが自分とはちがったものの見方、感じ方をしているかもしれないという認識のことだ。それは個性を認めることに通じる。きみとぼくはその数すくない最後の生き残りだな」

「あなたがオーバーたちを納得させても？」

クリーヴォはうなずいた。

「連中はリスクのない成功を好んでくりかえす。新しい個性は危険なんだ。だから、過去の成功例を複製しようとする。いずれ同じような人間ばかりになって、個性はどんどんなくなっていくだろう。きみやぼくが増えて、ほかの者たちは減っていく。個人差がなくなれば、語るべき物語もなくなる。歴史もなくなる。われわれは死んだ歴史の一部になるのさ」

プルーフラックスはクリーヴォのそばで宙にただよったまま、前のように心を無にし、彼に対する贔屓目《ひいきめ》を締めだそうとした。自分を取りまく社会構造が理解できた気がする。ものごとが新たな目で見える。それをそのまま口にした。

「われわれは、一本の道を通っている最中なんだ」とクリーヴォはいった。「同じ場所にとどまっているわけじゃないんだよ」

――ちがう、しょせん同じ場所。わたしたち三人がどれだけちがうというの？

——でも、ここにはたくさんの歴史があるわ。わたしたちだけを基準にして考えるのはどうかしら。

——ずっと考えていたの。〈マンデイト〉に記録された最後のできごとは見られるのかと……。

——だめよ、考えては！　ああ、プルーフラックスから引き離されていく……。

阿頼厨《あらいず》は、自分が人形たちとともにただよいだすのを感じた。果てしない時の流れを、どこまでもどこまでも飛翔していく。やがてこんどは逆方向に戻りはじめた。その旅を経て、やっと気がついた。遠い過去の一年間には、〈曼陀羅《まんでいと》〉終端部の一千年ぶんに相当する膨大な変化が詰まっていることに。プルーフラックスの時代からははるかに遠く、プルーフラックスの記録からうんと隔たっているにもかかわらず、クリーヴォの声があとを追いかけてきた。

「暴政は歴史を終焉《しゅうえん》させる。セネクシと戦ううちに、われわれは彼らと同質の存在になった。なんの変化もなく、若さを失い、老齢に押しつぶされていく。重要な変化はなにひとつない、ひたすら同じパターンのくりかえし」

——では、わたしたちは何回ここへきたの？　わたしたちは何回死んだの？

阿頼厨にはもう、なにがなんだかわからなかった。人種《にんしゅ》をつかまえたのはこれがはじめてなのか。蔵識嚢《ぞうしきのう》は自分にすべてを話してくれていたのか。施禰倶支《せねくし》には歴史がないのか。

そもそも歴史とは——

生命を持ち、考える存在の、生存記録の蓄積。その行動、思考、情熱、希望。

彼の混乱した非人種的な疑問にも〈曼陀羅〉は答えてくれた。行動と思考は理解できるが、情熱と希望は理解できなかった。おそらくそれらがなければ、歴史と呼べるものは存在しないのだろう。

——あなたたちには歴史がない、

そういったのは変異体だった。

——あなたと同質の存在は何百万といる。あなたの蔵識嚢と同質の存在も何百万といる。蔵識嚢に記録されたできごとの多くは千回以上も再生され、あまりに似かよっているがために、便宜上、同じできごととして記録されている。同質でない記録の最後のものはなんだろう？

阿頼厨は変異体に問うた。

——おまえにはそれがわかるのか？

——わかる。

——なぜわかる。人種と施彌倶支の中間として創られたからか？

——それだけではない。

双子ともいえる捕虜と人形の要請により、何度もくりかえされる曖昧模糊《あいまいもこ》とした灰色の千年紀の中、彼らはまたもや過去に戻りつつあった。ふたたび歴史が自己主張をはじめ、記録の中に差異が現われはじめた。

マーシオールへと帰投する途中、それから四度の小規模な戦闘があった。プルーフラックスはそのつど優秀な戦績をあげた。自分には特別の才能があるのではないかと、密かにそう思ったが、これはクリーヴォにも秘密にしておいた。養成所で過ごした最後の数日にも、その思いは消えぬままだった。〈鷹〉の特権を行使して、プルーフラックスは養成所のすぐ外側、比較的人口のすくない〈街の娘〉地区に古参兵用の住居を持つことにした。いくつかの問題が片づくまで、戦いに復帰することはない。その問題のうちでいちばん重要なのは彼女の地位だ。

クリーヴォは中堅オーバーたちに働きかけをはじめた。彼の提案が終了するまでは養成所の所属となるので、もうしばらくは彼と過ごしていられる。

住居の面積は十六平方メートル。住宅案内によれば、エレガントとはいかないが、自然な造りだという。クリーヴァはここを〝屋根裏部屋〟と形容したが、彼のメモリーブロックを探ってみたところ、それは誤用だった。あるいはそのことばで、狭さとわびしさを強調したかったのかもしれない。

最後の日、彼女はクリーヴァの腕に抱かれたまま、ベッドに身を横たえていた。数時間ほど自然の眠りをとったあと、彼女は目覚めた。クリーヴァはまだ眠っていた。その寝顔を見つめながら片手を伸ばし、クリーヴァの腕をなでる。

これまで受容した相手たちとはまったくちがう腕。独特の腕だ。そう考えただけで愉快になった。こんな受容をした者はいない。これは始まりだ。この先、ふたりとも同時に複製されることがあれば、この愛も、この受容も、無限に再現されていくのだろう。クリーヴァがプルーフラックスに出会って、教育して、その目を開かせて。

そのくりかえしは、なんらかの形で歴史の死にすらも貢献するかもしれない。そう思うと、楽しくなってきた。この秘密を胸に秘めて、わたしは戦いに臨む。生き残るたびに、それがどこであろうと、何度めの再生であろうと、わたしはクリーヴァを受容し、クリーヴァはわたしを教育する。現在では無理でも――どちらかが死んでしまえば、いやでもそうなるだろう――未来のいつかに。歴史の死も、いいものかもしれない。この愛がとこしえにつづくなら。

いまを生きることがこんなに楽しくてしかたないというのに、もはや死というものに対する不安はまったくない。わたしの能力は研ぎすまされている。クリーヴァにはできないあらゆることをして、彼を喜ばせてやろう。彼が毎回、あの内省的な状態に没入し、自分の戦いを反芻し、華々しく戦えるわたしをうらやむのなら、それはそれで悪くない。そう、わたしたちがたがいのためにしたことは、すべてよいことだったのだ。

――よいことだったのよ
――だったのよ

プルーフラックスはクリーヴォの腕をすりぬけ、せまい寝室をあとにし、スモーク・カラーのエア・カーテンをくぐってラウンジに入った。そこに、面識のないふたりの〈鷹〉とひとりのオーバーがすわっていた。三人は彼女を見あげた。

「アンダー」

「オーバー」

答えたオーバーは女だった。着ているタンとグリーンの服は養成所の制服だ。軍艦のそれではない。

「わたしにご用ですか」

「ええ」

「仕事のことですね」

オーバーは〝そばへきなさい〟と手招きした。

「あなたは研究職に配属されたわ」

「そうですか……」とプルーフラックスは答えた。艦内でのふたりの逢瀬がばれていなかったはずはないし、養成所付近でいっしょに住んでいることも、むろん把握されていたにちがいない。「それは軍務違反に対する処置ですか？」

「いいえ」オーバーはプルーフラックスに鋭い目を向け、小さなラウンジのただなかに一糸まとわぬ姿で優美に立つ、みごとなほど戦闘用に特化した体形を観察した。「けれど、決定はくだされたの。あなたの地位は、いまこの場で決定されます」

プルーフラックスはぶるっと身ぶるいした。

「プルーフラックス」

年かさのほうの〈鷹〉が口を開いた。その〈鷹〉ともうひとりの〈鷹〉は仮象で見たことがある。クムナックスとアロル。かつての彼女のヒーローたちだ。

「きみは名誉を与えられた。きみのパートナーも同様だ。きみは貴重な遺伝子型を——」

そこから先は、ほとんど耳に入ってこなかった。いずれきみには戦場に戻ってもらうことになる。戦場で充分な経験と知識を身につけたと判断されたなら、遺伝子を政治教育部に提供してもらおう。そのあとは、もう戦いに出ることはない。みなの模範に——英雄になるほうが、より大いなる貢献ができるというものだ……。

英雄となれば、その性質上、連れあいは持てない。〈鷹〉の英雄は、元〈鷹〉と暮らすことすらもできない。

クリーヴォがエア・カーテンの向こうから現われた。

「それがあなたの務めよ」女のオーバーがいった。「この住居は引きはらってもらうわ。ふたりにはそれぞれ独立した住居に住まい、個別の仕事についてもらいます」

三人は立ち去った。プルーフラックスはクリーヴォに手を差し伸べたが、彼はその手を握ろうともしなかった。

「むだだよ」

プルーフラックスは急に腹が立ってきた。

「あきらめるというの？　わたしは多くを望みすぎ？　悔しくないの？」

「悔しいさ。たぶん、きみよりもずっと。この命令がくることはわかっていたんだ。それでもぼくはここを出ていかなかった。これで最高オーバーに会う機会はふいになったかもしれない」

「それなら、すくなくともわたしは、あなたのくだらない歴史なんかより大きな価値があったということ？」

「いまはきみが歴史だ。彼らの好き勝手に創る歴史——それがきみなんだ」

プルーフラックスの声には驚きがにじんでいた。

「死にたい気分だわ……これはなに、クリーヴォ？　あなたはわたしになにをしたの？」

「ぼくだってつらい」

「傷ついた？」

「混乱してる」

「うそ」しだいに怒りがこみあげてきた。「あなたにはこうなるとわかっていたんでしょう。なのに、どうしてなにも手を打たなかったの？」

「手を打てば軍規に触れる。抵抗すればもっとひどい立場に置かれていた」

「だったら、あなたの偉大な、かけがえのない歴史はどうなるの？」

「歴史はきみが持っている」クリーヴォはいった。「ぼくはたんなる記録者にすぎない」

――なぜオーバーはふたりを別れさせたの？

――わからない。どのみち、あなたは彼がきらいだったんでしょう？

――そうだけど、でもいまは……

――わからない。

――ほうらね。あなたは彼女なのよ。わたしたちは彼女なのよ。でも影でしかない。彼女は実体。

――わたしにもね。わたしたちにはわからない。とはいえ、彼女の身に起こったことを考えてみて。オーバーたちは彼女の最良の部分を奪いとったの。プルーフラックスは
それから十八回出撃し、果敢に戦いつづけ、死力をつくした戦いの最中《さなか》に死んだ――多くの勇者がそうであるように。なぜ男性との別離前の能力がずばぬけたものであったのか――別離以後、彼女の戦闘力は目に見えて落ちてしまう――その疑問への答えはついに表に出されずじまいとなった。その答えは廃棄指定記録の闇に眠ったまま。いまとなってはそれを解釈する者も、本装置にアクセスする者もいない。

——そう。彼女は出征し、戦い、死んだ。上層部は彼女の仮象を作ることさえしなかった。彼女が死んだのは、そのせい？

——とは思わない。彼女はベストをつくして戦ったもの。ほかの〈鷹〉が死ぬのと同じようにして、彼女も死んだのよ。

——ほかの〈鷹〉と同じように生きることだってできたかもしれないのに。

——そんなこと、わたしにわかるはずがないわ、あなたにだってわからないでしょう。

——彼らは……わたしたちは……ふたたび会ったわ。わたしもいちど、艦内でクリーヴォと会った。長くはいっしょにいさせてもらえなかったけれど。

——そのとき、彼をどう思った？

——ほとんど時間がなかったんだもの、わからない。

——きいてみましょう……


何千という接続ステーションが存在する以上は、どこかでプルーフラックスのヴィジョンの一部が現実となることは避けられない。ふたりはしばしば出あうことになる。プルーフラックスたちと同様、クリーヴォたちもおおぜいいる。あらゆる艦艇にはふたりのコピーが数セットずつ搭載されている。オリジナルほど優秀ではないが、プルーフラックスはタイプとして優秀であり、彼女は——


——そんなに優秀じゃなかったわ。だって、牙を抜かれてしまったんだもの。当局はそんなこともわからなかったの！

——わかっていたはずよ。

——だったら、戦いに勝ちたくなかったんだわ！

——それはどうかしら。もっと重要な問題を考慮したのかもしれない。

——そうね、歴史を殺したみたいに。

阿頼厨《あらいず》は身ぶるいした。からだが熱くなり、いまにも胞芽《ほうが》を芽吹きそうに意識が朦朧《もうろう》としている。かろうじて制御を取りもどした。本来の仕事が発生し、〈曼陀羅《まんでいと》〉の外へ呼びだされたのだ。出ていくまぎわ、人形二体と人種《にんしゅ》の捕虜を調べた。なにかがおかしかった。自分はどのくらい長く〈曼陀羅〉に埋没していたのだろう。あせる気持ちを抑え、呼びかけに応える前に大急ぎで調べる。再構築した〈母〉が誤動作していた。だれも栄養を与えられていない。人形も捕虜もがりがりに痩せ細り、蒼ざめ、すっかり冷えきっていた。

死にかけていたのはあの膨れた変異体もだ。他の二体と同じく、〈曼陀羅〉の中へ消えかけている。阿頼厨は彼らから注意をそらした。なにもかも混沌としていた。自分は人種なのか施禰倶支《せねくし》なのか。彼らを理解しようとして、ここまで思考力が低下してしまったのか。とにもかくにも、自分を呼んだ存在がいる場所へ――変わりはてた仮蔵識洞《ぞうしきどう》へと赴いた。通路には安母尼亜《あんもにあ》の氷が部厚く張りついており、その上をすべっていくだけで莢《さや》に火傷を負った。

ようやくたどりついてみると、蔵識嚢《ぞうしきのう》は時縛繭《じばくまゆ》から解放されていた。緊急維持機構はあまりうまく作動しなかったらしい。蔵識嚢が傷ついていたからである。

「汝、何為《なにす》れぞ我が側に侍《はべ》らざる」

「時縛繭解除のときまで、わたしの役割はないと判断しましたので」

「監視を怠りしは何の故ぞ！」

「監視する必要があったでしょうか。われわれはあまりにも遠い未来へきてしまいました。いまさらいかなる行動をとっても無意味でしょう。あの原始星群は変わりはて、領有権問題にも決着がついています」

「然《しか》らず。汝見得《けんとく》せざるか、あの追手を」

阿頼厨は感知壁に——というよりも、その残骸に——向きなおった。そこにはたしかに、追跡者がいた。手ぬかりだった。

「汝の咎《とが》にては非ず」蔵識嚢がいった。「与えられし重荷に汝の能力は損なわれ、機能の劣化せしが故なり。このうえは但《た》だ速《すみ》やかに空滅すべし」

阿頼厨はためらった。自分はそうとう変質し、劣化してしまったにちがいない。蔵識嚢からじかに命令を受けながら、なおためらっているのだから。だが、蔵識嚢は損傷している。自分がいなければ、自分が学んだ知識がなければ、蔵識嚢にはなにもできない。蔵識嚢の指示はまちがっている。

「ご報告しなくてはならない事実がたくさんあります。とても重要な事実が——」

蔵識嚢から強烈な波動が発せられた。極度の嫌悪、名状しがたい恐怖、人種《にんしゅ》の怒りに似たなにか。なにを学ぼうとも、いかに変質していようとも、その波動にはとても耐えられるものではない。

自発的に、しかし自分の意志に反して——もうどちらでもいい——阿頼厨は自分のからだが融けていくのを感じた。莢から力がぬけていく。がっくりと倒れ伏し、凍った安母尼亜の床にころがった。ひどく熱い。だが、それでも起きあがろうとはしない。消滅するまぎわ、阿頼厨は識胞であるということがどういうことか、そして蔵識嚢であること、人種であることとはどういうものかを、驚くほど鮮明に理解した。そうして、からだが安母尼亜の上で凍てつくとともに、そのかけがえのない洞察はするりと抜けだした。

臓識嚢は洞の制御を取りもどした。だが、いうに足るほどの防御施設は残っていない。氷のように落ちつきはらい、みずからの空滅に備えながら、蔵識嚢は追跡の終焉を待った。

〈ママ〉が警報を発し、〈マンデイト〉とのインターフェイスが断ち切られた。満足に這えもしないほど衰弱した人間たちは、怯えて顔を見交わし、かしいだ部屋の反対端へすべっていった。

ふたりとも混乱しきっている。どちらが捕虜でどちらが囮人形なのか。しかし、そんなことはもうどうでもいい。ふたりとも骨と皮ばかりに痩せ細り、みずからの排泄物にまみれ、汚れはてていた。同じ動きで、膨れた変異体を眺めやる。それは部屋の一角にすわっていた。巨大な胸部の上に乗った、不釣り合いなほどに小さな頭部。健康だったときでさえまともに機能していなかった、貧弱な手足。

変異体が弱々しく、ふたりにほほえみかけた。

「あなたを感じていたわ」ブルーフラックスたちのひとりがいった。声がすこし、しわがれている。「あなた……あそこでわたしたちといっしょにいたわね」

「あそこはぼくの居場所だ」とそれは答えた。「ぼくのたったひとつの居場所なんだ」

「あなたの役割は？　名前は？」

「ぼくは……わかっているはずなのに。ぼくは研究者だ。あそこでは……あそこでは、自分のことがよくわかっていたのに」

　ふたりは目を細めて変異体を見つめた。その顔。こんなに縮んでしまっても、どことなく見覚えがある、その顔。

「あなた……クリーヴォね……」

　そのとき、まわりじゅうでけたたましい音が響きだし、変異体のかぼそい声をかき消した。見ている間に、部屋はオレンジのように切り分けられ、皮を剝かれた。

照明が消えた。極寒の冷気が三人を押し包む。

そのとき……裸体の女が宙に浮かび、自分そっくりのミニチュアたちに囲まれて室内に入ってきた。妖精をしたがえた天使の図だった。体格はまるで蛇のようにほっそりしている。手首には銀の腕環を、腰には細い鎖をつけているだけで、あとは一糸まとわぬ裸体の女。闇の中で、そのからだはブルー・グリーンの輝きを放っていた。

室内はほぼ完全な真空と化し、まったく音が伝わらない。それでも、ふたりのプルーフラックスはかすかに唇を動かし、問いかけた。

(あなたは、だれ?)

女は無表情のまま、ふたりを見つめていたが、ややあって、飛翔しようとするかのごとく、大きく両腕を広げた。グラヴこそはめていないが、これは……戦士だ。

女がすっと片手をかかげた——この種のセネクシ実験施設を見つけるたびに、いままで何度となくそうしてきたように、高々と。もっとも、この実験施設はたいていのものより年代物のようだったが。

ブルー・グリーンの光輝がいちだんとまばゆさを増し、波状に広がっていき、毀《こぼ》たれた壁面を舐め、凍てつき死にかけたプルーフラックスたちを押し包んだ。

処置がおわると、天使と見まごうばかりの完璧な女は、気まぐれな光をさらにふるうべく、残骸をあとに残し、ふっと消えた。

天使は一体だけではなかった。その時点ではもう、おびただしい数の天使によって、脱出洞全体が破壊しつくされていた。ただし、天使たちは残骸の一部、ごくわずかな一部には手をつけようとせず、その場に放置して飛び去った。

天使の大群は飛翔をつづける。いったい何百万体いるのだろうか、濃い霧のごとくに群れをなし、星々を隔てた空間を飛翔する天使たち。その唯一の主人は現実の優越性だ。

それ以外の主人は必要ない。彼らが異常をきたす恐れもない。

〈マンデイト〉は冷たい漆黒《しっこく》の空間のただなかに浮かんでいた。その記憶は絶えず再生されつづけているが、そのかたはしから、数多《あまた》の精神が駆けぬけた記録は消えていく。さまざまな軌跡がつかのま花開き、まるで現実のように再現され、すぐさま量子論にしたがってエネルギーを失い、消滅する。

とうとう記録のあるひとかけらに光があたった。
〈マンデイト〉が反射的に説明した。
プルーフラックス最後の詩。

なんと明るい炎の輝き！　平和はうつろい
記録は消える、ただのひとつも残さずに
なぜだかいつも、同じ扉を見失っては
輪廻《りんね》のうちに、われらは滅ぶ。

灰から星へ、虚偽から魂へ、
まわれ何度も、窪みと孔を。

善《よ》きを殺して、若きを喰らう
永遠に、とこしえに
あなたとわたしは滅ぶことなく。

記録は無に回帰した。
〈マンデイト〉の周囲で、宇宙は急速に年老いていった。

凍《いて》月《づき》

HEADS

小野田和子訳

秩序と冷気、熱と政治。あやまった秩序の不当な押しつけ——怒り、死、自殺、そして破壊。わたしは愛する者たちを失い、幻影を失い、精神的、肉体的地獄を経験した。なのに三十年を経たいまもわたしの夢にとりついて離れないのは、〈氷穴《ひょうけつ》〉の暗い空隙《くうげき》にゆらりともせず浮かんでいる四階分の高さのある大きな銀色の冷却装置、つねに音なき吸収音をあげている力無秩序化ポンプ、すうっと消えてゆく姉、ロウの幽霊、そして〈静寂〉のなかで一生の目標を達成したときのウィリアム・ピアスの表情……。

ロウとウィリアムは死んでいるのだろうが、確信はもてない。四百十の〝頭〟のことは、なおさらだ。

〝嵐の大洋〟に積もった灰のような表土の下五十メートル、広大かつほとんどなにもないサンドヴァル家の領土の地理的中心地点にある〈氷穴〉は、大昔、月に火山活動があった時代にゲップでできたような天然の泡状の空間で、直径は九十メートルほどあり、一時は近くの凍結した滝からしみでた水が満ちていた。

〈氷穴〉はかつては貴重な水の宝庫で、月でも指折りの水量を誇る清水の供給源だったわけだが、それも枯渇して久しい。係累《けいるい》の者が失業者になるのをきらって、わが一族すなわちサンドヴァル結束《バインディン》集団《グ・マルティプル》（ＢＭ）は、そこを経費がかさむだけの農場ステーションとして維持しつづけた。かつては三百人を数えた居住者も、三十人そこそこにまで減少した。人の目もとどかず、経営もまずいうえに、月の施設としてなによりも痛いのは、ウサギの巣穴さながらの迷路のような通路も居住窟《くつ》も汚いことだった。空隙そのものはからっぽで、まったく使われていなかった。水分をたっぷり含んだ窒素の大気はとうの昔に漏れだし、底には月震で割れ落ちた石ころが散乱していた。

　このなんの使い道もなさそうな場所で、わたしの義兄ウィリアム・ピアスは、この宇宙における秩序と平和と静寂の究極の姿である絶対零度を達成しようと企てたのだ。〈氷穴〉の使用を願いでるにあたってウィリアムは、海老で鯛を釣ってみせると豪語した。使用を許可してくれれば、サンドヴァルＢＭは十分自慢の種になる一大科学プロジェクトを推進することになり、〈トリプル〉――地球‐月‐火星経済文化圏――内での地位があがり、ひいては資産順位も上昇する。〈氷穴〉農場は、農夫をよそおった数十人の怠惰な氷掘りに居住空間を提供するなどというケチな用途以外に、真の目的をもつことになる。そしてウィリアム本人は、彼にしかできない非常にやりがいのある仕事を得ることになる、というのが彼のいい分だった。

　わたしの姉のロザリンド、通称ロウはたいへんなエネルギーを使い、自分の魅力もおおいに利用して、夫を支援した。もちろん、姉がまちがったことなどするはずがないと信じきっていた祖父も味方につけた。

　祖父が賛成したにもかかわらず、サンドヴァル理事会は、その提案を厳密な審議にかけた。理事会を構成するのは、財務部門重役、営業部門重役、およびウィリアムといっしょに仕事をしたことがあって彼には並外れた天与の才があることを知っている科学者や技術者たちだった。ロウのたくみな誘導のおかげで、提案は無事、詮索と批判の迷路をとおりぬけることができた。

財務部門がかなり難色を示し、科学者たちも消極的ながらうけいれた形ではあったが、理事会は五対四でウィリアムのプロジェクトを承認した。

BMの総裁で理事長もつとめるトーマス・サンドヴァル＝ライスは、しぶしぶではあるが、けっきょく賛成にまわった。おそらくこのハイリスクながら明確な目的をもった研究プロジェクトに、どこかしら使えそうな面を見いだしたのだろう。時流は厳しく、トップファイブにはいる名門一族にとっても、名声は軽んずべからざるものになっていたという背景ゆえの判断だったにちがいない。

トーマスはこのプロジェクトを、サンドヴァル家の前途有望な若き一員の教練の場にしようと決断した。そしてロウは、わたしが知らないうちに、わたしの代理人として発言し、わたしはいつのまにか、年齢とも経験ともいかにも不釣り合いな役職についていた——この新規事業の財務部長兼資材調達部長職だ。

わたしは一族への忠誠心、それに姉の懇願もあって、しかたなく〝静かの海〟での学生生活を切りあげ、〈氷穴〉ステーションに移ったが、はじめは、とてもやる気になれなかった。性分にあうのは文学や自然科学で、経理だの経営だのは縁がないと思っていた。一族の目から見れば、わたしは歴史や哲学や地球の古典にかまけて、せっかくの教育期間をむだにしたことになる。が、わたしは実用科学系統はかなりよくできたし——理論のほうはそれほどでもなかったが——副専攻科目として家系財政学もとっていた。だから、文系の頭脳になにができるか長老どもに見せつけてやるためだけにでも、この仕事をりっぱにこなしてみせる気はあった。

表面上、わたしはウィリアムと彼のプロジェクトを統括し、理事会と財務担当重役会にだけ責を負う形になっていた——が、もちろんウィリアムは自分でさっさと、つつき順位をきめてしまった。当時、わたしは二十歳、ウィリアムは三十二歳だった。

空隙内部には気泡岩石を吹きつけて呼吸可能な空気を封じこめ、外部と遮断した。わたしは全般的な清掃と、既存の部屋や通路の改装、そして比較的質素な研究室関連の支出を監督していた。

氷の採掘をやめたあと農場ステーションに保管されていた巨大な冷却装置が空隙に移された。冷却能力は、ウィリアムが実際に仕事で必要とするよりはるかに大きかった。

振動は熱だ。〈氷穴〉の研究所に電力を供給する発電機は地表にあるので、その騒音と反響音は、冷却装置やウィリアムの実験用機器や研究所そのものからは遮断された状態だったが、それでも残る振動はスチールのスプリングと磁場浮揚緩衝装置を複雑に組み合わせたサスペンションで減衰させた。〈氷穴〉用の放熱器も地表近くにあった。月面に掘られた深さ六メートルの露天の溝の底におさまっていて、けっして日の目を見ることはなく、放熱面はつねに、すべてを吸収する漆黒の宇宙空間の方向をむいていた。

〈氷穴〉の用途が転換されて三年たっても、ウィリアムの研究は失敗つづきで目標は達成されなかった。彼が要求する設備機器はどんどん大袈裟で高価なものになっていき、請求が却下されることもしばしばだった。彼は世捨て人のようにわびしい日々をすごし、気分の揺れも大きくなりがちだった。

そんなころ、わたしは〈氷穴〉に通じる通路の入口のメイン・リフトのところでウィリアムといっしょになった。いつもはウィリアムが家と研究所との往復に冷たい岩の通路をビュンと飛ぶいきおいでとおるのと、すれちがうだけだった。そのときのウィリアムは、思考体関係のファイルのはいった箱と銅管のコイルをふたつかかえていて、なかなか幸福そうに見えた。

ウィリアムは肌の浅黒い、棒のようにひょろっとした男で、身長二メートル、黒い目は奥にひっこんでいて、おとがいは細く長め、くちびるは薄く、眉と髪は宇宙空間のように真っ黒だった。ひげが濃くて、あごの剃りあとが青々とめだっていた。仕事をしているとき以外は、冷静とか物静かという形容にはほど遠く、どちらかといえばがさつで人をいらつかせるタイプだった。なにかの会合や月《ルナ》コム・ネットでの会話ではめをはずすと、議論が高じて自滅寸前になったりするようなこともままあったが、それでも近しい人たちは彼を愛し、尊敬していた。サンドヴァルの技術者のなかには、道具、機械類にかけてはウィリアムは天才だと考えている者も少なくなかったし、このわたしもほんのたまに、その仕事ぶりを目にする恩恵に浴したときには、その意見に賛成するしかなかった。彼は音楽家のような手でさまざまな器具をなだめすかし、つつき、たぶらかし、まるで各部品の熱烈な総意であるかのように、ひとつのものにまとめあげてしまうのだ。しかし、わたしの場合、彼を愛している度合いより尊敬している度合いのほうが、ずっと大きかった。

蓼《たで》食う虫もすきずきで、ロウは彼に夢中だった——そしてまた、ウィリアム同様、全力投球のタイプだったから、ふたりのベクトルがあわさったら、それはもう驚異的としかいいようがなかった。

わたしたちは歩調をそろえて歩いていた。「ロウが地球からもどってきましたよ。ポート・インからこっちへむかっている途中です」とわたしはいった。

「わたしも、メッセージをうけとったよ」ウィリアムは、三メートル上の岩石の天井にむかってとびあがり、手袋をした手で、はがれて漂っていた気泡岩石のかけらを二、三個つかんでおりてきた。「アルバイターに吹きつけをさせておかないとな」と彼はいったが、まるでうわの空で、とても本気でそうしようと思っているようにはきこえなかった。「ミッコ、ついにQLがまともに動きだしたんだ。翻訳機が筋のとおったことをいいだしたんだよ。問題は解決したぞ」

「そのせりふのあと、いつもなにか予期せぬことがおこって、ぽしゃっちゃうんですよね」

わたしたちは〈氷穴〉への入口である大きな円形の白いセラミック製ドアまできて、一本の白線の前で立ちどまった。この線は三年前にウィリアムが大雑把にひいたもので、彼の許可を得た者だけがこえられることになっていた。

ハッチがひらくと、暖かい空気が通路に流れこんできた。〈氷穴〉内には多くの機器がひしめいているため、周囲より温度が高いのだ。しかし、その暖気は冷たい匂いがした。この矛盾は、いまだに解けない謎だ。

「外部の放射線源の最後のやつ」とウィリアムはいった。「二十世紀の放射性降下物が混入した地球の金属だった」ウィリアムはいきおいよく手をひろげた。「それを月のスチールと入れ替えたんだ。その結果、QLはついに翻訳機と連結した。もう、まともな答えがでてきているんだ――まともといっても量子論理で導かれる範囲で、まともということだが。まあ、幻想をさしはさむ余地は残させておいてくれ」

「残念だな」とわたしはいった。ウィリアムは鷹揚に肩をすくめた。「実際に動いているところを見たいもんですよ」

ウィリアムはいらだたしげに顔をしかめ、そしてちょっと落ちこんだ表情になった。「ミッキー、わるかった。わたしはほんとうに、いやなやつだな。きみの奮闘で、わたしはQLを手にいれることができたんだ。きみには見る権利がある。さあ、こいよ」

わたしはウィリアムのあとから白線をこえ、長さ四十メートル、幅二メートルのワイヤと桁の橋をわたって、〈氷穴〉にはいった。ウィリアムはわたしの前に立って、力無秩序化ポンプのあいだを歩いていった。わたしは立ちどまって、橋の両側にすえつけられた銅製の円環体を眺めた。巨大な抽象彫刻を思わせるこのポンプは、ウィリアムの機器類のなかでも、もっとも繊細でやっかいなものだった。ポンプはウィリアムの試料に接続されていないときでも、つねに稼働していた。ポンプのあいだをとおっているうちに、なんだか身体のなかがむずむずしてきた。まるで全身が大きな耳になって、かろうじてきこえるかきこえないかの音を――得体の知れない、音なき吸収音を――きこうとしているかのようだった。

ウィリアムがふりむいて、わかるよ、という表情でにやりとした。「気持ちがわるいだろ、え？」

「いやな感じですね」とわたしはいった。

「まったくだ。だが、これは甘美な音楽なんだぞ、ミッコ。じつに美しい音楽だ」

ポンプのむこうに、スチール製のファラデー・ケージにはいった空洞共振器、通称〈空洞〉がさがっていた。橋とは短く狭い通路でつながっている。この直径一メートルほどの、軌道生成された完璧なクォーツの球体――クォーツは鏡のようなニオブ被覆《ひふく》がほどこされている――のなかには、それぞれ約一千個の銅の原子がつまった八個の親指大のセラミック製小胞《セル》がはいっていた。セルはそれぞれ、超伝導電磁石に囲まれている。これは温度の巨視的特性を経験できる程度に大きく、しかも量子の力が支配する微視的領域内にとどまっていられる程度に小さい。そして、けっして百万分の一K以上には上昇しないようになっている。

T字形の研究室は橋をわたったところにある、細い成形スチール枠に黒いプラスチック板をはめて囲った、百平方メートルほどの部屋だった。〈氷穴〉の丸天井からは四つある円筒形の冷却装置のうちの三つが、振動減衰用のコードとスプリングと磁場浮揚緩衝装置でつりさげられて、研究室を囲んでいる。なにやらパイプやケーブルのジャングルで肥大した、熱帯の寺院の柱のようだ。廃棄熱はフレキシブル・チューブで、岩屑落下防止ネットをぬけ、気泡岩石の天井をとおって上へ運ばれ、地表の深い溝におさまった放熱器から宇宙空間に放出される。

四つめの、最後のそして最大の冷却装置は、〈空洞〉の真上にあり、クォーツの球の上部表面に密着する形になっていた。冷却装置と〈空洞〉は、遠くから見ると、ずんぐりとした昔風の水銀温度計に似ていなくもなかった。〈空洞〉を下のふくらんだところに見立てれば、そう見えるのだ。

ウィリアムは、プロジェクトに着手しはじめたころから、理事会にたいし、ロウやわたしをとおして――わたしたちは彼ひとりで理事会にだすようなまねはしなかった――この装置は、いかに優秀な人間のオペレーターをもってしても、いかに複雑精緻《せいち》なコンピュータ制御装置をもってしても、ぜったいに完全に調整することはできない、と明言していた。すべての失敗の原因は、そこにあるのだと、彼はこれ以上ないくらい落ちこんだようすでいっていた――巨視的制御装置が試料の量子的特性とシンクロしないからなのだと。

ウィリアムが――プロジェクトが――必要としていたのは量子論理《QL》思考体だった。しかし製造されているのは地球だけで、輸出はされていなかった。しかも製造された数が極端に少なかったため、〈トリプル〉のブラックマーケットにも手もちはなく、地球当局の目を盗んで月まで運んでくる費用はあまりに莫大だった。ロウとわたしはやってみるだけでもと訴えたが、理事会を説得することはできなかった。

どうやらウィリアムは、その責《せき》はわたし個人にあると思っていたようだ。

突破口がひらけたのは、アジア産業共同体が旧式のＱＬ思考体を売りにだすというニュースがとびこんできてからだった。ウィリアムは、この思考体は、世間では廃棄物同様と思われているが、この実験の目的には合致《がっち》していると判断した――首をかしげるほど安く、まずまちがいなく時代遅れのしろものだったが、彼はそんなことは気にしなかった。

理事会は要求をうけいれた。これはだれも予想していなかったことではないかと思う。もしかしたら、これがトーマスからウィリアムへの最後の贈り物であり、最後の試験だったのかもしれない――

つまり、少なくとも成功の見込みもなしにこれ以上高額なものを要求するようなことがあれば、〈氷穴〉は閉鎖されるであろう、ということだ。

ロウはアジア産業共同体との取引のため、地球におもむいた。そして思考体は荷作りされ、船にのせられ、六週間後にここに到着した。ロウは思考体を購入したと連絡してきたあと月にもどってポート・インに着いてからメッセージをよこすまで音沙汰なしだった。予定より四週間も長く地球にいてなにをしていたのか、わたしは少なからぬ興味を抱《いだ》いたものだった。


T字形の研究室には部屋が四つあった。ふたつがTの字の縦棒で、あとのふたつがその両横にひとつずつついた形だ。ウィリアムは研究室のドア——実際はフレキシブル・カーテン——をあけて、わたしを第一室にいれてくれた。なかは狭くて、金属製の小さなテーブルと椅子、分解されたナノ作業アルバイター、そしてキューブやディスクのつまったキャビネットでいっぱいだった。第二室にはいると、中央に置かれた一辺が五十センチくらいの台の上にQL思考体が鎮座していた。台の左手の壁には、いまはめったに使われていない手動制御装置と、〈空洞〉が見える窓がふたつあった。

QL室は静かで、ひんやりとしていて、修道院の外に修道士の独房をつくるとしたらこんな感じになるのではないかと思えた(月には修道士はいるが修道院はない)。QL思考体自体は台表面の三分の一くらいを占めていただろうか。台の下にはQL専用電源があった。〈トリプル〉の一般法によって、思考体はすべて、外部からの補給なしで一年間もつ電源を併設しなければならないことになっていた。

ウィリアムが台の上にかがみこんで誇らしげにQL思考体をぽんぽんとたたいた。「いまや、ほとんどなんでもランしてくれる。成功したら、ＱＬにも相当の功績が認められることになるぞ」

「どっちがノーベル賞をもらうんです？　義兄《にい》さんですか、それともＱＬ？」とたずねながら、わたしはＱＬ思考体の高さまでかがんで、白い円筒形の容器をのぞきこんだ。

ウィリアムは首をふった。

「どっちでもいいんじゃないかな。とにかく、これまで地球外の者がノーベル賞をとったためしはないんだから」わたしがこの義兄にいちばん愛情を感じるのは、こんなふうにわたしの辛辣《しんらつ》なユーモアに余裕をもってつきあってくれるときだった。「しかしわたしにはＱＬを正しい方向に向けてやった功績がまちがいなくあると思う！」

「これはどうなんです？」わたしは指で軽く翻訳機をつついた。ＱＬとはこぶしほどの太さの光ケーブルでつながり、台の半分を占めている。この翻訳機自体、思考体でもあり、ＱＬが沈思黙考《ちんしもっこう》している難解な内容を、可能なかぎり正確に、人間が理解できる言語に翻訳してくれる。

「これ自体、驚異的な存在だよ」

「くわしく話してくださいよ」

「ファイルを見ていないな」ウィリアムはやんわりとわたしをたしなめた。

「理事会と戦うのに忙しくて、勉強しているひまがなかったんですよ」とわたしは答えた。「それに、知ってるでしょう、ぼくは理論が大得意というわけじゃないんですから」

ウィリアムは台の反対側でひざまずいた。黙想しているような敬虔《けいけん》な表情だった。「ファン＝イ・スウのことは読んだのか？」

「教えてください」とわたしはいった。

ウィリアムはためいきをついた。「ミッキー、そんなことも知らないで、こいつを買ったのか？　その気になればいくらでもきみをだませたな」

「ぼくは義兄さんを信頼してますから」

ウィリアムは、いくらか疑わしそうな顔をしながら、だまってわたしの言葉をうけいれてくれた。

「ファン＝イ・スウというのは、二〇一〇年以前にポスト・ブール三状態論理を創案した人物だ。その論理が大きく注目されだしたのは二〇三〇年以降だったが、それ以前に彼は死んでしまった――北京七原則を甘受するよりはと、自ら命を絶ったんだ。聡明な人物だったが、人類の思想史上で見れば、まさに変則的存在だったんじゃないかと思う。彼の死後、ワシントン大学のクレーマー研究室の一部の物理学者が、スウの仕事が量子論理の問題解決に使えることを発見した。ポスト・ブールと量子論理はたがいに補完しあう関係だったんだ。二〇六〇年にはＱＬ思考体の第一号機が完成していたが、だれも成功作だとは思っていなかった。

　幸運なことに、当時すでに裁判所命令なしに活動中の思考体の電源を切ることは法律違反とされていた。しかし、だれもそいつと話すことはできなかった。そいつには人間の言語が適切に把握できていなかった――人間の言語の論理についていけなかったんだ。ミッキー、そいつは忘却の淵《ふち》に追いやられた存在だったんだ。聡明なのはわかっているが、まったく異質なものだったからな。だからスタンフォード大の思考体開発センターに五年ものあいだ放置されていた。そこで登場するのがロジャー・アトキンスだ――ロジャー・アトキンスは知ってるな？」

「ウィリアム――」わたしは警告を発した。

「アトキンスは、あらゆる機能的、現実的論理の共通基盤を、言語と思考の聖杯を発見した……ＣＡＬ翻訳機――あらゆる論理を理解する翻訳機だ。そのおかげで、われわれはＱＬと話ができるようになった。彼はその一年後に死んだよ」ウィリアムはためいきをついた。「まさに白鳥の歌だ。というわけで、こいつのおかげで」とウィリアムは翻訳機――縦横十五センチ、高さ九センチほどのたいらな灰色の箱――を軽くたたき、「われわれはこいつと話ができるんだ」とこんどはＱＬをぽんぽんとたたいた。

「どうしていままで、だれもQLを制御装置として使わなかったんですか？」とわたしはたずねた。

「それは、いくら翻訳機があってもQLは——とりあえず、このQLは——怪物みたいなもので、とてもいっしょに仕事をするというしろものではないからだ」ウィリアムがディスプレイ・ボタンをたたくと、思考体の表面に虹色のバーのつらなりや込みいったグラフがあらわれた。「だからあんなに安かったんだよ。こいつには優先順位はないし、真の意味での必要性や目的といった概念もあてはまらない。考えはするが、回答はでないかもしれないんだ。量子論理は原則も疑問も理解しないうちに問題の核心を概観できるがゆえに、われわれの視点で見れば、なにをやらせても最後は滅茶苦茶ということになる。問題をださないうちに答えがでてくる、ということもしばしばおこる。こいつは事実上なんでもできるが、線形の、時間の矢に沿った推論だけはできないんだ。われわれのような目的志向の存在にとっては、こいつがいくら努力しても半分は無意味なんだが、わたしにはその努力を切り捨ててしまうことはできない。なぜかといえば、その無意味なもののなかに、わたしの問題にたいする回答があるかもしれないからだ。たとえまだその問題をQLにだしていなくても、いや、そんな問題があることにわたし自身気づいていなくてもだ。これがポスト・ブールの知性というものなんだ。こいつは時空内で機能するが、時空の制限は無視してしまう。こいつはプランク＝ホイーラー連続体の論理と完全に調和している。そこにこそ、わたしのかかえる問題の回答がひそんでいるんだ」

　これがわたしたちがウィリアムに理事会で事情説明をさせない理由だ。「それで、いつテストするんです？」

「三週間後。これ以上邪魔がはいらなければ、もう少し早くなるかもしれないな」

「わたしも呼んでもらえるんですか？」

「疑っているやつは全員、最前列に招待するよ」とウィリアムはいった。「ロウが着いたら連絡してくれ。すべての答えが出た、といっておいてくれよな。いや、ひとつの答えかな」

わたしのオフィスは北の居住窟の一角にあった。昔は液体状態の水のタンクだった円筒形の遮断室のなかで、使い勝手に困るほど大きい、洞穴《ほらあな》のようなところだった。ベッド、デスク、事業記録のファイル、その他の家具はドアのそばの五平方メートルほどの一角にちんまりとおさまっていた。わたしは部屋にはいって大きなエアクッション・シートにすわり、〈トリプル〉為替相場《かわせ》――地球、月、火星からなる大惑星経済圏における通貨レート――を呼びだして、サンドヴァル信託銀行の取引のチェックをはじめた。これを毎日やっていれば〈氷穴〉の年間運用予算の概略がはじきだせるのだ。

一時間後、ロウのシャトルが第四発着場に着陸した。信託投資高の動きに夢中になっていると、電話のブザーが鳴った。ロウからだった。ウィリアムにかけてもでないので、こちらにかけてきたのだ。

「ミッコ、おめでとうっていって！　すごいものを手にいれたのよ」とロウはいった。

「手のつけようのない地球の新型ウイルスだな」

「ミッキー、まじめな話なのよ」

「ウィリアムが、もうちょいのところまできたってさ」

「そう。よかったわ。ねえ、きいて」

「いま、どこ?」

「職員用リフトのなか。いいから、きいて」

「わかった」

「ウィリアムの研究室の冷却装置はどれくらい余力があるのかしら?」

「知らないの？」

「ミッキー……」

「八十億カロリーぐらいかな。冷やすことにかんしては、ここではなんの問題もないさ。わかってるだろ」

「二十立方メートルの荷物がとどくことになってるの。平均密度は液状油脂くらいだと思うわ。そうねえ、〇・九くらい？　六十Kの液体窒素のなかにはいっているの。長期保存ということになったら、もっとずっと低温のほうがいいのよ……」

「ものは？　月産業解放にむけて密輸入したナノとか？」

「あなたならそうしたいところでしょうね。でも、そんな物騒《ぶっそう》なものじゃないわ。ステンレススチールのデュワー瓶が四十本。すごく古い、真空断熱されてるやつ」

「ウィリアムが興味をもつようなもの？」

「さあ、どうかしら。余分な冷却能力をまわしてもらえると思う？」

「これまで、あと少し、ぎりぎりというところまでいったときでも、使ったことはないけど、ウィリアムはいまとてもそんな気分には——」

「うちにきて。それから〈氷穴〉へいって、彼にいうのよ」

「いい、たのむんだろ？」

「いうの」とロウはいった。

ピアス＝サンドヴァル家は、わたしのオフィスから南へ通路二本いったところにあった。農場からも遠くない場所で、気泡岩石のなめらかな白い壁で囲った、つねに熱をもったふつうの倍サイズの試掘穴のはずれの家だった。わたしは連絡をうけてから三十分後、けっして優雅とはいえないコペルニクスからの移動のあと姉がさっぱりできるだけの余裕を見て、ロウたちの家のドアプレートにてのひらを押しつけた。

ロウは月の標準ではグラマーといえる身体を月産コットンパイル地のタオルにつつんで、バス・コーナーからでてきた。そしてコットン・ターバンで巻いていた長い赤毛の髪をふりおろすと、はいってきたわたしにむかってパンフレットのようなものをふってみせた。

「スタータイム保存協会ってきいたことある？」いかにも昔ふうの光沢のある紙に印刷された大判のパンフをさしだしながら、ロウはいった。

「紙か」わたしは慎重にパンフの重さを見た。「ずいぶん重い紙だな」

「地球では、こんなのが段ボール箱にいくつもあったわ。汚いオフィスの片隅に積みあげてあったの。黄金期のなごりね。その名前、きいたことある？」

「ないな」わたしはパンフをぱらぱらとめくりながらいった。絶縁服を着た男女、神秘的な霧が充満したガラスのタンク、冷気で青みがかった、がらんとした部屋。二十一世紀初頭から見た未来の絵、奇妙なことに月が描かれている——ガラスのドーム、なんの覆いもない建築物。『人類が完全に成熟した驚異のときに復活を……』」

「冷凍死体よ」わたしがぽかんと見ていると、ロウがそう説明した。

「ああ」

「協会の募集数は三百七十で、二〇六四年の締切りまでに五十追加してるの」

「四百二十人の死体ってこと？」わたしはたずねた。

「頭だけよ。自発的に応募した人たちの頭。ひとり五十万地球USドル払ってるの。生きているのは四百十人。十分、保証の範囲内よ」

「つまり、生き返ったってこと？」

「まさか」ロウは軽蔑しきった口調でいった。「冷凍死体を生き返らせた人なんていないわよ。わかりきってるでしょ。理論的に蘇生可能な四百十の死体ってこと。生き返らせることはできないけれど、カイェテＢＭは完璧な脳スキャン、保存設備をもっているわ……」

「らしいね――でも生きた人間用のだよ」

ロウはうるさいとばかりに手をふった。「それにオーネスＢＭには、人間の思考言語群を扱える新型解読機があるんじゃなかったかしら？　中央銀行からきているあそこの要求書とか資産内容とか、見てるんでしょ？　そういうの、なかった？」

「そういえば、そんなようなものの話はきいたことがあるな」

「もし、あるんだったら、そしてもし三ＢＭ間で取引をまとめられたら、二週間あれば、あの〝頭〟の中身が読めるわ。どんな記憶をもっているのか、なにを考えていたのか、わかるのよ。凍った神経ひとつ傷つけずにね。地球のだれよりも――いえ、この世のだれよりも先に、わたしたちがやってのけるのよ」

わたしは、いくら弟でもこればかりは、という顔でロウを見て、「くだらないよ」といった。

「わかってないのね、ミッコ。わたしは真剣なのよ。〝頭〟はこっちへむかってるの。サンドヴァルの名で、保管契約をしたんだから」

「ＢＭとしての契約書にサインしたっていうの？」

「わたしにはその権限があるのよ」

「だれが許可したんだよ？　まずいよ、ロウ、だれにも相談しないで、そんなことをするなんて――」

「月の歴史上最大の人類学的偉業になるわ。四百十の地球産の頭だもの……」

「屍肉じゃないか！」

「厳重に、ごく低温で冷凍保存されているのよ。腐敗はあったとしても、ごくわずかだわ」

「ロウ、冷凍死体なんかほしがるやつは、どこにもいないよ――」

「あら、わたしは四人の人類学者と競《せ》りあわなくちゃならなかったのよ。三人は火星から、もうひとりはどこかマイナーな惑星からきていたわ」

「競ったの？」

「そして、わたしが勝ったの」

「そんな権限はないはずだ」

「あるわよ。家系保存憲章で保証されているわ。調べてごらんなさい。『全家系構成員ならびに法定継承者ならびに――エトセトラ、エトセトラ――は、サンドヴァル家の記録ならびに伝統を保存するため、また確《かく》たる全相続人の名望ならびに財産を維持するために、しかるべき支出をおこなう自由裁量権を有する』」

わたしには、まるでわけがわからなかった。「なんだい、それ？」

勝ち誇ったロウの顔は肉食動物のようだった。

「ロバートとエミリア・サンドヴァル。ふたりは地球で死んだの。おぼえてる？　そのふたりがスタータイムの会員だったのよ」

がくんとあごが落ちた。ロバートとエミリア・サンドヴァル。わたしたちの曾祖父母《そうそふぼ》。月でセックスした人類初の男女。九カ月後にはわたしたちの祖母ディアドリを産んで、月世界最初の子もちになった人たち。ふたりは中年から初老にかかるころに、子供を月に残して地球へ、旧合衆国のオレゴンに帰っていた。

「ふたりともスタータイム保存協会に加入していたの。有名な人が大勢はいってるのよ」

「それで……？」驚きが頂点に達するのを予感しながら、わたしはたずねた。

「ふたりも、この四百十人のなかにはいってるの。協会が保証した数のほうに」

「ああ、ロザリンド」どうしようもないことなのに信じられない、うつろな気分だった。「そのふたりが帰ってくるっていうのか?」

「心配しないで。知っているのはわたしと協会の管財人だけだから、それと、いまはあなたもね」

「ひいじいさんとひいばあさん、か」

ロウはにっこりとほほえんだ。癇《かん》にさわる笑い方で、この独特の笑顔を見ると、いつもひっぱたいてやりたくなったものだ。「すてきでしょ?」とロウはいった。


ウィリアムは、コペルニクス第三研究センターのピアス家という非結束家系の出身だった。月定住家系というものは、当時でさえ、ひと組の親から生まれた一族に限られていたわけではなく、一定の保証をうけた移住者たちが緊密な連合を組んだ集団も、すでにひとつの家系とみなされていた。かれらはウサギ穴のような居住窟を掘り、子供をつくり、生活区画をどんどん拡大しながら、月面にひろがっていった。個人は通常、自分の姓、あるいはあとからつけ加えられた姓をそのまま使っていたが、中核家系への忠誠を誓い、中核家系の一族が死に絶えても――そういうケースもままあった――それは変わらなかった。

ピアス家は、わが一族サンドヴァル家同様、二〇一九年に月に定住した最初期の十五家系のひとつだった。非公式な歴史をひもといてみると、ピアス家は変わった一族で、新来の定住者とは距離を置き、進んで協力しようという気運はあまりなかったようだ。〝元祖〟と呼ばれる最初期定住家系は月全体に分散し、同盟を結んだり解消したりしながら、最終的には地球の圧力に抗するため、のちに結《B》束《M》集団と呼ばれる経済連合体へとまとまっていった。しかしピアス家は、最初から他の家系とはゆるやかな同盟関係を結ぶだけで、どの結束集団にも加わることはなかった。けっきょく、非結束家系は繁栄せず、〝元祖〟のひとつであるにもかかわらずピアス家は勢力を失ってしまった。そして不名誉のきわみというべきか、こともあろうに〈分裂〉のあいだに地球政府と協力関係を結んだ。地球が月の非礼と独立願望を処罰しようと一切の絆を絶った、あの〈分裂〉のときにである。それ以降、何十年かにわたって、ピアス家は月社会から追放されたような形になっていた。

一方、同盟を結んだ大家系はたくみに危機をのりこえた。ピアス家をはじめとする大半の非結束家系は、窮乏と憤りとに突き動かされ、ついに二〇九四年、コペルニクスのフランス＝ポーランド科学技術ステーションと業務契約を結んだ。かれらは九つの家系からなるコペルニクス結束集団《BM》の一員となり、ついにポスト〈分裂〉時代の月経済の主流に合流した。

しかし、ピアス家の子孫たちは、月社会では依然として強い偏見の目で見られる存在だった。かれらは荒っぽく、つむじまがりな連中というレッテルを貼られていたため、コペルニクス周辺から外へ踏みだそうとはしなかった。

こうした事情はあきらかにウィリアムの子供時代に影響をおよぼしたようで、彼にはどこか謎めいたところがあった。

姉はコペルニクスでの親睦カントリーダンス・パーティでウィリアムと出会い、自分からくどいて（ウィリアムはうぶで内気で、姉のくどき文句にまともに答えることもできなかった）、ついには夫としてサンドヴァルBMの一員になってほしいと申しこんだ。こうしてウィリアムは何十人もの疑り深い家系構成員の厳しい詮索の目にさらされるはめに陥った。ウィリアムは、BMに血をうけた子にとってはほとんど本能ともいうべき一致団結の精神に欠けていた。武骨な人間が、さらに武骨で挑戦的な集団に堅固に組みこまれていく過程を経験しながらも、彼は単独行動を好んだ。短気でありながら感傷的な傾向が強く、忠実でありながら批判的、聡明でありながらあまりに困難な仕事を選びすぎて、結果としてつねに失敗する運命にあるように見えた。

だが、緊張つづきの何ヵ月かのあいだに、ロウのたゆまぬ指導もあって、無難に立ちまわれるようになり、謙虚で愛想のよい物腰も身について、ウィリアムはついにサンドヴァルBMにうけいれられた。

ロウは月のプリンセスのような存在だった。血統的にはサンドヴァル家の祖、ロバートとエミリア・サンドヴァルの曾孫《ひまご》だったから、その行く末はありあまるほどの関心を集め、それゆえに彼女は内に秘めた大胆さをもつ娘に育った。ピアス家の一員と結ばれたことは、彼女の性格と育ちを考えれば、納得のいくことでもあり、ショッキングなことでもあった。

しかし、根強い偏見も年月とともにかなり薄らいでいたとみえて、非常に保守的なロウの〝おじ〟や〝おば〟たちの疑念にも、BM加入と結婚の緊張にもめげず、またときおり、もともとの怒りっぽい性格が顔をのぞかせたにもかかわらず、ウィリアムはまたたくまに一族にとって価値ある補助的一員としてみとめられていった。設計家として理論家として、彼はすばらしい才能の持ち主だったのだ。四年のあいだ助手の立場に終始しながらも、一族の科学面の活動に大きく貢献した。内心いらだっていたにはちがいないが、補助的な役割をじつにりっぱにはたした。

ロウとウィリアムが結婚したとき、わたしは十五歳で、ウィリアムがその多少なりと卑屈めいた仮面を脱ぎすてて〈氷穴〉の件を申し出たときは、十九歳になっていた。あのふたりがたがいにどこが気にいっていいっしょになったのか、いまだにはっきりとはわからない——月のプリンセスは、追放された一族の息子のどこにひかれたのか。しかし、ひとつだけたしかなことがある。ウィリアムがロウの愛情に甘えてなにを望もうと、ロウはそれにおまけをつけて返してやっていた、これだけはまちがいない。

わたしはロウが話の裏付けをそろえるのを一時間ばかり手伝ってから、ロウとふたりで〈氷穴〉にむかった。

ロウのいい分は完全に正しかった。サンドヴァル家の一員として、わたしたちにはサンドヴァルBMの名望と法定相続人をまもる義務があり、代言士《だいげんし》の論理をもってしても、そのなかには中核家系の創始者も含まれてしかるべきなのだ。

それに付随して四百八人の部外者をもちこもうとしていることは、まったくべつの問題だ……。が、ロウが指摘したとおり、協会が個人個人をばら売りするとは、とうてい考えられなかった。潜在的情報の宝庫を月にもちこむというアイデアをけなす者は、まずいないだろうとわたしには思えた。疲れ、年老いた地球にとっては、そんなものは地上にあふれるやっかいな冷凍死体の山のひとつにすぎない。いわば、もてあましものだ。二十一世紀なかばに採取された四百十の匿名の〝頭〟は、死を宣告され、国籍もなく、法律の埒外《らちがい》にあるも同然、自分たちの金と傾きかけた財団がまもってくれる権利以外、なにもない存在だった。

実際には、スタータイム保存協会はなにひとつ、いやだれひとり売ったわけではなかった。協会の解散は未決のまま、会員と動産と諸責務をサンドヴァルBMに移籍しただけだ――ありていにいえば、百十年もちこたえたのち、ついに青く冷たい腹をさらしてくたばった、ということだが。倒産という言葉はもう古い――いまは手段と資金の致命的枯渇、といういい方をする。しかたあるまい――協会は創立会員を足かけ六十一年間だけ、手厚く面倒を見た。それだけやれば、あとは手をひいたほうが利口、ということなのだろう。

「二〇二〇年から三〇年にかけて創設された同類の協会は、このところ一年にふたつか三つの割合で経営破綻を宣言しているわ」ロウがいった。「でも、実際に屍肉を埋葬したのはひとつだけ。ほとんどは情報企業か大学に買い取られてるの」

「それでもうかるなんて思ってるやつがいるわけ？」とわたしはきいた。

「ミッコ、うるさいわよ」つまり、みんな情報を有益な知識に変換しかねているということだ。「ただの死人じゃないの――巨大な図書館なのよ。かれらの記憶は理論的には無傷のはずよ。少なくとも死と病気がおよぼした影響をのぞいてはね。五パーセント程度の劣化はあるかもしれない。でもそれも、自然言語アルゴリズムでチェックすれば三パーセント程度にまでさげられるの」

「相当ノイズがありそうだな」

「ばかいわないで。再現度としてはたいへんなものなんだから。あなたの七つのときの誕生日の記憶なんて、五十パーセントは劣化してるわね」

わたしは自分の七歳の誕生日のことを思いだそうとしたが、なにも浮かんでこなかった。「どうして？　ぼくの七つの誕生日になにがあったんだよ？」

「べつにたいしたことじゃないわよ、ミッキー」

「で、いったい、どこのだれがそんな情報をほしがるんだ？　時代遅れだし、うるさいし、情報源を特定するのはむずかしそうだし……まして正確かどうか、たしかめようもないだろうし」

ロウは眉をよせ、いかにも不安そうな表情で立ちどまった。「反対なの？」

「ロウ、ぼくはこのプロジェクトの財務責任者だ。ばかな質問もしなくちゃならない。もし情報をとりだせるとしても、その四百十の〝頭〟は、われわれにとってどんな価値があるのか？　そして」――わたしは手をあげて、いちばん肝心な点を切りだした――「もし情報のとりだし段階で、頭が損なわれるようなことになったらどうするのか？　切り開くわけにはいかないんだよ——最初の契約を肩代わりしたんだからね」

「先週、フロリダのタンパからカイェテに連絡したの。非侵襲的方法で冷凍した頭の神経パターンを復活させて生前の状態にできる可能性は約八十パーセントだそうよ。ナノ注射は使わないの。ラム・シフトを応用した方法で、容器の外から、どの頭のどの細胞でも正確にとらえられるのよ」

　ロウは、どんな突拍子もないことをやりだしても、いつもそれ相応の手順を踏んでいる。わたしは首をかしげながら、両手をあげて降参した。「わかった。おもしろい話だ。見通しは——」

「明るいわ」わたしのかわりにロウがいった。

「しかし、どんなやつが時代ものの情報を買うんだ？」

「なかには二十世紀では一流の精神だってはいってるのよ」ロウはいった。「将来の成功を見越して株を売る手だってあるわ」

「もし、生き返ってくれればね」〈氷穴〉への入口である大きなセラミックのハッチとその手前の白線まであと少しというところで、わたしはいった。「いまのところ、かれらは非常に活動的とも創造的ともいえない」

「将来、十年か二十年後くらいには、生き返らせることができるとは思わないの？」

　わたしは首をふった。「生き返らせるなんて話をしていたのは百年前なんだよ。高品質の外科用ナノでも、だめだったんだ。宝石みたいにぴかぴかの複雑な機械をつくって、一分《いちぶ》の隙もなく調整することはできても、どこを蹴ればいいのかわからなかったら……。長い時間がたってるんだ。まぶたがぱっちりひらいて新しい日の光を目にすることはないと思うよ」

　ロウはハッチの保安装置にてのひらをあてた。ウィリアムは、なにに没頭しているのか、なかなか応《こた》えなかった。「わたしは楽天的にできてるの」とロウはいった。「生まれつきね」

「ロウ、いま忙しいんだよ」ハッチのインターコムからウィリアムの声がした。

「もう、ウィリアム、お願いよ。わたしはあなたの妻なのよ。それに三カ月も離ればなれだったのよ」ロウは少しも怒っていなかった。それどころか、相手をわざとじらしているような口調だった。ハッチがひらくと暖気がどっと流れでて、またあの冷たい匂いがした。

「〝頭〟は大昔のものなんだから」わたしはロウにつづいて敷居をこえながら、いった。「なにからなにまでトレーニングしなおさないとだめだぞ。たぶんみんな年寄りだろうから、柔軟性に欠けるだろうし……。でも、そんなのはたいした障害じゃないよな。いまは死んでるんだってことを考えれば」

ロウは肩をすくめただけでわたしの言葉をきき流し、きびきびとスチールの橋を進んでいった。前にきいた話だと、ウィリアムはフラストレーションがたまっていらついているときには、この橋の上でセックスしたがるらしい。倍振動が生じたらどうするんだ、とわたしは思った。「スタッフはどうしたの?」とロウがきいた。

「ウィリアムが帰すようにいったんだ。QLが制御してくれれば、スタッフは必要ないからって」わたしたちは、それまで三年間、〝嵐の大洋〟周辺のほかの数家系から選抜された若い技術者十人とともに仕事をしてきた。ところがQLが設置された二日後、ウィリアムが、もうかれらは必要ないと連絡してきたのだ。異議をとなえようにもとりつく島もなく、解雇にともなうごたごたを処理しなければならないのがわたしだということも、まるで意に介していなかった。

彼の論理ははっきりしていた――QLは人手をまったく必要としない、したがって、その分にかかるBM為替をほかの物資の購入にあてられる、というのだ。こんなやり方は家系間では礼を失した行為になるのではないかと思ったものの、けっきょくウィリアムには太刀打ちできず、せめて技術者たちの怒りの矛先を鈍らせようと、解雇予告をだす程度のことしか、わたしにはできなかった。

ロウは環状の無秩序化ポンプのあいだを横歩きしていたが、夫とのことを思いだしてなのか、ポンプの影響なのか、身体を固くして立ちどまった。そしてちらっと肩ごしにふりかえって、同情するような口調でいった。「かわいそうなミッコ」

そのときウィリアムがドアをあけて有無をいわさぬ勢いで両手をひろげ、ロウを抱きよせた。わたしは姉を愛している。ウィリアムが姉を抱きしめるのを見るたびに感じたおちつかない気分は、はたしてゆがんだ嫉妬からきていたのか、それとも心底、姉の幸福を願っていたからなのか、いまだにわからない。

「いいものを手にいれたのよ」情熱と、完全に同等の敬愛の念をこめてウィリアムを見あげながら、ロウはいった。

「ほう」ウィリアムの目が、いち早く用心深そうに光った。「なんだい？」

その夜は、ベッドにはいっても、あのポンプの音なき吸収音が、頭に、身体にこびりついて離れなかった。しばらくは眠れなかったが、そのうちいつものように、うとうととまどろみはじめた。頭は半分起きたまま、ウィリアムがロウを抱きしめるシーンと、わたしがポンプに抱きしめられる感触とをくらべ、ロウの話をきいたときのウィリアムの反応を思いだして、ふっとほほえみ、そして眠りに落ちた。

ウィリアムの機嫌はよくなかった。余計な邪魔がはいったのだから無理もない。たしかに冷却能力に余力はあるし、アルバイターを使って〈氷穴〉に冷凍頭部を安全に保管できる設備をつくることもできる、が、いまはよけいなストレスは無用、気が散るようなこともお断り、なぜなら目標までこんなに近づいているのだから、というのがウィリアムのいい分だった。

ロウは誠実に説得をくりかえし、断固たる決意を見せながら、ウィリアムをくどいた。これは姉の性格そのままのあらわれだ。姉は、歴史に登場する、人間界の自然の流れを揺さぶる煽動者のたぐいではなかったかと、わたしは思っている。世の中には理屈ぬきの頑固さで人の世の流れを変えてしまう人間がいるものだ。それでよかったのか、わるかったのか、後世の人間にも判断がつきかねるようなことをやってのける連中が。

もちろん、ウィリアムは折れた。けっきょく、気が散るといってもたいしたことはあるまいと判断したのだ。原材料はサンドヴァルBMの偶発危険準備金で調達する——となれば、以前、純粋に財政的問題で購入を拒否された機器類も、両方に使えるという理由で手にいれられるかもしれない、という計算もあった。

「いうまでもないが、なによりも、きみたちの名誉あるご先祖のためにやることだからね」とウィリアムはいっていた。

冷凍された〝頭〟は、五日後、ポート・インからシャトルで到着した。わたしはロウとともに〈氷穴〉のリフトにいちばん近い第四発着場の倉庫で作業を監督した。頭はそれぞれ冷却装置つきの四角いスチールの箱にはいっていた。ロウの見積もりよりいくらか大きいようだった。六つの台車にわけて貨物リフトにのせるのに、着陸から七時間かかった。

「ウィリアムのアルバイターにつくらせる容器の設計を、ネルンストBMに発注してあるの」ロウがいった。「とりあえず一週間は、このまま保管することになるわ」ロウは手近な箱を軽くたたいて、ヘルメットの奥からにやりと笑ってみせた。

「もっと安いところにたのめばよかったのに」と、わたしは文句をいった。ネルンストはここ数年のあいだに成り上がってきたBMだ。わたしなら同等の能力があって、もっと安いトワイニングBMを選ぶ。

「ご先祖のためには、とにかく最高のものでなくちゃ。ミッキー、考えてみてよ」そういうと、ロウは円形のリフトに積まれた箱のほうをむいた。箱は、小さな冷却装置が突きでた〝内側〟という指示のあるほうをなかにして、びっしりとふた山、車座に積みあげられていた。

わたしたちはシャフトを降下していった。ロウの顔は見えなかったが、声の調子で、その思いは十分に通じた――「これとアクセスできたら、話すことができたら、どんなことになるか、よく考えてよ……」

どうにもうけいれがたくて、わたしは箱のあいだを歩きまわった。高品質な、時代ものの、みごとなスチール製の箱。形も溶接の跡も美しい。「やかましい、じいさんばあさんの団体か」つとめて穏やかにわたしはいった。

「ミッキー」やさしくたしなめるような口調だった。考えをめぐらせた末の軽口とわかっていたからだろう。

「名前はついてるわけ?」とわたしはたずねた。

「それも問題のひとつなの」とロウはいった。「名前のリストはあるし、容器にはぜんぶ番号がついているんだけれど、スタータイムの話では、その名前と番号がきちんと対応しているかどうか保証できないっていうのよ。たしかに、締切り後に記録がごちゃごちゃになってるみたいなの」

「どうしてそんなことになるんだ?」わたしには、記録がごちゃごちゃだという事実より、スタータイムの連中のプロとしての自覚の欠如のほうがショックだった。

「さあ、どうしてだか」

「スタータイムがほかでもいい加減な仕事をしていて、これがほんとうにただの冷凍肉だったらどうするんだ?」

ロウは、こっちがどきりとするほど平然とした顔で肩をすくめた。自分の努力とサンドヴァルが骨折って稼いだ資金をつぎこんでしまったいま、そんなことはたいした問題ではない、とでもいいたげな態度だった。「そうなったら、わたしたち、お金に困ることになるでしょうね」とロウはいった。

「でも、スタータイムだって、いくらなんでも、そんなへまはしないと思うわ」

シャフトの底でゆっくりと加圧しながら、ロウは箱にゆがみがでたりしないかチェックした。箱詰めの技術は万全と見えて、おかしなものはひとつもなかった。「ネルンストBMの話だと、ウィリアムの機械でこれを封入するのに、二日かかるっていうの。あなた、監督してくれる？　ウィリアムはできないっていうから……」

わたしはヘルメットを脱ぎ、ブーツを真空ノズルにこすりつけて月面の塵《ちり》をとり、なさけない顔でにやりと笑ってみせた。「いいよ。どうせぼくには、その程度のことしかできないんだから」

ロウは手袋をしたままの手を、わたしの肩に置いた。「ミッキー、ありがと」

箱を見ていると頭のなかにある筋書きが浮かんで、おちつかない気分になった。もし、この箱のなかでみんな生きているとしたら、そして死者なりのやり方で自分たちの人生を語ることができたら、いったいどうなるのか？　たいへんなことだ——歴史的な大事件になる。サンドヴァルBMの名はあまねく轟きわたり、ひいては〈トリプル〉内での実質的地位にも影響をおよぼすことになるだろう。

「ちゃんと監督するよ」とわたしはいった。「でもネルンストBMに、人をひとりよこすようにいっておいてほしいな。ただのエンジニアリング・アルバイター一台じゃ困る。当然、設計契約にはいっていると思うけれど、仕上がり状況を直接、点検してくれる人間がほしいんだ」

「心配ご無用」ロウは、手袋ははずしたもののまだスキンスーツを着たままの恰好で、わたしを軽く抱きしめた。「さあ、いくわよ！」かけ声とともに、ロウは箱を積みあげた一台めの台車を先導して、とりあえずの保管場所である〈氷穴〉の倉庫へとつづくゲートをぬけていった。

トラブルの最初の兆候は、それからすぐにやってきた。フィオナ・タスク＝フェルダーの補佐官、ジャニス・グレンジャーがわたしをたずねてきたのは、〝頭〟の積みおろし作業がおわってから、わずか六時間後のことだった。ジャニスは、上司であり〝姉〟であるフィオナ同様、タスク＝フェルダーBMの一員だ。フィオナが結束集団議会の議長に選ばれたのは、一年前ならありえないといってもおかしくないできごとだった。

タスク＝フェルダーは、地球で創設されるという、月のBMとしては異例の過程をたどったBMで、五十年前には、両世界のだれもが驚いて眉をあげたという。伝えられるところでは、構成員は神のことば《ロゴロジー》教信者にかぎられており――例外がいるという話はだれもきいたことがない――、月BMのなかでは、宗教的原理を基盤とする唯一のものだ。こうした事情で、タスク＝フェルダーBMは月の政治状況においては長いこと主流から遠く、さして力もない存在だった――政治といっても、月でのそれは、相互利益のからみあいと、礼儀と、あきらかな経済的圧力にたいする小規模社会の協力態勢程度のものだったが。

タスク＝フェルダー（すなわちロゴロジー信者）は慎重な商売に徹していて、隅々にまで細心の注意を払う良心的な仕事ぶりで名をあげ、他BMや議会への気くばり、融資もぬかりなく進め、ゆっくりじわじわと月社会にうけいれられていったが、一方では、六つものけっしてありえないことを、ごくあたりまえのこととしてうけいれ、信じるという一面ももちあわせていた。

そして――フィオナが一等賞を獲得したわけだ。

グレンジャーがなんの話でくるのか見当もつかなかったが、議長の代理人からの申し入れをことわるわけにはいかなかった。彼女の専用機は、ふたりで話をしてから七時間後に第三発着場に着陸した。わたしは彼女をステーション管理棟にある、わたしの正規のオフィスにとおした。ふだんは予備室のようになっているが、ここのほうがゆったりしているのだ。

グレンジャーは二十七歳、黒髪、ユーラシア人の顔立ちにアメリカ先住民の肌――すべて遺伝子操作でつくられたものだ。きりっとしたブルーのデニムスーツに、白のひだ衿《えり》のブラウス――ひだが揺れるたびに、白地に白の繊細な幾何学模様がちらちらと浮かぶ。

わたしはデスクのほうにはすわらなかった。デスクの前にすわるのは、契約の話か金銭的な話をするときだけだ。

グレンジャーはそろえた膝をつんと高くあげた優雅な姿でわたしの前の椅子にすわっていた。「BM議会がだした〈氷穴〉プロジェクトの現況報告書をもってきました」と彼女はいった。「そのことで、あなたとお話ししたいのです。今回のサンドヴァルBMの大規模科学プロジェクトの管理はあなたがなさっているときいたものですから。創始BM間では、〈トリプル〉における月の地位に影響をおよぼす可能性のあるプロジェクトにかんしては、たがいに話し合いをもつということで意見の一致を見ています」とグレンジャーはいった。

議会報告書なるものがあるという話はきいたことがあった――初期の草案では、なんの害もない、BM相互活動同意協約書のたぐいだったはずだ。なぜ彼女はわざわざここにきたのか？　なぜポート・インにあるうちの理事会のほうへいかなかったのか？

「なるほど」わたしはいった。「サンドヴァルの代表者は、その協約書を見落としていたようですね」

「そうです。その方のお話では、メイン・プロジェクトのほうではなく、今回着手したプロジェクトのほうで、なにか差し障《さわ》りがでてくるかもしれないから、だれか議長の代理人をあなたのところへ派遺して話をきいてはどうかと提案されたのです。わたくしとしては、これは重要な問題ですから、わたくし自身がいくべきだと判断したわけです」

グレンジャーの押しの強さには、ロウを思わせるものがあった。けっして視線をそらさず、にこりともせず話す態度が、よく似ていた。彼女はひじかけに手を置いたまま身体をのりだした。「ロザリンド・サンドヴァルは地球の冷凍死体をうけとる契約書にサインしましたね」

「ええ、秘密でもなんでもありませんよ。余談ですが、ロザリンドはわたしの実の姉です」

グレンジャーは驚いたようにまばたきした。家族関係から発したふつうのBM構成員なら、ここは当然、「まあ、そうですか、では、あなたの支系《ブランチ》のほうは？」ぐらいのことは礼儀としていうべきところだが、彼女はそんな社交辞令ははぶいて、話をつづけた。

「蘇生を計画していらっしゃるんですか？」

「いいえ」とわたしは答えた。まだ、そこまでは行っていない。「将来性を考えての契約です」

「蘇生できなければ、将来性もなにもないでしょう」

わたしは穏やかに首をふって否定した。「それは、われわれの問題です。部外者には関係ないことです」

「議会は、あなた方が先例をつくったことで、今後、月への冷凍死体の遺棄が横行するのではないかとの懸念を表明しています。月には何万もの死者をうけいれる余裕はありません。そのような行為は、由々しき財政の逼迫をまねきかねません」

「先例をつくったとはどういうことなのか、わたしにはわかりかねますが」相手がどういう方向に話をもっていこうとしているのかつかめぬまま、わたしはいった。

「サンドヴァルBMは主要な位置を占める家系集団のひとつです。新設の家系や分家家系にたいする影響力は多大です。すでにふたつの家系が、あなた方になんらかの進展が見られた場合、同様の取引をしたいと考えているそうです。どちらも、カイェテBMとコンタクトをとっていますが、どうもロザリンド・サンドヴァル＝ピアスはカイェテと正式に独占契約を結ぼうとしたようですね。すべてあなたも承認なさったことですか？」

知らなかった。そこまで話が進んでいるとは、ロウはいっていなかったが、べつに驚くことでもない。ロウの計画にしたがえば、ごく自然な論理だ。「その件は話しあってはおりません。しかし、本プロジェクトにかんしては、彼女がサンドヴァルとしての承認優先権をもっていますので」

これにはグレンジャーも驚いたようだった。「ＢＭ憲章にのっとった優先権ということですか？」

「そうです」

「どのような？」

一族の秘密をあかす必要性はまったく見あたらなかった。わたしは直観的に、もしグレンジャーが知らないのなら、知らせる必要はないと判断した。「家系の特権です」

グレンジャーは視線をそらせて、いらいらするほど長いあいだわたしの答えを吟味していたが、やがて視線をもどして、いった。「カイェテは議会にアドバイスをもとめています。こちらとしては、不賛成との議長声明をだしました。〈トリプル〉における月の通貨信用度に悪影響をあたえかねないと考えるからです。冷凍死体にかんしては、現在、地球では倫理的、宗教的に非常に敏感になっていますからね——七カ国で蘇生が禁止されているくらいですから。あなた方はどうも、そこにつけこんだのではないかという感触を抱いているのですが」

「そうなんですか？」とわたしはいった。「こちらとしてはそんなことは考えておりません」

「いずれにせよ、議会は冷凍死体の保存および利用禁止命令を発行すべく検討中です」

「ちょっと失礼」わたしはデスクに置いてあった経営者用スレートをとってきた。「オートカウンセラーをたのむ」と声にだしていい、あとはグレンジャーにはきかれたくない指示を打ちこんで、この禁止命令なるものについて法律的見解をもとめた。

　オートカウンセラーはすぐに答えをだしてくれた――「現時点では違法」引証も示してあった。

「自治権のある公認BMを拘束することはできません」わたしは引証を読みあげた。「相互利益協約二一一の三五、公認家系協約二一〇二参照」

「しかるべき数のBMがあなた方の行動は軽率であったと確信し、創始公認BMのいずれかひとつでも財政的に破綻する可能性ありと判断されれば、拘束することはできる、と議会の思考体は答えています」

　こんどはわたしがだまりこんで、じっくり考える番だった。

「つまり、議会で論議することになる、ということですね」とわたしはいった。

「わたくしとしては、そんな大袈裟なことにはしたくありません」グレンジャーはいった。「おそらく議会外で、合意に達することができると思いますよ」

「理事会で検討させていただきます」背中が凝ってひどく痛くなってきた。「しかし、わたしとしては、この問題は議会でオープンに論議されるべきだと思います」

　グレンジャーはにっこりとほほえんだ。ロゴロジー信者は教理をまっとうすれば人間のあらゆる限界がとりはらえると主張している。仮にそれがほんとうだとしても、そんなご利益《りやく》はごめんだ、とわたしはジャニス・グレンジャーを見ていて思った。彼女には、どこかあやつられている印象がある。それは裏返せば、自分でコントロールすべきものがなにもない、ということだ。気まぐれも、危険な情念もない――ただの自動人形とおなじだ。彼女を見ているうちに、背筋が寒くなってきた。

「それはおすきなように」グレンジャーがいった。「でもこの問題は、それほど重大に考えるほどのものではありません。大袈裟なことをする必要はないと思いますよ」

だったら、なぜわざわざこんなことをするんだ？

「でしょうね」とわたしはいった。「わたしもBM間で解決できる問題だと思います」

「議会はBMの代表者の集まりですよ」

わたしは、ごもっとも、とうなずいてみせた。とにかく、なんでもいいから彼女をわたしのオフィスから、〈氷穴〉ステーションから、追いだしたかった。

「貴重なお時間を、ありがとうございました」といいながら、彼女は立ちあがった。リフトのところまで送っていったが、むこうは別れの挨拶をするでもなく、ただ謎めいたマネキンのような笑みを浮かべただけだった。

オフィスにもどるとすぐ、わたしはポート・インのトーマス・サンドヴァル＝ライスに面会の予約をいれ、それからロウとウィリアムに連絡した。電話にはロウがでた。「ミッキー！　カイェテがうちとの契約を承諾したわよ」

一瞬、意味がわからず、とりあえず「まずいな」といったものの、頭は混乱していた。「なんだって？」

「なにがまずいのよ？　いいニュースじゃないの。カイェテは、できると判断したの。チャレンジだっていってるわ。よろこんで独占契約にサインするそうよ」

「たったいま、ジャニス・グレンジャーと話したところなんだ」

「どこの人？」

「タスク＝フェルダー。議長補佐官だよ。ぼくらを閉鎖に追いこむ気らしい」

「サンドヴァルBMを閉鎖？」ロウは笑っていた。冗談だと思ったらしい。

「そうじゃなくて、〝頭〟のプロジェクトをだよ」

「そんなこと、できるわけないでしょ」ロウはまだ本気にしていなかった。

「たぶんね。とにかく、総裁には連絡して、会うことにしてある」わたしはロウのいったことを思い返していた。カイェテが契約を承諾したとしたら、それは議会で論議されても心配ないと思っているか、もしくは……。

グレンジャーは嘘をついたのだ。

「ミッキー、いったいどういうことなの？」

「ぼくにもわからない。でも、なんとかするさ。新しい議長はタスク＝フェルダーなんだ。ロウ、こういうことはちゃんと把握しておくべきだぞ」

「知るもんですか。ほかのBMからは、なんの文句もでていないのよ。ほかの領域を侵すようなことはしてないんですもの。タスク＝フェルダーなんか、クソくらえだわ。月公認のBMでもないくせに。たしか、ロゴロジー信者じゃなかった？」

「でも議席をもってるんだよ」

「ああ、まったく冗談じゃないわよ」ロウはなげいた。「まるでわけのわからない、いかれた連中じゃないの。いつ議席をとったの？」

「二カ月前」

「どうやって？」

「社会の一員として、押さえるべきツボをきっちり押さえるという手法でね」てのひらを指でつつきながら、わたしはいった。

ロウはじっくりと考えていた。「話したときの記録はとってあるわね？」

「もちろん」わたしはロウにたいするBM優先事項自動要請をファイルして、会談の記録をロウのスレートに転送した。

「ミッキー、これからそっちへいくわ。いえ、できたら〈氷穴〉へおりてきて。そのほうがいいわ。ウィリアムがね、わたし以外の話相手がほしいらしいの。またQLのことで悩んでいるし、〝頭〟のことでも、まだちょっとピリピリしてるのよ」

義兄は静かに考えこんでいるふうだった。「地球のインドやエジプトには、冷却装置ができる何世紀も前から、氷も冷たい飲み物もエアコンもあったんだ。空気が乾燥していて、夜、晴れるという気候のおかげで」

研究室の第一室、金属製のテーブルをはさんで、わたしはウィリアムとむかいあってすわった。ウィリアムは、わたしを客用のクッションつきアームチェアにすわらせて、自分はガタのきた金属製のスリングチェアに腰をおろした。外ではアルバイターが騒々しい音をたてて、忙しく作業を進めていた。ネルンストBMの設計書にしたがって、ロウの〝頭〟をおさめる容器を組み立てているのだ。

「蓄電池か太陽発電みたいなものを使っていたわけですか?」わたしはウィリアムの秘話開陳のエサに素直に食いついてやった。

ウィリアムはたのしそうにほほえみ、ゆったりとくつろいで話の先をつづけた。「それほど単純なものではない」と彼はいった。「ファラオの召使たちは、大きくてたいらな多孔性の素焼きの盆を使っていたらしい。かれらは盆に数センチ水をいれて、乾燥した空気の澄んだ夜になることを祈った」

「空気が澄んでいて、冷たい?」

「とくに冷たい必要はない。エジプトでは空気が冷たいなんてことはめったになかったからな。乾燥して晴れた夜であればいいんだ。すると、あらふしぎ。氷ができる」

わたしは、まさか、という顔でウィリアムを見た。

「まじめな話だぞ」ウィリアムは身をのりだした。「からっぽの空間への蒸発および放熱作用だ。夜、雲ひとつない真っ黒な星空のもと、たえまなく蒸発がつづくと、盆も水も冷えてくる、水温がさがる、その状態で湿度がほぼゼロの場合、盆の水はかちかちに凍る。朝になったらその氷をとって、また夜にそなえて水をはっておく。十分ひろい場所と、十分な数の盆と、氷を貯えておく洞穴《ほらあな》でもあれば、エアコンも夢じゃない」

「そんなにうまくいったんですかね？」

「おい、ミッコ、実際、そうやっていたんだぞ。電気が登場する前は、そうやって氷をつくっていたんだ。空気が乾燥して、夜晴れるところではどこでもな……」

「蒸発で、水は相当へってしまうでしょう？」

ウィリアムは首をふった。「ミッコ、きみにはロマンのかけらもないんだな。露のついたマグでファラオがビールを飲む場面を想像しても、なんの感慨もわかないんだろうな、きみのようなやつは」

「ビールねえ。ロウの別室にビールをいれたら、どれだけはいることか」月の小さなステーションでは、ビールは贅沢品だった。

ウィリアムは顔をしかめた。「例のグレンジャーという女との話、記録を見せてもらったよ。ロウは面倒にまきこまれることになるのか？」

わたしは首をふった。

「でなくちゃな」とウィリアムはいった。「たまには……」ウィリアムは立ちあがって両手で顔をこすると、親指と人差し指をぎゅっとあわせて、すがめでながめた。「きみも正しいことをいうな。ミッコ、またあらたな問題がもちあがった。あらたな結果が生じたというべきかな。QLが、無秩序化ポンプの再調整が必要だといいだしたんだ。一週間かかる。それがすめば、いよいよ物質の絶対零度を実現できる。人類誕生以来、はじめてのことだぞ」

前にもおなじようなことがあった。成功は先送り、という事態に突きあたるたびに、わたしはウィリアムをからかっていたが、彼にとってはそれが鎮痛剤として欠かせぬものになっていたらしい。

「熱力学第三法則に反しますよ」わたしはさりげなくいった。

ウィリアムは手をふって否定した。

「ウィリアム、それは完全に異端ですよ。第三法則なんてただの音速の障壁みたいな、ささいなものだとでも――」

「というより、光速みたいなものだったらどうする?」

ウィリアムは片目を半分閉じて、いじわるそうにわたしを見た。「きみはもう、これにたっぷり金をつぎこんでしまったんだぞ。わたしがばかだとしたら、きみは大ばかってことになる」

「あなたの立場に立つと、そんなことじゃとてもなぐさめにはならないと思いますよ」にやりとしながら、わたしはいった。「でも、しょせん、ぼくにはわかりませんよ。どうせ無味乾燥な会計係ですからね。ぼくを地球の晴れた夜空のもとに置いたら、脳みそが凍るんじゃないかな」

ウィリアムは笑いながら、「きみは頭がよすぎる」といった。「第三法則に反したって、どうということはない。撃ってくださいとばかりにじっとすわっているカモみたいなもんさ」

「ずいぶん長いこと、すわったまんまじゃないですか。仕留めそこなったハンターは山ほどいるし、あなただって、もう三年、仕留めそこなってるんですよ」

「それはＱＬ思考体と無秩序化ポンプがそろっていなかったからさ」小さな窓の外の暗い空間を見やりながら、ウィリアムはいった。下の穴で作業しているアルバイターがオレンジ色の閃光を発するたびに、彼の顔が明るく照らしだされる。

「あのポンプのそばにいくと、身体がむずむずしてしょうがないんですよね」文句をいったのは、これがはじめてではなかった。

しかしウィリアムはそれを無視して、急にまじめな顔でふりかえった。「もし議会がロウの邪魔をするようなことがあったら、全力で戦ってくれ。わたしはサンドヴァルの血筋ではないが、ミッキー、神かけて、このBMは彼女をまもるべきだと思っている」

「そこまでの騒ぎにはなりませんよ、ウィリアム。たいしたことはありません。政治的駆け引きからでた、あぶくみたいなものです」

「くだらない政治なんかはぶけ、といっておいてくれ」ウィリアムは穏やかにいった。このせりふは、月にいる全家系のスローガン、固く結ばれてはいるが強烈な独立心をもった住民たちの叫びだ――これまで何度、耳にしたことか。「これはロウのプロジェクトだ。いったんわたしが――わたしたちが〈氷穴〉に〝頭〟を保管していいときめた以上、だれにも邪魔はさせない。それこそが月世界なんだからな。きみは、ロゴロジー信者にかんする話、ぜんぶ信じているのか？」

「どうなんでしょうねえ。まあ、ぼくらと考え方がちがうのはたしかですね」わたしは窓際へいって、ウィリアムと肩をならべた。「ありがとうございます」

「なんだい、急に」

「ロウがやりたいことをやらせてやってくれて」

「彼女はわたし以上に突拍子もないことをしてくれるからな」ウィリアムはためいきまじりにいった。

「最初はきみも乗り気じゃなかったそうだな」

「だって気味がわるいじゃないですか」わたしは正直にいった。

「しかし、興味がわいてきたんだろ？」

「ええ、まあ」

「タスク＝フェルダーがきて、ますます興味をそそられたというわけか」

わたしはうなずいた。

ウィリアムは分厚い窓ガラスをコツコツとたたいた。「ミッキー、ロウは月で生まれ育って、つねにサンドヴァルにまもられてきた。月はいつも彼女の味方だった——自由な精神を重んじ、人口も少なく、若い人材が輝くにはうってつけの場所だ。しかし、それだけにやや純真すぎるところがある」

「みんな、似たようなものですよ」

「きみはそうかもしれないが、わたしは人生のきびしい側面を見てきているからな」

その点はみとめたものの、わたしは首をかしげた。「純真という表現が、けんかの仕方を知らないという意味だとしたら、それはまちがいですよ」

「頭ではわかっているだろう」ウィリアムはいった。「それに賢明な彼女のことだ、それだけわかっていれば十分だと知ってもいるだろう。しかし、ほんとうの泥仕合がどんなものかは知らないと思うね」

「泥仕合になると思うんですか？」

「わけのわからない話だからな。頭が四百十個、これはだれだって気味がわるい。しかし、危険なものではないし、地球の人間は長いこと寛大に見まもってきたんだ……」

「なにごともなかったからですよ」わたしはいった。「それが、ここへきて、いよいよ寛大さも尽きてきた」

ウィリアムは、いっそう口をとがらせて、親指と人差し指でほおをこすった。「どうして、文句がでるんだ？」

「倫理的問題でしょうね」

ウィリアムはうなずいた。「でなければ宗教的問題か。ロゴロジー関連のものを読んだことは？」

わたしは正直に、ないと返事した。

「わたしもだ。ロウもそうだろうと思う。そろそろ研究してみるべき時期だと思わないか？」

わたしはあいまいに肩をすくめた。背中がぞくっとした。「どうも、いやなものがでてきそうな気がしますね」

　ウィリアムはくすくす笑った。「それは偏見だぞ、ミッコ。まったくの偏見だ。わたしがどこの出か、忘れたわけじゃないだろう。タスク＝フェルダーもそう近づきがたい連中ではないかもしれないぞ」

　偏見の目で見ていることを指摘されたのは痛かった。わたしは話題を変えて、前から興味をもっていたことをきいてみることにした。ＱＬ思考体は前にも見せてもらったが、ウィリアムには、実際に使うところを見せるのは故意に避けていたふしがあるのだ。「直接、話しかけてみてもいいですか？」とわたしはたずねた。

「えっ？」ききかえしてウィリアムはわたしの視線をたどり、自分のうしろの台を見た。「もちろんさ。こいつはいまでも、わたしたちの話をきいているんだ。ＱＬ、紹介しよう、わたしの友人かつ同僚の、ミッキー・サンドヴァルだ」

「お会いできてうれしく思います」とＱＬがいった。一般の思考体とおなじ中性的な声だった。わたしはウィリアムを見て、片眉をあげた。とても自然で、従順な、よく慣れたペットといってもよさそうな感じだ。ウィリアムは、わたしが軽い失望を抱いたのを察したようだった。

「ミッキーはどんなふうか、説明してくれるかな？」ウィリアムがいった。なにかやってみせなければ、と思ったのだろう。

「形状は、あなた自身と似ていないとはいえません」思考体がいった。

「塡充《てんじゅう》性は？」

「あなたとはちがいます。自由で活動的な状態です。あなたとは一次結合になっていません。彼は制御を必要としているのですか？」

　ウィリアムは得意気ににやりとした。「いや、ＱＬ、彼は機械的存在ではないんだ。わたしとおなじだよ」

「あなたは機械的存在です」

「たしかにな、だが、それは便宜上そういっているだけだ」ウィリアムはいった。

「こいつは、あなたも研究室の一部だと思っているんですか？」とわたしはたずねた。

「そのほうが、ずっと仕事がしやすいんだよ」ウィリアムにそういわれると、なるほどそういうものかと思った。

「ぼくから質問してもいいですか？」

「どうぞご自由に」とウィリアムはいった。

「ＱＬ、ここのボスはだれだ？」

「ボスという言葉をリーダーシップの中核という意味で使っているのであれば、ここにはリーダーはいません。リーダーは、後日、機械的存在群が統合された時点で発生します」

「成功した時点でという意味だ」ウィリアムが説明した。「成功したら、リーダーシップの中核、つまりボスが登場する——成功した結果そのものということだ」

「つまりＱＬは、もしあなたが絶対零度を達成したら、それがボスになると思っているわけですか？」

ウィリアムはにやりとした。「そんなようなものだ。ＱＬ、ありがとう」

「どういたしまして」ＱＬが答えた。

「ちょっと待ってくださいよ」とわたしはいった。「もうひとつ、ききたいことがあるんです」

ウィリアムは手をさしだして、どうぞ、と身ぶりで示した。

「〈空洞〉のなかのセルが絶対零度になったら、なにがおこると思う？」

翻訳機はしばらく沈黙していたが、やがてさっきとは微妙にちがう声で、こういった。「本翻訳機は、現在、QL思考体の回答を翻訳するのに困難をおぼえています。網膜直接投影法によるポスト・ブール数学記号表示をお望みですか、同様のものをスレート・アドレスに転送することをお望みですか、英訳をお望みですか？」

「当然ながらわたしも同じ質問をしたことがある」ウィリアムがいった。「数学記号表示を選んだが、何種類かちがうバージョン、ちがう可能性がならんでいたよ」

「ぼくは英訳にしてもらおうかな」

「では、警告します。この回答は時間経過とともに大幅に変化します」翻訳機がいった。「これはQL内の波動モードの無秩序なゆらぎを示すものです。いいかえると、QLはまだ適切な予測を定式化していない、できない、ということです。本思考体は英語による数種類の回答を提示できますが、それだけでは十分な理解は得られない、有機的な人間の精神では十分に理解することは不可能であると忠告しています。誤解を招く可能性のある回答でもよいのですか？」

「きかせてみてくれ」少しむっとしながら、わたしはいった。ウィリアムは手動制御装置の前にすわっていた。この論戦をわたしひとりに押しつけるつもりのようだった。

「QLは、しかるべき物質試料内で絶対零度を達成すれば物質の新状態が生じるとの仮定を立てています。時空内における物質の運動と、物質内、とくに原子核内の他の力とは結合していますから——力無秩序化ポンプはこの原理にのっとって動いているわけですが——、この新状態は安定したものであり、熱力学的状態にもどるためには大量のエネルギー投入を必要とすると思われます。可能性としては小さいものですが、この新状態は量子力学的力によって他に伝わり、密《みつ》に結びついている原子に同様の状態を誘発することも考えられます」

わたしはちらりとウィリアムを見た。

ウィリアムは「非常に小さい可能性だ」といった。「それに予防策も講じてある。銅の原子をペニング・トラップ内に隔離して、ほかのものとは接触できないようにしてあるんだ」

「つづきをたのむ」わたしは翻訳機にいった。

「もうひとつの仮説は、これまでのところ発見されていない、時空そのものの状態と物質の熱力学的運動との相互作用です。試料内で熱力学的状態が終止した場合、試料周囲の時空が変化すると考えられます。量子の基底状態も影響をうけるでしょう。原子のとりうる位置の確率が制限され、それによって仮想の素粒子活動のアラインメントが誘発されるとともに、他の量子効果も増幅されます。これには、通常は素粒子間で伝達され、非伝達者にはアクセス不能の量子情報の遠隔伝達も含まれます」

「なるほどね」ついに降参して、わたしはいった。「ウィリアム、翻訳機の翻訳機がなくちゃ、ぼくには無理だ」

「数式によると」ウィリアムはいった。瞳が光っているのはよろこび、あるいは誇りのゆえだ。悲しみのせいではありえない。「一種の時空の結晶化がおこるだろう、ということだ」

「それで？」

「物質を表現するための言葉をあえて創造的に使っていうなら、時空は本来、不定形のものだ。結晶化した空間は、いくつかおもしろい特質をもつことになる。量子の状態と位置の情報は、通常は素粒子間でのみ伝達される——いわば限定チャネルを通じて伝達されるのだが——それが、外へ漏れる状態が生じるんだ。量子の情報が時間を逆行して伝播することもありうる」

「それはあまりいただけませんね」

「ごく局地的なものだろうが、魅惑的な研究素材だ。空間を、現在のようなごく限定された媒体ではなく、情報の超伝導体にしてしまうと考えてもいい」

「そんなことがほんとうにおこるんですか？」

「いや」ウィリアムはいった。「わたしの理解しうるかぎりでは、現時点ではＱＬの予測はどれも、おこるともおこらないとも、いいきれないな」

〈氷穴〉農場とそのサポート施設の敷地面積は三十五ヘクタールで、家系構成員を九十人雇っていた。これは単独の研究施設としてはまずまず大きいほうだった。古い習慣はなかなかすたれないもので、月では各ステーションは大小にかかわらず自律的運営ができるよう設計されている。自然災害あるいは政治的緊急事態にそなえてのことだ。ステーションはたがいに相当の距離を置いて設置されているのがふつうだから、この習慣も故《ゆえ》ないことではない。また、各ステーションは地球の村のように独立した社会単位として行動することにもなっている。大規模なステーションで〈氷穴〉からいちばん近いのはポート・インで、シャトルで六時間のところにあった。

わたしは十三歳のときに、家系内のガールフレンド候補を十二人、割り当てられていた。そのうちのふたりは〈氷穴〉に住んでいて、ひとりとはただの友だちづきあいだったが、もうひとりのルシンダ・バーグマン＝サンドヴァルとは十六歳のときから恋人同然の間柄になった。ルシンダはステーションの食料を栽培する農場で働いていた。家系外の女性に目がいくようになってからは、月にいちどくらいしか会わなくなっていたが、これは適齢期が近づけば自然なこと、と彼女も思っていた。だが、そうはいってもやはり会うのはたのしいもので、その晩も農場のカフェで軽いおしゃべりと食事のデートの約束をしていた。

わたしは女性の外観はあまり気にならないたちだ。ずばぬけた美人を見てもべつにどうとも思わないのは、自分がプラチナのように輝かしい人間ではないからかもしれない。サンドヴァル家はずっと昔から出生前後の変容《トランスフォーム》をふつうのこととしてうけいれていた。月の家系はどこもたいていそうだ。

だから、サンドヴァルBMには、めだつほどの醜男醜女はいない。ルシンダは両親の意向で通常の出産で生まれ、十七歳のときに簡単な変容処置《トランスフォーム》をうけた。黒い髪、コーヒー色の肌、紫の瞳、ほっそりと長身で、首が長く、愛想のいい、ちょっと大きめな顔。たいていの月生まれの子供とおなじで、彼女も二重生化学機能をもっていた――地球でもどこでも、重力、引力の大きな場所にいけるし、すぐに適応できるからだ。

わたしたちはカフェで待ちあわせた。カフェからは、月面にひろがる六ヘクタールの農地が見わたせた。磁場補強された分厚い窓がテーブルと高度の真空状態とをわけているだけで、カフェをぐるりととりまく真鍮のバーがなかったら、そのまま表土か、下に見える透明なポリストーンのドームにまっさかさまに落ちてしまいそうな気分になるところだ。

ルシンダはおとなしくて、察しがよくて、思いやりのある娘だった。わたしたちは、しばらくのあいだ、ふたりの関係のことを話しあった――彼女はネルンストのエンジニアのハキムという男から家系外結婚を申しこまれて、いろいろと考えているところだったのだ。わたしにも何人か候補はいたが、まだカントリーダンス・パーティには足繁《あししげ》くかよっていた。

「ハキムはよろこんで第二姓になるっていうの」とルシンダはいった。「とっても寛大なのよ」

「子供をほしがってるのかい？」

「もちろんよ。もし、つわりのひどい体質なら外部子宮妊娠でもいいって」ルシンダはにっこりとほほえんだ。

「過激だな」

「あら、そんなことないわ。ただ……寛大なだけよ。なんだか、とってもやさしくしてくれるの」

「余禄《よろく》もあるんだろ？」

ルシンダはうっすらと気取った笑みを浮かべた。「山ほど。彼の支系はネルンストと〈トリプル〉

の契約事務をあつかってるのよ」

「ネルンストは、うちでも仕事をしてくれたよ」

「話して」ルシンダはやさしいくせに有無をいわせぬ口調で命令した。

「いわないでおいたほうがいいだろうな。まだすべてをとおしてちゃんと考えるところまでもいっていないんだ……」

「深刻そうね」

「そういうことになるかもしれない。議長が、ぼくの実の姉がやっていることをやめさせようとしているんだ」

ルシンダは、長くて細い眉をあげた。「ほんとに？　どんな理由で？」

「よくわからない。議長はタスク＝フェルダーでね……」

「だから？」

「ロゴロジー信者なんだよ」

「だからなんなの？　ロゴロジー信者だってルールどおりにやらなくちゃならないわけでしょ」

「そりゃそうさ。べつに、それがわるいといってるわけじゃないんだ……。でも、きみはロゴロジー信者のこと、なにか知ってるの？」

ルシンダはちょっと考えこんでから話しはじめた。「契約相手としてはやっかいな連中よ。ダウードが——ハキムの兄弟なんだけど——彼が、フラマウロの近くの独立ステーションとの設計契約を担当したことがあったの。それがタスク＝フェルダーのステーションだったのよ」

「知ってるよ。先月、そこのカントリーダンス・パーティに呼ばれたんだ」

「いったの？」

わたしは首をふった。「仕事が忙しくてね」

「ダウードの話だと、むこうは八週間のあいだに三種類の仕様書を出してきて、ネルンストの設計士をあたふたさせたそうよ。経営陣の対応がずれていたみたい――タスク＝フェルダーはトップダウンでケチをつけてくるのよ。現場の視点でものを考えていないのよね。ダウードはいい印象はもたなかったようよ」

わたしはにやりとした。「うちもネルンストの人には苦労をかけたよ。去年、冷却装置の修理と放熱器の性能アップの件で」

「ハキムにきいたことがあるわ……。ダウードは、タスク＝フェルダーにくらべたら、わたしたちは天使だっていってたそうよ」

「兄弟ＢＭにすかれていることがわかってよかったよ」

ルシンダが静かになにか考えているうちに、デリバリー・カートで料理が運ばれてきた。

「あたしも、もちろんイオのことはきいたことがあるわ。とても信じられなかったけど。ティエリーの書いたもの、読んだことある？」ルシンダがたずねた。「子供のころには、いっぱいでてたわよね」

「ぼくはかろうじてすりぬけちゃったけどね」とわたしは答えた。Ｋ・Ｄ・ティエリーは地球生まれの映画プロデューサーで、哲学者を自称し、独裁的導師《グル》のごとくふるまい、二十世紀末に染色体心理《クロモサイコロ》学《ジー》を創始し、それをさらに押しひろげてロゴロジーをつくりあげた人物だ。

「たしか、本と文字映像《ＬｉｔＶｉｄ》とあわせて三百くらい書いてるはずよ。あたしは二冊読んだわ――『惑星の精神』と『心よ、いずこへ』だったかな？　すごくへんな内容だった。ティエリーは、夢の中身からトイレのしつけまで、なんでも規制しようとしたのよ」

わたしは笑いながらいった。「どうして、そんなもの読んだんだ？」

ルシンダは肩をすくめた。「前はよくＬｉｔＶｉｄをスキャンしてたの。図書館にあったのよ――

呼びだして料金を払って——ふつうのＬｉｔＶｉｄの半分の値段だったわ。きれいな場面がたくさんでてきたの。地球のきらきら光る湖とか、川とか……ティエリーが太陽光発電のヨットで世界一周しているところとか。そんな感じの映像よ。月の女の子にとってはすごく魅力的だったのよね」

「イオの事件のことを解説したものは、なにか読んだ？」

「天使がティエリーに、人間は超存在の、戦う神々から生まれたんだといった、とかいう話はたしか読んだわ。その神々は、太陽が生まれる前からいたっていうの。わたしたちのなかのどこか奥深くには、その神々のうちの何人かの人格のかけらがあるんですって」

「そのへんは買えるかな」

「神々の精神の残った部分は、敵の手で〝地獄の月〟の硫黄の下に閉じこめられてしまって、わたしたちが解放して、またひとつになれる日を待っている、とかなんとか、そういう話」ルシンダは、どうしようもないといいたげに首をふった。

その話のつづきは知っていた。中学の近代史のファイルにあったからだ。二〇九〇年、火星のロゴロジー信者は〈トリプル〉から木星の衛星イオの千年間借地権を取得した——悪環境の、これといった価値もないイオには、それまで探査隊が二度いったことがあるだけだった。二一〇〇年、新借地人はイオに人間常駐のステーションを完成させた。が、そのステーションは、ペレー火山級の爆発であらたに硫黄の湖ができたときに、住人もろとも失われてしまった。敬虔《けいけん》なロゴロジー信者七十五人が犠牲になったが、遺体は回収されなかった——かれらはいまだに黒い硫黄のなかで眠っている。ロゴロジー信者たちは、失われた神々を探すことを許さなかったのだ。

わたしは身ぶるいした。「なにがねらいだったのか、わからないんだが、そこがおもしろいところだな」

「気味がわるいわ」ルシンダはいった。「あたしはね、ティエリーが歴史を書いているつもりなんだと気づいたところで、それ以上読むのをやめたの。信者はみんな、彼のことを神そのものだと思っているみたいよ」

「ほんとに?」

「やりあう相手がなにを考えているか、知らないの?」

「ぼくが認識不足だってことは、つとに有名でね」わたしは両手をあげてみせた。「どんな神なんだい?」

「信者は、彼は死んでいない、完全に健康な状態だっていってるわ。殻を脱ぎすてるみたいに肉体を残していっただけだって。いまは、各世代の選ばれた弟子に霊的メッセージを送って、信者たちにアドバイスすることになっていて、その選ばれた弟子というのは、青い冷気で聖別されるんですって。なんだかよくわからないけど、そういう話よ。ねえ、連中のいやがる、ロウがやろうとしていることって、なんなの?」

「それはノーコメント。近々、ロウが記者会見をひらくことになっているんだ」

「でも、議長は知ってるのね?」

「そのはずだ」

「信用してくれてありがとう、ミッコ」ルシンダはかすかににやりとしてみせた。からかってみただけよ、というしるしだ。それでもわたしは、居心地がわるかった。

「一から十まで気にいらないってことだけは、はっきりいえるよ」とわたしは告白した。「世のなかをやたら複雑にするだけなんだ」

「だったら、さっさと宿題のつづきをかたづけたほうがいいわよ」それがルシンダのアドバイスだった。

ロゴロジーを深く掘りさげれば掘りさげるほど、わたしはロゴロジーに魅了されていった。と同時に拒否反応もおこった——が、最後には魅力のほうが勝っていた。そこには、首尾一貫した哲学をもたぬ信条——精緻な抽象的理論をもたぬシステム——があった。幼稚な仮説があり、啓示された真実をよそおったまったくの夢物語があった。すべては、人間の心にひそむ、あるひとつのことを見抜いた男の頭のなかからはじまったことだった。あまりにも大胆、そしてあまりにもばかげているからこそ、こういう話は魅力的なのだ。

K・D・ティエリーは万人の心に深くひそむ、〝大きなできごと〟に自分もかかわりたい、参加したいという願望を利用したのだ。この点で彼はほかの預言者や救世主と少しちがっていたが、ほんとうにちがうのは、だれもがティエリーのことをよく知っていたという点だろう。彼のような人間が偉大なる真実を神から賜《たまわ》るというのも、いかにも滑稽な話で、これもまた他の預言者たちとは大きくちがう点だった。

ティエリーは、若いころ俳優をしていたことがあった。化学素材フィルムの三流映画の脇役で、佳作にも一、二度、ちょい役で出演したことがあった。映画通のあいだでは知られていたが、一般には無名の存在といっていいだろう。のちに、本領を発揮できる場はよろずとりまとめ役にありと気づいてプロデューサーに転身、さらには監督もやるようになった。作品はなんの輝きもない、すぐに忘れられてしまうものというほどひどくはなかった。

一九八〇年代末には怪奇ミステリーものシリーズの監督として名を馳せた。狂気と辛辣なユーモアとをかねそなえた独特の作風で、信奉者も多かった。そのうち大学で講義もするようになり、伝えられるところでは、ニューヨークの脚本家にこう語ったという——「映画は、はかない影にすぎない。われわれのいきつくべきところは宗教だ」

そしてその後、一端の教養人といえなくもなかった彼は、そのころ盛んだった亀裂のはいったフロイト派の学説を土台から突き崩そうという動きにのり、そのばらばらになったかけらに、ほかの心理学を残らずくっつけようと試みた。それも、もとはといえば最初の妻が心理療法医《サイコセラピスト》で、双方にとって忘れようにも忘れられないほど悲惨な別れ方をしたせいだった。

そして四十三歳のある夜、彼は啓示をうけた。カリフォルニアのニューポート近くの海岸に腰をおろしていると、目の前に突然——と彼はいっている——高層ビルのような巨大な人影があらわれたのだ。そして彼に、こぶしくらいの大きさの水晶の塊《かたまり》をさずけた。その人影は形は女だったが、男を思わせる力強さに満ち、彼にむかってこういった——「あまり時間がない。死んで久しいので、ここでおまえに直接話すこともままならない。すべてはこの水晶が語ってくれるであろう」

ティエリーは、この巨大な人影はホログラムだと考えた——わたしにいわせれば神が御姿《みすがた》をあらわすにしてはずいぶん原始的なテクノロジーを使ったものだと思うが、当時はティエリーの想像力もその時代なりのものに限られていたし、科学に弱いと思われる彼の信奉者たちに語りかけるには一九九〇年代の用語なり概念なりを使うのが得策だったのだろう。

彼は水晶をのぞきこみ、そこに見えたものを一連の秘本——これは生前には公表されないことになっていた——にまとめ、それとはべつに大衆むけの要約版を出版した。この要約版は『旧人類と新人類』というタイトルで、クロモサイコロジーの宇宙論があきらかにされている。

巨大なホログラムは〝真の人類〟の最後のひとりで、その女性からさずかった水晶の力によって彼の心のパワーが解放されたのだという。個人で出版し販売したその本は最初の年に一万部売れ、次の年には五十万部売れた。版を重ねるうちに宇宙論の原則が一部修正され、名称もロゴロジーに変わった。ついにサイコロジーという言葉とも訣別したのだ。

『旧人類と新人類』はすぐに紙の書籍だけでなく、キューブ・テキストやLitVid、Vidにもなり、五種類の双方向《インタラクティヴ》メディアでもアクセスできるようになった。

セミナーをつづけるうち、まずは数人が改宗して弟子になり、やがて信者の数も順調にふえていった。かれらは、人間はかつて神のような力をもっていたが、いまは古代の鎖でがんじがらめになっていて、肉体にたよる卑小で愚かな存在になりさがっているのだ、と信じていた。ティエリーは、人間はだれでも、変身をとげて自由に放浪する非常に力強い霊に生まれかわることができると説いた。一連の精神鍛練によってその鎖を断ち切るすべ、そして古代の人類の敵――ただひとり、シャイタナという名の敵――はじつはすでに死んでいて人の自己解放をさまたげる力はないのだと悟るすべを、水晶に教えられたのだという。自己を解放するのに必要とされるのは、集中力と学習と修行――そしてロゴロジー教会の終身会員になることだった。

シャイタナはロキ（北欧神話の不和と悪事をたくらむ火の神）と水割りにしたサタンをあわせたようなもので、たいした力はなく、人類をほろぼすことなどできないどころか、強い人間が鎖を断ち切って自由になるのを邪魔することすらできない。しかしずる賢さと執拗さにはあなどれぬものがあって、人類の大半に、死は避けられぬもの、弱さは人間の宿命、と信じさせておく力はあるのだという。ティエリーに反対する者はシャイタナの傀儡《かいらい》か仲間で、フロイトもユングもアドラーも、あらゆる精神医学者、心理学者はみんなそうだった。シャイタナの傀儡はおおぜいいて、なかには大統領や司祭、そして預言者を名のる者も含まれている、とされた。

一九九七年、ティエリーは南太平洋の小島を購入して〝解き放たれた者たち〟のコミュニティを建設しようとした。しかし島の住民の反発を食らって、芽吹いたばかりのコロニーをやむなくアイダホに移した。そこにつくった小さな町は、人間意識の祖にちなんでウラノスと名づけられた。ウラノスはアイダホ最大の政治の中心都市に成長した――二〇一二年にアイダホ州がふたつに分かれたのにはティエリーも一役買っていたわけだ。それ以降、北のほうはグリーン・アイダホと自称するようになった。

ティエリーは大量の本を書き、ときに映画もつくった。後年だされた本には、胎児検診時の注意から葬式、墓石のデザインにいたるまで、それこそありとあらゆるロゴロジー信者の生活様式が網羅されている。世界経済や政治といったトピックスをまとめたLitVidも制作している。が、その後はしだいに隠遁生活にはいっていき、亡くなる二年前、二〇三一年ごろには、愛人と三人の個人秘書以外だれとも会わなくなっていた。

ティエリーは、彼自身の〝解放〟後、危難のときがやってくるが、自分は百年以内にもどってくると明言した。〝肉体の鎖から解き放たれた〟存在となって、ロゴロジー教会を〝地球の国々に君臨する現世の王座〟につけるというのだ。「われらの敵は灰と化すであろう」――とティエリーは断言した――「そして忠実なる者たちは永劫の精神の恍惚を味わうであろう」

死んだときの体重は百七十五キロ。半分車椅子で半分ロボットの大がかりな装置がなければ、移動もままならない状態だった。ウラノスの数十万の信者にあてた新聞発表は、彼の死を自発的解放と表現していた。彼はカリフォルニアの海岸にあらわれたあの魂につきそわれて、銀河をめぐる旅に出た。

献身的な弟子でもあった侍医は、巨体にもかかわらず彼の健康状態は完璧だったと語った。その肉体は内部構造を変化させて大量のエネルギーを生み、魂の航海の最初の数年間に必要な力をたくわえていたのだという。

信者たちはティエリーのことを昇天主と呼んだ。伝えられるところでは、彼は週にいちど愛人にあてて冒険譚を報告してきたという。愛人のほうは、合法、違法をとわず若返り処置はうけず、やはり巨体となって天寿をまっとうし、かつての愛人の巡礼の旅に合流した、という話になっている。

ティエリーの死の一年後、秘書のひとりが幼児ポルノ疑惑でグリーン・アイダホで逮捕された。ティエリーが関与していた証拠はなかったが、このスキャンダルの追い討ちでロゴロジー教会は見る影もないほどに衰退した。

その教会が目をみはるほどのいきおいで勢力を盛り返したのは、若いLitVidアーティストたちを支援するプログラムのスポンサーになってからだった。これをきっかけにして教会は政治家や一般大衆にうけいれられるようになり、人々はロゴロジーの過去をすぐに忘れてしまった。そして現在の指導者たち——とくに有名ではないが有能で、どちらかといえば無色透明に近い人々——が、ティエリーのはじめた仕事の総仕上げをした。かれらの力でロゴロジーは、慰めをもとめつづける人々にとっては正統と映る、既存のものにかわるべき宗教となったのだ。

教会は順調に繁栄し、プエルトリコであらたな活動にはいった。二〇四六年、ロゴロジー信者は島に無料診療の病院と〝精神医学〟訓練センターを創設した。プエルトリコが合衆国の五十一番めの州になる四年前のことだった。またたくまに人口の六十パーセントが信者となって、島はロゴロジーの支配下に置かれた。地球上でも、一宗教の信者がこれほど集中している例はほかに見当たらなかった。州になってから合衆国議会に送りこまれたプエルトリコの代議員は、代々、全員がロゴロジー信者だった。

あとの話は、イオの借地権取得や遠征の詳細も含めて、大なり小なり、きいたことのある内容だった。

膨大な資料を隅々まで読みおえると、力がぬけると同時に、懐疑的な気分になっていた。なんだか、人間性というものを、ひとつ高い観点から考えられるようになった気がした——ロゴロジー信者でない者、ティエリーの欺瞞《ぎまん》と夢物語にひっかからなかった者として考えられるようになった気が。傲慢さは両刃使いだ。

すでになにかがわたしにとりつこうとしていた。

その夜、エジプトの用水路に沿って歩いている夢を見た。頭上にはまだ星が小さな針のように輝いていたが、東の空が濃紺に変わって夜明けが近いことを知らせていた。うれしいことに、用水路は夜のうちに凍っていた――ガラスのように透明な角氷がごちゃごちゃに積み重なっていて、それが生き物のように配列を変えてまったいらな板になろうとしている。

秩序、とわたしは思った。ファラオがよろこぶことだろう。

しかし用水路の底をのぞくと、角氷の層の下に魚が閉じこめられていた。身動きできず、狂ったように鰓《えら》を動かしている魚を見て、わたしは罪を犯してしまったことに気づいた。星を見あげて責めたが、星たちは責任をとることを拒否した。ふと用水路の横を見ると、用水路の両側の葦《あし》のなかに、銅製の円環体があって、音なき吸収音をたてているではないか。

夢にひたっていた筋肉という筋肉がひきつって、わたしは目をさました。

ちょうど八・〇〇時で、個人回線のライトがひかえめに点滅していた。確認すると、メッセージがふたつはいっていた。ひとつはロウから三時間前にはいったもので、もうひとつはトーマス・サンドヴァル＝ライスからその一時間後にはいったものだった。

ロウのメッセージは音声だけで、短いものだった――「ミッキー、総裁が、きょうポート・インでわたしたちに会いたいといってきたの。一〇・〇〇に重役用シャトルをよこすそうよ」

総裁からのメッセージは長文のテキストで、秘書の音声メッセージもついていた――「ミッキー、トーマス・サンドヴァル＝ライスが、できるだけ早くポート・インであなたにお会いしたいといっています。ロザリンドにもきていただく予定です」

これに付随してロゴロジーにかんするテキストとL・i・t・V・i・dがはいっていた。すでに目をとおしたのとほとんどおなじ資料だった。

わたしはその日の予定を調整しなおし、放熱器の整備の件で会うことになっていたサンドヴァルの技術者との約束をキャンセルした。

◐

第四発着場のラウンジで待つあいだ、ロウは柄にもなく神妙だった。月の夜で、発着場のライトが煌々《こうこう》と輝いて星の光はかき消されていた。天井の丸窓から満ちた地球が見えた。親指の爪二枚分ほどの大きさで、青みをおびた光を放っている。ラウンジの窓から見えるのは、数ヘクタールのかき乱された灰のような月の表土、何十年も前に〈氷穴〉の施設をつくるときに掘りだされた砂利の山、そして無味乾燥な灰色のコンクリートの発着場だけだった。

「なんだかやけに興味を示してくるわね」ロウがいった。地平線に重役用エアバスのライトが見えてきた。「このあつかいは破格ね。総裁がこんなことをしてくれたのは、はじめてだもの」

わたしはなんとか気持ちをひきたててやろうと、軽口をたたいた。「ひいばあさんとひいじいさんを釣りあげたのは、これがはじめてだからね」

ロウは首をふった。「それは関係ないわ。彼、ロゴロジー信者関連の資料を山ほど送ってよこしたのよ」

わたしはうなずいた。「ぼくももらった。ぜんぶ、読んだ？」

「もちろんよ」

「どう思った?」

「変わった連中だとは思うけど、どうしてプロジェクトに反対しているのかは、けっきょくわからなかった。かれらのいい分では、悟りをひらくまでは死は解放ではないんだから、冷凍された頭はただの改宗の可能性のある存在にすぎないはずなんだけど……」

「トーマスはもう少しくわしく知っているのかもしれないな」

エアバスが着陸した。光沢のある燃えるような赤で、完全耐圧、完全装備キャビンが売り物の、値のはる新型ルナ・ローヴァーだった。わたしはサンドヴァルのリムジンにはそれまでいちども乗ったことがなかった。なかはとても豪華だった。自動調整装置つきの椅子、レストラン・ユニット――朝食をすませてきたことを後悔したが、けっきょくロウの卵とハムもどきをひとくち食べさせてもらった――そして完璧な通信センター。ここの装置を使えば、月共同ステーション衛星、あるいは望みとあれば〈トリプル〉の衛星を使って、地球でも火星でも小惑星でも、すきなところを呼びだすことが可能だった。

「〈氷穴〉にいるぼくらがサンドヴァルの主流からどれだけ遠いかってことが、よくわかるよ」ロウが皿を返却ケースにもどすのを見ながら、わたしはいった。

「あたしは、うらやましいと思ったことはないわ。必要なものはちゃんと手にはいるもの」

「ウィリアムはその意見には賛成しないだろうな」

ロウはほほえんだ。「彼がもとめているのは贅沢な暮らしなんかじゃないわ」

ポート・インは〝嵐の大洋〟最大の都市で、惑星-衛星間商業の中心地として、また大洋内の全ステーションの中枢として機能していた。サンドヴァルBMは地球側の高地にも二十あまりのステーションとふたつの小空港《ポート》を展開していたが、メイン・テリトリーはあくまでも〝嵐の大洋〟だった。またポート・インは交通の要所であるばかりでなく、周囲には多くの農場があって、大洋の南部、西部の地球側の区域に食料を供給する役目もはたしていた。さらにいえば、月の住人にとっては、ある程度の大きさの農場ステーションはリゾートでもある——森や田畑をめでる貴重な機会を得られる場所なのだ。

わたしたちは、空港の南東のへりに沿って何千ヘクタールにもわたってひろがる農場ドームの列——この時間帯は不透明になっている——を眼下に見ながら、サンドヴァル家専用発着場に着いた。約束の時間まで三十分ほどあったので、イン・シティのにぎわいを見物しながら鉄道と歩行通路で、センター・ポートまでいった。

総裁秘書は、短い廊下の先のこぢんまりした総裁私用オフィスに、わたしたちを案内してくれた。オフィスは、サンドヴァル理事会の各部屋の中心に位置していた。

トーマス・サンドヴァル＝ライスは七十五歳。年齢相応のみごとな半白《はんぱく》の髪は少しの乱れもなく、細めの鼻に幅広のくちびる。フォーマルなダークスーツに赤のサッシュ、ムーンカーフのスリッパというスタイルで、立ちあがって、わたしたちを迎えてくれた。室内はデスクと椅子三脚でいっぱいの狭さだった。完全な私室であって、サンドヴァルの顧客や他BMの代理人を迎える派手な接客用オフィスとは別物なのだ。

部屋にはいりぎわ、ロウはなんともよるべない視線で、わたしを見た。実際、ふたりして厳しい叱責をうけにきたような雰囲気だった。

「またきみたちに会えてうれしいかぎりだ」トーマスはそういって椅子をすすめてくれた。「ミッキー、元気そうじゃないか。三年ぶりか？　たしか〈氷穴〉でのきみの地位を承認したとき以来だな」

「はい、そうです」とわたしは答えた。「恐縮です」

「いやいや、きみはよくやっている」トーマスは不安そうなロウの顔を見ると、元気づけるかのようにほほえんで、「べつに歯医者にきたわけじゃないんだぞ」といった。「ロウ、どうも嵐のくる匂いがするんだ。どんな種類の嵐か、なぜわれわれはそこへ突っこもうとしているのか、きみにききたいと思ってきてもらったんだがね」

「わたしにはわかりません」ロウは静かに答えた。

「ミッキーは？」

「わたしも送ってくださったテキストを読みましたが、見当がつきません」

「裏にいるのはタスク＝フェルダーBMだ。だれにきいても、それは一致している。西半球合衆国の行政府に友人がいてね、カリフォルニア・ロゴロジー、つまりかつての親教会とつながりのある連中なんだが、その筋の話だと、タスク＝フェルダーBMは見かけほど独立した組織ではないようだ——カリフォルニア・ロゴロジーが白髪頭《しらが》をひとふりすれば、タスク＝フェルダーはとびあがるらしい。一方、月BMは、すべて地球の代理人として活動することも、宗教原理のみをひろめるような活動をすることも認められないことになっているのは、知ってのとおりだ……。月結束集団協約書にそうある。月の憲法といってもいい」

「そのとおりです」とわたしはいった。

「しかしタスク＝フェルダーBMはこれまでこうした規定を幾度となく、あるいは忌避《きひ》し、あるいは無視してきた。また、だれひとり、それについて説明をもとめる者もいなかった。どのBMも、たとえ地球とコネクションがあるとはいえ、正式に公認されたBM相手に議会で異議申し立てをするという行為を好ましいとは考えていなかったからだ。ありていにいえば、商売上、イメージダウンになるからな。だれしもみな、われわれは強固な個人主義者であり、一に家系、二に月、三に〈トリプル〉……窮地に陥れば〈トリプル〉などクソくらえ、という具合に考えるのがつねだからだ。わかるな？」

「はい、わかります」とわたしは答えた。

「わたしはサンドヴァルBMの総裁として、理事会の長として、二十九年間、つとめてきた。その間、タスク＝フェルダーが、家系を基盤とした従来の結束集団の悪感情をものともせず大きく成長するのを、目《ま》のあたりにしてきた。連中は切れる。飲みこみも早い。財政的バックもしっかりしている。それに、こちらが面食らうほどの誠意と意欲をもちあわせてもいる」

「わたしも同感です」

トーマスはくちびるをすぼめて、わたしにたずねた。「ジャニス・グレンジャーとの話し合いは、愉快なものではなかったようだな」

「はい、そうです」

「われわれは、なにかかれらの機嫌をそこねるようなことをしてしまった。しかも地球からの情報では、かれらは必要とあればよろこんで手袋をはずして本気をだし、塵のなかにひざまずいて溶岩を吐きだしてみせるような連中らしい。狂気をとおりこした、まったくわけのわからない連中だ」

「理由がまったくわからないんです」ロウがいった。

「きみたちのどちらかでも、ヒントぐらいはもっていると期待していたんだがな。かれらの歴史や信条をひととおり見てみて、なにか気づいたことはないのかね？」

「まったくありません」ロウがいった。

「冷凍状態の曾祖父母が、なにかかれらを怒らせるようなことをした、というようなことは？」

「調べたかぎりでは、そんな事実はありません」

「ロウ、われわれは仲間うちの家系BMに二枚舌を使われたことになるんだぞ、そうだろう？　ネルンストもカイェテも、うちのために進んで設計をひきうけ、現金をうけとっておきながら、議会では味方についてくれそうもない」トーマスは渋い顔で、しばし指であごをこすっていた。「〝頭〟のリストにのっているなかで、うちの御先祖以外に、なにかありそうな人物はいないのか？」

「ファイルはもってきました。そのなかにスタータイムが保管していた個人名のリストもはいっています。よく見たら欠落がありまして——蘇生可能な三人の氏名なんですが——ニューヨークのスタータイムの代理人に説明をもとめていますが、まだ返事がきていません」

「リストの照合はしたのかね？」

「は？」ロウはききかえした。

「ロゴロジー関係者とリストにある名前を、過去にさかのぼって照合してみたんだろうな？」

「いいえ」

「ミッキーは？」

「していません」

トーマスは非難がましく、じろりとわたしを見た。「では、いますぐやるとしよう」彼はロウのスレートをとりあげてデスクトップ思考体に接続した。わたしはその小さな緑色の立方体がエレンCであることに気づいて、はっとした。エレンCはサンドヴァル家ゆかりの思考体で、全理事のアドバイザーをつとめている。月で最古の思考体のひとつであり、いくらか時代遅れになってはいるが、家系の一員としての地位は揺らいでいない。「エレン、なにかありそうかね？」

「第一度もしくは第二度に匹敵する興味ある合致もしくは関連は見あたりません」と思考体は報告した。「以上」

トーマスは眉をあげた。「どうやら、いきどまりのようだな」

「名前のわからない三人の件、これから調べます」ロウがいった。

「そうしてくれ。さて、ここでちょっとさらっておきたいことがあるんだが。われわれの弱点はなにか、わかっているかね——きみたち自身の、でもいい。もうひとつ、月BMシステムの弱点は？」

未熟ゆえに、わたしはこの質問にたいして、なにひとつ即答することができなかった。ロウもおなじだった。

「では、この年寄りが少々、教えてしんぜよう。祖父のイアン・レイカー＝サンドヴァルは、ロウを目のなかにいれても痛くないほどかわいがった。ほしがるものはなんでもあたえた。サンドヴァル家には、望ましい婚姻の基準というものがあるわけだが、その基準とは合致しない外部の男との結婚も許した。そしてロウは彼に彼の望むプロジェクトをあたえてやった」

　ロウは断固として無表情を貫いていた。

　トーマスはにっこりほほえんだ。「だが、ウィリアムの仕事ぶりはみごとだし、プロジェクト自体、興味深いものだ。いまはだれもが計画の成功をたのしみにしている。しかしながら――」

「わたしは甘やかされすぎたとおっしゃりたいんですね」トーマスに先んじて、ロウがいった。

「まあ……莫大な富を勝手気ままに使うというところまではいかないものの、金持ちの娘としてなんでもできる境遇にあった、といっておこう」とトーマスはいった。「ところがきみは貴重なサンドヴァルBMの資金を自由につぎこんで、われわれをトラブルにまきこんでおきながら、そのトラブルの原因もわからないという」

「それはフェアではないと思いますが」とわたしはいった。

「良識的にいって、十分にフェアだ」するどい視線でわたしを見つめながら、トーマスはいった。

「これがはじめてではないのだぞ……それとも、きみたち若いサンドヴァルはもの忘れがひどいのかね？」

　ロウは天井を見あげ、わたしを見、そしてトーマスを見た。「チューリップですね」

「あれでサンドヴァルBMは五十万〈トリプル〉ドルを失った。幸い、農場はおあつらえむきの医薬品工場に転用できたがね。あれはウィリアムと結婚する前のことだ……。とはいえ、そのころのきみの冒険の典型的な例ではある。そのころとくらべれば、きみは格段に成長した。その点はきみたちも異論はないだろう。しかし、ロウはいまだかつてフリーフォールでの乱闘にまきこまれたことはない。ロウのうしろには常に厳然とサンドヴァルBMがひかえていたからだ。あっぱれなことに、これまでロウがBM全体に大きく響くようなトラブルをもちこんだことは、いちどもない。これまではな。この件にかんしても、多少先見の明に欠けていた点は否めないものの、ロウに責任を負わせるつもりはない」

「どんな点にしろ、ロウになにかしら落ち度があるとおっしゃるのですか？」とわたしはたずねたが、トーマスの視線にさらされて、まだ腰がひけたままだった。

「いや」意味深長な間を置いて、トーマスは答えた。「落ち度があるのはきみのほうだ。なあ、ミッコ、きみはひとつことに的をしぼった、いわばディレッタントだ。得意分野、つまり〈氷穴〉では非常によくやっているが、幅広い経験には欠ける。ロウのような野心が感じられないし、革新的ひらめきもあまり見られない……。地球での有給休暇制度を活用したことすらない。ミッコ、忌憚《きたん》なくいわせてもらうぞ。きみは〈氷穴〉の運営にかんしてはたいへんみごとにこなしている。文句をつけるような点はひとつとしてない。しかしだ、〈トリプル〉という広大な舞台での経験には乏しい。〈氷穴〉に閉じこもっているうちに、きみはやわな人間になってしまったようだ。きみはロウの計画をきちんとチェックすることを怠った」

　わたしは姿勢を正した。「BM憲章が――」

「それでも、きちんとチェックすべきだった。なにかおこりそうなことを嗅ぎつけてしかるべきだった。ミッコ、予知能力というようなものはないのかもしれんが、われわれのゲームには研《と》ぎ澄まされた直感力が欠かせんのだよ。ひとしきりの経済活動の合間に文学――地球文学――、音楽を修《おさ》め、歴史もかじって、有意義な時間をすごした。カントリーダンス・パーティでご婦人方とまめにつきあうこともおぼえた。それもいいだろう――そういうことをしたい年ごろだからな。しかしいまは筋力をつけるべきときだ。きみには、この件を処理するにあたって、わたしの随員をつとめてもらいたい。議会にでてもらうことになるぞ——二日後に一回めがあるから、われわれのシステムの小さくとも命取りになりかねない弱点を徹底的に調べておくんだ」

わたしは、ふいにとほうもなく不安な気分にとらわれて、椅子の背にもたれかかった。気がかりなのは、BM政界への急なデビューのことではなかった。「特異点に近づいているとお考えなのですか？」

トーマスはうなずいた。「ミッコ、たしかに欠点もあるが、きみはなかなか鋭いな。まさにそのとおりだ。すべてのルールが崩れ、過去の手落ちのしっぺ返しをうけるときがくる。可能性はかなり高いぞ。さあ、わたしに軽くレクチャーしてもらえるかな？」

わたしは肩をすくめた。「しかし、わたしは——」

「翼をひろげるんだ。きみは賢い。でなければ、いまのような指摘はできないはずだ。BMは現在、どんな特異点に直面していると思うかね？」

「はっきりとはいえません。総裁がとくにどの弱点を意識されているのかわかりませんが——」

「つづけたまえ」トーマスは、温情に満ちた虎のようににやりとした。

「われわれは大きくなりすぎて、月の憲法におさまらなくなってしまったのだと思います。五十四のBMに二百万の人間、これは憲法がつくられた時点の月の人口の十倍にあたります。しかも、憲法は一個人が書いたものではなく、各BMの憲章に無理がでないように、あるいは無効にならないように、委員会がつぎはぎしてできたものです。総裁は、タスク＝フェルダーは憲法の危機を招くようなこともしかねないとお考えだと思いますが」

「それで？」

「もしかれらがそういうことを考えているとしたら、いまこそ実行に移すときです。ここ数年、ヘトリプル〉の動きを注視してきましたが、月BMはますます保守的になってきていると思います。火星と比較して、たしかにそうです……」かなり神経がたかぶってきていた。わたしはトーマスの気分を害したり、当惑させたりしたくなかったので、なだめるような笑顔を浮かべて、まあまあというふうに手をふった。

「それで?」

「こんなことをいうと、おまえこそそうだと叱られそうですが、小康状態をいいことに自己満足に陥っていると思います。しかしいま、〈トリプル〉は大幅な刷新をめざしています。地球経済は四十年周期の下降期にはいって苦しんでいます。一方、月BMは無防備なままです。もしここで協力体制が崩れたら、月は〈分裂〉よりひどい経済危機をむかえることになります。だからみな非常に慎重になっているのです。非常に……保守的に。昔からの無鉄砲さが消えて、ことなかれ主義になってしまっているのです」

「よくできた」とトーマスはいった。

「わたしだって。虫けらみたいな暮らしをしていたわけじゃないんですから」渋い顔で、わたしはいった。

「それをきいて安心したよ。では、もしタスク=フェルダーが、われわれがボートを揺すっている、このままでは〈トリプル〉での月の地位がさがることになる、といいつのって、しかるべき数のBMを味方につけるようなことになったら?」

「まずいですね。しかし、どうしてそんなことをする必要があるんです?」わけがわからず、わたしはたずねた。

ロウがわたしの質問の先をつづけてくれた。「トム、たかが数百の〝頭〟のことで、なぜこんな騒ぎになるんです? タスク=フェルダーがわたしたちを攻撃するのは、なぜなんでしょう?」

「娘よ、理由はわからない」とトーマスはいった。ＢＭの年配者たちが家系内の若者をほんとうの子供のように呼ぶことはよくある。「それがいちばん気になるところだ」

ロウは〝頭〟を収納する部屋の仕上げを監督するため〈氷穴〉にもどり、わたしは議会用の書類を用意するためにポート・インにとどまった。トーマスはわたしをサンドヴァル家来客用区画にある部屋に泊めてくれた。家系構成員用にリザーヴしてある予備の部屋だが、居心地はよかった。わたしは落ちこんでいた。自分のなさけなさに、腹が立っていた。

トーマス・サンドヴァル＝ライスを失望させたことが、どうにもやりきれなかった。わたしの血を沸き立たせるために、行動に駆り立てるために、叱責したのではないかと考えてみても、気持ちはおさまらなかった。

二度と彼に叱責をうけるような状況はつくるまいと思った。

十二時間ぶっとおしで調べものをして、一時間ほどうつらうつらしたころ、トーマスにおこされた。頭が、つぶれた空気缶のような感じだった。「総合ネットの月ニュースを見てみろ」と彼はいった。「五分前からスクロールするんだ」

わたしはいわれたとおり、ＬｉｔＶｉｄの映像を見た。

四半時《クォーター・アワー》のニュース。概要：サンドヴァルBMによるスタータイム保存協会約定の買い取りならびに冷凍死体移送にかんして、地球側、月の管轄権に疑義を表明。

詳細一：合衆国議会〈トリプル〉局は月結束集団議会にたいし、サンドヴァルBMによる、二十一世紀に死亡した市民四百十人の冷凍頭部保存契約買い取りは、二十世紀後半の文化圏内および国内考古学的物品保持にかんする法律に鑑《かんが》みて無効の疑いあり、との同盟間警告諮問《しもん》書を発効した。スタータイム保存協会（遺産を資金源とした地球の協同組合組織で、すでに解散している）は〝会員、動産、ならびに諸責務〟をすでにサンドヴァルBMに移管している。サンドヴァルBM理事長トーマス・サンドヴァル＝ライスは、冷凍頭部は合法的に同結束集団の管理のもとにあると語り……

リポートはこの調子で八千語にわたってつづき、さらに四分間、何人かのインタビュー映像がついていた。最後の、プエルトリコの上院議員、ポーリーン・グランドヴィルへのインタビューには驚かされた――「月側が、先祖である地球側の感情や希望をまったく無視するようであれば、地球－月関係を根本から見直す必要が生じてくるでしょうね」

わたしはトーマスのラインに切り換えた。「驚きましたね」

「まだまだ、こんなものではないぞ」トーマスはいった。「地球－月LitVidと地球の新聞を検索しておいた。そっちのホッパーにはいっているからな」

「ひと晩じゅう、資料を読んでいたんですよ――」

トーマスはじろりとにらみつけた。「それくらいは当然のことだ。時間がないんだぞ」

「どう戦われるつもりか、戦略を教えていただければ、的をしぼって調査できるのですが」

「ミッコ、まだなんの戦略も立っていないんだ。きみもそれでいい。まだほんの第一ラウンドだ。標的が定まるまで、けっして発砲するんじゃない」

「このことは前からご存知だったんですか？　カリフォルニアがプエルトリコにこういうふうなことをいわせるだろうと、予想していたんですか？」

「気配はあった。それだけだ。わたしの情報源も沈黙してしまった。地球からのリークは期待できそうもない。われわれだけでやるしかなさそうだ」

なぜ情報源が沈黙してしまったのかききたかったが、割当ての質問量を使いはたしてしまったような気がして、きけずじまいだった。


惑星－衛星間関係の問題に直面するのは、生まれてはじめてだった。十八時間かかって調べられるかぎりのことは調べたが、それでなにかわかったというわけでもなく、ただ大量の事実だけが頭に残った――タスク＝フェルダーにかんする事実、議長と議長補佐官にかんする事実、ロゴロジーにかんする、さらに多くの事実。

わたしは落ちこんでいた。腹が立ってしかたなかった。両手で頭をかかえてすわりこみ、たっぷり一時間、どうしてこんな苦労をしなくちゃならないんだと考えていた。とりあえず、トーマスの、わたしには先を読む目がないという批判にたいする答えは見つかった――ロウの投機からこんな結果が生まれるなどとは、どんな直観の持ち主でも知りようがなかったはずだ。

個人回線電話が鳴って、わたしは顔をあげた。来客用区画回線経由の電話だった。

「ミッキー・サンドヴァル様あてに、ポート・インから直接、ライヴ・コールがはいっております」

「ミッキー・サンドヴァルはわたしです」

秘書が回線をつなぐと、スクリーンにフィオナ・タスク＝フェルダー議長の顔がとびこんできた。

「サンドヴァルさん、数分、お話しさせていただけませんか？」

わたしは度胆《どぎも》をぬかれて、あわてふためいてしまった。「申し訳ありません、まさか、その……こへ連絡してくださるとは思わなかったものですから」

「わたしは直接、動くのがすきでしてね。とくに部下の者がご迷惑をおかけしたようなときには。ジャニスがご迷惑をおかけしましたね」

「はあ……」

「少し、お時間をいただけますか？」

「もちろんです、議長……よろしければ当方の理事長もまじえていただけるとありがたいのですが……」

「サンドヴァルさん、それには賛成しかねます。二、三、質問させていただくだけです。それですべて、おさまると思いますよ」

外観だけをいえば、フィオナ・タスク＝フェルダーは、議長補佐官のジャニス・グレンジャーとはおよそほど遠いタイプだった。六十代後半、髪は半白、体型はがっしりしていて、長いこと熱心にトレーニングしているのが見てとれた。議会の短い首飾り章と紋章をつけてはいるが、服はストレッチ素材のカジュアルなものだ。闊達《かったつ》で親近感がもてて母性を感じさせる美しい女性だが、とても自然な雰囲気で、グレンジャーの計算された作為的な固さとは正反対の印象だ。

慎重を期すべきだったのに、わたしは「わかりました」と答えてしまった。「できるかぎりお答えします……」

「なぜ姉上は、あの冷凍頭部を買う気になったのですか？」

「それはもうご説明してあります」

「万人に納得のいく説明ではないように思いますが。あなた方の祖父母——失礼、曾祖父母にあたる方たちが含まれているからとききましたが、理由はそれだけなのですか？」

「この場でその問題を話しあうのはいかがなものかと思われます。姉が同席しておりませんし、まして総裁もいない状況では」

「サンドヴァルさん、わたしは、なんとかきちんと事態を把握したいとねがっているのです。補佐官や理事たちに邪魔されずに、ざっくばらんに顔をあわせるのがいちばんだと思うのです。他人が介入して複雑なことになってしまわないうちに、素早く事態を正すべきです。協力していただけますか？」

「姉ならご説明できると思いますが——」

「なるほど、では姉上を呼んでください」

「申し訳ありませんが、それは——」

フィオナ・タスク＝フェルダーは、息子のわがままに手を焼く母親のような、でなければ、じれる恋人のような顔で、わたしを見た。「わたしは貴重なチャンスを提供しているのですよ。昔からの月の、一対一の精神、政治ははぶけ、の精神です。わたしはうまくおさめられると思いますよ。迅速に対応すれば」

深みにはまった気分だった。正式な手順は踏むなといわれているのだ……しかもただちに判断しろと。

そのゲームに参加するには、暗黙のルールがあることを知っていながら知らないふりをとおすしかない。それはわたしにもわかっていた。

「わかりました」とわたしは答えた。

「三日の一〇・〇〇時なら時間がとれます。それでよろしいかしら？」

三日後だ。わたしは頭のなかで素早く計算した――それまでにいちど〈氷穴〉にもどるとなると、シャトルの特別便をチャーターしなければならない。「うかがいます」とわたしは答えた。

「お待ちしています」フィオナ・タスク＝フェルダーはそういってスクリーンから消えた。客室にひとり残ったわたしは、どんな選択の余地があるのか、必死になって考えぬいた。


わたしは暗黙のルールをまもった。トーマス・サンドヴァル＝ライスには話さなかったし、ロウにもなにもいわなかった。そしてポート・インから〈氷穴〉にもどる前に、ひそかに不定期運行のシャトルを一機、往復予約した。たったひとりの乗客のために少なからぬサンドヴァルの金をつぎこんでしまったわけだが、ステーションでしかるべき地位についていたおかげで、細かいことは話さずにすんだ。

留守のあいだに――行きに六時間、むこうで二、三時間、帰りに六時間――トーマスかロウがわたしを探す可能性があったので、連絡してきそうな相手――ロウやトーマスたち、それに可能性は低いがウィリアム――あてに、それぞれメッセージを残しておくことにした。

今日にいたってもなお、あのときなぜ最初に考えたとおりに、議長からの電話のことをトーマスに話さなかったのか、考えると胃が痛くなる。おそらくはトーマスに叱責されて傷ついた若きエゴのせいだったのだろう。いや、エゴ、プラス奇妙な満足感といったほうがいい。議会の議長がわざわざ時間をさいて、理事補佐ですらない人間と個人的に会って話をする――このわたしと。わたしのために時間をさいてくれる、それがうれしかったのだ。

自分がやるべきことをしていないのはわかっていた。が、まるで蛇に魅入られた蛙のように、わたしはすべてを無視した——あとになってわかったことだが、これはわたしだけではなく、月の住人の多くに見られる性向だった。

わたしたちはなにかにつけて声高に〝政治ははぶけ〟という。しかし政治につきものの挑戦と陰謀の魅力には、なかなか抗しがたいものだ。

わたしはそのとき、フィオナ・タスク＝フェルダーに勝てると思いこんでいた。


ネルンストの設計にしたがってアルバイターが仕上げた頭の保存設備は、薄べったいドーナツをたいらに置いたような形をしていた。幅の広い円形の通路のようでもあり、外側の円周に沿って七段、四角く区切った小室がならび、そこに頭が収納されるようになっていた。設置場所は空隙の底の窪みだった。研究室の下七メートルのところで、ウィリアムが実験しているあいだに力無秩序化ポンプから生じる可能性のある特異な波動の影響をうけずにすみ、しかも冷却装置に簡単に接続できる場所だ。円環体の外側は月の岩で防護され、パイプや付属品のたぐいは上の冷却装置からすんなりとさがる形。橋の、〈空洞〉と反対側の端に小さなリフトをつけて、出入りできるようになっている。

ネルンストBMならではの、期待どおりのむだのない設計だった。うちのアルバイターも、十年は時代遅れのしろものであるにもかかわらず、完璧に仕上げてくれた。議会の問題は、だれの口からもいちどもきかれなかった。うぬぼれが顔をのぞかせだした。議長をたずねる件をトーマスに話しておこうという心づもりはあったが、それもそのときどきの気分で、その気になったり、ならなかったり、ぐらついていた。わたしにだって彼女はあつかえる——トラブルになりそうな兆《きざ》しはないにひとしい。極力用心深くやれば、さっととびこんで、さっととびだしてこられる。利益はないかもしれないが、害もない。

翌日、できあがった部屋の確認と点検をおえてネルンストの設計者から点検報告書をうけとり、ロウの〝頭〟の最後のいくつかが小室に収納されるのを見とどけたあと、ネルンストへの最終支払い確認書に捺印し、カイェテのコンサルタントに設備を見にくるよう連絡してから旅行かばんに荷物をつめ、わたしは出発した。


どこまでいってもおなじ灰色の月の大洋面を見ていると、催眠状態にはいったような感覚をおぼえる。いまだかつていちども完全に記憶されたことのない、生命を宿さぬ広大なひろがりに魅せられると同時に、信じられないほどの単調さに退屈を禁じえない。部分的に見れば、月には荒々しい美がある。一住人の目で見ても、クレーターの壁や細い溝のきざまれた地表、昔使われていた通気設備の色あざやかな平屋根すら美しい。

月で暮らすということは、内へむかうということだ。住まいも内へ、心も内へ。内省と装飾と室内芸術と工芸にかんしては、月の住人は並々ならぬ才能をもっており、月には太陽系最高峰とうたわれる工芸家や芸術家が何人も住んでいて、作品は〈トリプル〉じゅう、どこでも高値で取引されている。

出発して二時間ほどたったころ、わたしはぐっすり眠ってしまって、またエジプトの夢を見た。ナイルの岸の細い緑のベルトのむこうに、どこまでもつづく乾ききった砂漠がある。砂漠にはラクダをひきつれたミイラたちがいる。ラクダの背には氷のはいった盆がのっていて、力無秩序化ポンプのような音をたてている……。

わたしはたちまち目をさまして、あんなふしぎな魅力に満ちた話をわたしの頭に吹きこんだウィリアムを呪った。水をはった盆から熱が空間に吸収される、そのどこがそんなにふしぎなのか？　それこそが〈氷穴〉の上の月面にある放熱器の原理ではないか。しかしそれでもわたしには、地球の空が月のとおなじほど黒く、すべてを許し、すべてを吸収するものとは、どうしても想像がつかなかった。

やがてシャトルはポート・インになめらかに着陸し、わたしは機をおりた。約束の時間までには、一時間あった。頭の片隅では、まだトーマスのオフィスへいくことを考えていた。が、けっきょくいかなかった。コペルニクス・ステーションの女の子にバースデイ・プレゼントを買っているうちに一時間たってしまった。とくにくどいている最中の娘というわけでもなく、ようするにただの時間つぶしだったのだ。頭のなかは真っ白だった。

議長のオフィスは、ポート・インの西部住宅区画に隣接する議会のなかにあった――ありていにいえば、政治施設にふさわしく、BMの活動の中心地から離れた郊外に追いやられていたわけだ。議会の建物は部屋数こそ多かったが全体に質素なつくりだった。小規模BMの理事会でも、もっと贅沢にしているところは多かったと思う。

わたしは歩いたり、スキッドに乗ったりしながら、心の準備をととのえようとした。なんの危険もないと考えるほど、わたしもばかではなかった。頭のどこかで、いましていることは事態を悪化させる以外のなにものでもないかもしれない、と考えてさえいた。しかしわたしはかまわずに、スキッドで議長のオフィスにむかった。自己弁護のようだが、その時点でもまだ疑念より自信のほうが大きかった。平均してみれば、不安より確信のほうが強かったのだ。

すべては政治のなせるわざだった。育った環境のせいなのだろうが、わたしには月の政治は本質的につまらない小事という考えが、根っからしみついていた。議員は、内輪の家系同士のビジネスの秘書役、たんにiの字の点を打ったりtの字の横棒をひいたりするだけの、ほうっておいてもなんとかなる協力関係のルールの仕上げ役、純粋に儀礼的な相互利益のための存在にすぎないと思っていた。

わたしたちの先祖の多くは、地球からきた技師や鉱山労働者だった。保守的で独立心旺盛、権力を信用せず、集団がいくつ集まろうと、政府だの官僚だのといった階層なしに、そこそこ平和に豊かにやっていけると、固く信じていた。

わたしの先祖たちは、自然に発生してくるそうした階層をつぶすために奔走した。〝政治ははぶけ〟が終始変わらぬかれらの主張で、このスローガンを叫んでは、首を横にふり、目をつりあげていた。政治組織は悪、代議政体は不当な押しつけ。直接交流できるのに、なぜ代議員がいるんだ？ こぢんまりがいい、直接的で複雑でないのがいい、とかれらは信じていた。これには当然、自由がついてまわった。

だが、こぢんまりのままではいられなかった。月はすでに、政府や代議員という階層を必要とするところまで成長してしまっていたのだ。しかし地球の一部の文化に見られる性習慣とおなじで、必要性があるからといって、責任と計画性が保証されているわけではなかった。

元祖家系や月社会創建にたずさわった人々――そのなかにはエミリアとロバートもいたことをいっておかねばならない――は、そもそものはじめから月憲法をこきおろしていた。憲法といっても、風聞やステーション憲章をよせ集めてならべただけのものだったが――。

複雑な機構をもつ組織が登場しても、内実は無計画で、システムもおざなり、規律にも欠けていた。やがて〈分裂〉がおこって地球との経済関係が絶たれても、結束集団ができても、月は純真で従順なカモの宝庫だったが、幸運にめぐまれて、それでもなんの支障もなくやっていけた――最初のうちは。結束集団は政治組織ではない――家系単位でビジネスをしているだけだ、個人の延長だ、と月人《ルナー》たちはいった。月の住人は、家系集団の構造にも、企業連合の存在にさえも問題はないと考えていた。なぜか、結束集団の複雑な体系は政体とは別物と考え、なんの疑問も抱《いだ》かなかったのだ。

結束集団がそれぞれ仕事上の便宜のためにオフィスを設立し、軋轢《あつれき》を避けるために成文化した規約や慣例を共有するようになっても、それを上からの管理とは考えず、実用主義とみなしていた。そして結束集団が議会をつくったときも、当然のように、これはビジネスのために関係者が集まって話しあい、個人的コンセンサスを得るためのもので、それ以上の悪意あるものではないと考えていた（個人的コンセンサスという矛盾したいい方も、当時はごくふつうに使われていた）。結束集団議会は、ビジネス集団間の摩擦を少なくするために組織された委員会程度のものでしかなかった――最初のうちは。ただのお飾り的存在で、力もなかったのだ。

わたしたちはまだまだ無邪気で、自由の――個人の存在の――価値をまもるには、政治が、周到な計画が、しっかりした組織が必要だということに気づいていなかった。哲学では、伝染病をふせげないのと同様、もはや政治的災厄もふせげないということを知らなかった。

うぶなやつだと思われてもしかたない――たしかにわたしはうぶだった。だれもがそうだったのだ。

受付スペースはわずか四平方メートルほどの狭さで、デスクのむこうに自動面会予約システムの補助役の男がいるだけだった。

「こんにちは」と男はいった。年は五十がらみ、髪は白髪まじり、短くて太い鼻、快活そうだが、人の値踏みには長《た》けた印象。

「ミッキー・サンドヴァルです。議長とお会いすることになっているのですが」

「たしかに、サンドヴァルさん。三分ほどお早いようですが、議長はいま、手すきだと思います」自動面会予約システムのスクリーンいっぱいに情報がでた。「だいじょうぶです、サンドヴァルさん。どうぞなかへ」男は左手にある両開きのドアのほうをさした。ドアの奥には長い廊下がつづいていた。

「突きあたりの部屋です。あちこち散らかっておりますが、お気になさらないでください。行政府はまだ引っ越しの真っ最中でして」

情報キューブやファイルのはいった箱が廊下に整然と積み重ねてあって、暗褐色のポート・イン産生地《きじ》の服を着た若い女たち——とても魅力的とはいえない恰好だ——が、電動カートにファイルをのせてオフィスに運んでいた。とおりすがりに笑顔をむけてくれたので、わたしも笑顔をかえした。

わたしは自信満々で、魅力的で興味をそそられる、しかし総じていえばどうということもない聖所を奥へ奥へと進んでいった。そこにいるのは全員、まちがいなくロゴロジー信者だった。議長は、望めば全スタッフを自分のBMの構成員で固めることができるのだ。結束集団は協力しあう——それがごくあたりまえの政治風土では、縁者びいきとか、えこひいきといった批判はおこりようもなかった。

フィオナ・タスク゠フェルダーのオフィスは廊下の突きあたりにあった。前までいくと月オーク材の大きなドアが自動的にあいて、議長自ら握手をもとめながら出迎えてくれた。

「遠いところを、ご苦労さまです」彼女はいった。「サンドヴァルさん——」

「ミッキーでけっこうです」とわたしはいった。

「では、わたくしのことはフィオナと。まだこちらへ移ったばかりでしてね。どうぞ、おすわりになって——議会とサンドヴァルとのあいだで、なんらかの和解に達することができないものか、検討してみようじゃありませんか」

さりげないいい方だったが、対する相手がサンドヴァルだけであることを、なぜかほかのBMは勘定にはいっていないことを、彼女はわたしに告げていた。そのことをとがめだてする気は、わたしにはなかった。気にはなったが、故意ではないのだろうと思っていた。月の政治は絶対的に礼儀を重んじるのがつねだったから、いくらなんでも最初からそれはあるまいと思ったのだ。

「フルーツジュースはいかが？　ここでは、それしかおだしできませんけれども」フィオナはにこやかにいった。スクリーンで見たより、実物のほうがもっと健康的な印象だった。がっしりしていて、怒《いか》り肩、髪は強《こわ》そうでショートカット。澄んだ青い目のまわりには細かいしわ――母は〝時の配当金〟と呼んでいた。わたしはアップルジュースのグラスをとって、大きな湾曲したデスクの端の椅子に腰をおろした。デスクにはスクリーンが二台とキーボードが二台、置かれていた。

「すでに設置がすんで、カイェテが作業にはいっているそうですね」と議長はいった。

わたしはうなずいた。

「どの程度進んでいるのですか？」

「まださほどは」

「〝頭〟はまだひとつも生き返らせていないのですか？」

ぎょっとした――わたしたちが〝頭〟の蘇生を計画しているわけではないことも、そんなことはだれにもできないことも、彼女は、わたし同様よく知っているはず、知っていなければならないはずなのに。「もちろんです」とわたしは答えた。

「もしやっていたら、議会の期待を裏切ったことになります」

最初から足をすくわれてしまったわたしは、失ったバランスをとりもどそうとした。「われわれはなんの規則違反も犯しておりません」

「議会は、多くのBM理事会から、あなた方の活動に懸念をいだいているとの報告をうけています」

「懸念というのはつまり、われわれがさらに地球から冷凍死体をもちこむのではないかということですか？」

「そうです」議長は、いちどだけ大きくうなずいた。「わたくしが関与するかぎり、それは許されませんよ。さあ、問題の〝頭〟をどうするつもりなのか、説明していただきましょうか」

どきりとした。「申し訳ありませんが、それはどういう――」

「ミッキー、これは秘密でもなんでもないのですよ。あなたはわたしと話をすることに同意して、ここへきたのです。あなたがなんと答えるか、非常に多くのBMが、わたしからの報告を待っています」

「フィオナ、わたしはそういうこととは思っておりませんでした」つとめて平静な声で、わたしはいった。「わたしは宣誓証言するためにここにきたのではありませんし、当方のビジネス・プランを議会メンバーに、もちろん議長にも、公表する必要はないと考えます」わたしは椅子に深くかけなおし、なんとかおちつこうとしたが、さっきまでの自信はすでに雲散霧消していた。

フィオナの表情が固くなった。「ミッキー、あなた方がなにをしようとしているのか説明するのが、同胞BMへの礼儀というものですよ」

とっておきの話のひとつもすれば、話をそらせるのではないかと、わたしは考えた。「冷凍頭部はいま、〈氷穴〉に保管されています。兄が仕事をしている空隙のなかです」

「義理の兄上ですね」

「ええ。しかしいまは家族ですから、わざわざ義理のということはしておりません」よそ者と話すときは、といいたいところだった。

フィオナはほほえんだが、表情は固いままだった。「ウィリアム・ピアスですね。たしか、BMの資金で、銅における極度の低温状態の研究をしているのではありませんでしたか？」

わたしはうなずいた。

「成功したのですか？」

「いえ、まだです」

「彼の研究施設が〝頭〟の保存にも使えたのは、偶然の一致なのですか？」

「ええ、そう思います。しかし、もしうまく使えるようなものでなかったら、姉もあれを月へもってこようとは思わなかったかもしれません。偶然の一致というより、うまくチャンスを活かしたということでしょうか」

フィオナは、サンドヴァルの冷凍死体輸入にかんする調査を要求している結束集団のリストをスクリーンに呼びだした。じつにきらびやかな名前がならんでいた——サンドヴァルをのぞいた上位四BM、そして月じゅうに分散する十五のBM。そこにはネルンストとカイェテの名も含まれていた。

「ときに」フィオナがいった。「地球で騒ぎがおきていることはご存知ですね」

「きいております」とわたしは答えた。

「火星でも論争がおきているのはご存知ですか？」

知らなかった。

「地球の死者は地球にとどめておくべきだという声があがっているのです」と議長はいった。「冷凍死体を輸出して内惑星の問題を外惑星に押しつけるような先例をつくるのはよくない、とかれらはいっています。この問題をかたづけるにあたって月は地球に同調しているのではないかと考えているようですよ」

「問題などではありません」むっとして、わたしはいった。「地球ではもう何十年も、どこからも文句がでたことはないのですよ」

「ではなにが原因で、いまこんな騒ぎになっているのでしょうね？」

わたしは礼を失しない答えをしようと、懸命に考えた。「われわれは、タスク＝フェルダーが関係しているものと考えております」

「わたしが、公職の宣誓をしているにもかかわらず、自分のBMの利害を議会にもちこんでいると非難されているのですか？」

「だれのなにを非難しているわけでもありません。はっきりいえるのは、プエルトリコの代議員……

合衆国国民議会議員が――」

「連邦議会議員です」と議長は訂正した。

「そうでした……。ご存知なのですか？」

「彼女もロゴロジー信者です。プエルトリコではほとんどがそうですよ。わたしの信仰する宗教の信者が煽動《せんどう》しているとでもいうのですか？」

いかにもショックをうけ、怒りをおぼえているようすだったので、わたしは一瞬、自分がまちがっていたのかと思った。分析不足で事実認識をあやまったのか？　しかしそのとき、ジャニス・グレンジャーと会ったときの彼女の手口を思いだした。フィオナ・タスク＝フェルダーが彼女より寛大とも儀礼を重んじるとも思えない。わたしは叱責をうけるためにここへ呼ばれたのだ。

「申し訳ありませんが、議長閣下」とわたしはいった。「要点をおっしゃっていただけませんでしょうか」

「要点はね、ミッキー、あなたはここへきたことで、議会での証言を承諾したことになる、ということです。あなたには次の議会であなた方の活動、意図、そのほかこんどの騒動にかんすることをすべて証言していただきます。議会は三日後にひらかれる予定です」

わたしはほほえんで首をふり、スレートをとりだした。「オートカウンセラー」

フィオナの笑顔はいっそうこわばり、青い目がいっそうきつくなった。

「これは、今回のためにつくられた新しい法律かなにかですか？」懸命にタフで洗練されたふうをよそおいながら、わたしはいった。

「まさか」彼女の声音《こわね》には、獲物にかけた鉤爪《かぎづめ》を閉じようとする気配が感じられた。「あなたがタスク＝フェルダーのことやロゴロジー信者のこと――わたしの同胞のこと――をどうお考えになろうとかまいませんが、わたしたちはあくまでも規則にのっとって行動しているだけです。儀礼状況説明と正式議会についてオートカウンセラーにたずねてごらんなさい。ミッキー、これは儀礼状況説明なのです。わたしはそのように記録しました」

オートカウンセラーが儀礼状況説明関連の規則を見つけた。そのなかに、三十年前に議会をとおった規則で、議会は議長がきいたことを宣誓証言としてきく権利があると記したものがあった。偏狭な、あまりにも特殊な規則で、めったに引き合いにだされることもなく、わたしはそれまでいちども耳にしたことがなかった。

「話し合いはこれでおわりにさせていただきます」わたしは立ちあがりながらいった。

「トーマス・サンドヴァル＝ライスには、あなたとともに次の議会に出席していただかねばなりません。その旨、お伝えください。ミッキー、議会協約により、あなたには選択の余地はありません」

フィオナはにこりともしなかった。わたしはオフィスをでて、だれの顔も見ないようにしながら足早に廊下を進んだ。とくに、まだファイルを運んでいるあの若い女たちとは顔をあわせたくなかった。


「ウサギを罠にかけたか」わたしにビールを注いでくれながら、トーマスはいった。その夜、わたしが部屋の戸口に立って名前を告げ、おそろしくばかなことをしてしまったと苦悩に満ちた告白をして以来、彼はいつになくもの静かだった。怒りにまかせてどなりつけてくれたほうが、こうして静かな失望の表情を見せられているよりどれだけ楽か、とわたしは思った。なんだか彼が、無神経に指で触れられたイソギンチャクのように、しぼんで、ひとまわり小さくなってしまった気がした。「ミッコ、なにもかも自分のせいにすることはない。こんなことを仕掛けてくるかもしれないと、わたしのほうで予想しておくべきだった」

「わたしは大ばか者です」

「それをいうのはこの十分間で三度めだぞ」とトーマスはいった。「たしかに、ばかなことをしでかしてくれた。しかし、そんなことで落ちこむな」

わたしは首をふった。もうすでに、これ以上落ちこみようがないところまで落ちこんでいた。

トーマスはビールのグラスをとりあげて、大粒の泡をしげしげと眺めた。「証言しなければ、もっとまずいことになる。同胞BMの希望を無視した、裏切ったという形になるからな。かといって証言すれば、ビジネスの詳細や研究内容は公表しないというBMの神聖なる権利を放棄するよう、まんまとしむけられたということになる……となれば、周囲から腰ぬけの愚か者とみなされる。ミッキー、われわれは深いリル（月面に形成された溶岩溝）に押しこめられたんだ。もしきみがいくのを拒否して家系特権を主張していたら、彼女はまたなにか別の手を打ってきただろう……。

少なくとも、いまは、これからなにがおころうとしているのか、はっきりわかっている。孤立、しっぺ返し、おそらくは契約の撤回もあるだろうし、ボイコットがおこる可能性もある。こんなことははじめてなんだぞ、ミッコ。われわれは今週、歴史をつくることになる。それはまちがいない」

「なにかわたしにできることはあるでしょうか？」

トーマスはグラスを干して、くちびるをぬぐい、「もう一杯どうだ？」と小さな樽をさした。わたしは首をふった。「そうか。わたしもだ。頭をすっきりさせておかないとな、ミッコ。全家系会議をひらかねばならん。その場で、BM全体としての意思を固めるんだ。この問題はすでに、総裁と理事だけであつかえるものではなくなってしまっているからな」

わたしは苦悩で頭をどんよりと曇らせたまま、ポート・インを発《た》った。こんどのことの責任はすべて自分にあるような気がしてならなかった。トーマスは、今回はそこまではいわなかったが、前はそんなようなことをほのめかしていた。わたしは半分本気で、シャトルが表土に突っこんでしまえばいい、パイロットは助かってわたしだけ死んでしまえばいい、とねがった。そのうち、苦悩が断固とした怒りに変わってきた。わたしは玄人《くろうと》連中にいいように引きまわされたのだ。人を利用するのにも悪用するのにもなんのうしろめたさもおぼえない連中に、いいように使われたのだ。わたしは敵にまみえながら、その動機や目的はなんであれ、とにかくなしとげようという相手の決意の強さを過小評価してしまった。かれらは月のやり方など眼中になかったのだ。わたしたちすべてを――BMもわたしもロウも〈トリプル〉も西半球合衆国も冷凍死体も――針にかかった魚を遊ばせるように、もてあそんでいたのだ。あるひとつの目的のために、すべての力を注ぎこんで。冷凍頭部は、たんなる口実にすぎない。実際には、頭などどうでもいいのだ。それだけは、はっきりしていた。

　これは権力闘争だ。

　ロゴロジー信者は月を、そしておそらくは地球をも、支配する気なのだ。かれらの野望、許しがたい無礼な仕打ち、トーマスのわたしにたいする評価を地に落としたやり口、すべてが憎かった。

　過小評価というあやまちを犯した反動で、こんどは逆の方向で、おなじようにあやまちを犯していた――しかし、それに気づくには二、三日かかった。

　わたしは家にもどり、ステーションがわたしにとってどれほどの意味をもっていたか、はじめて思い知った。

〈氷穴〉にむかう通路の途中で、わたしはカイェテからきている男といっしょになった。「ミッキーでしょう?」と男は気さくに話しかけてきた。片手に小さな銀色のケースをさげていて、機嫌がよさそうだった。わたしは裏切りの言葉でも吐かれたかのような顔で、男を見た。

「いまちょうど、〝頭〟をひとつ調べおえたところですよ」と男はいった。わたしの表情にも、わずかにひるんだだけだった。「とんぼ返りですって？」

わたしはうなずいた。「ロウは？」わたしは的はずれなことを口にした。〈氷穴〉に着いてから人としゃべるのは、これがはじめてだった。

「恍惚状態じゃないですか？　われわれは、ばっちりやってますからね」

「まだうちと仕事を？」信じられない気がして、わたしはたずねた。

「なんですって？」

「家系理事会に呼びもどされたわけじゃないんですか？」

「いいえ」不審そうに語尾をのばしながら、男はいった。「そんな話はきいていませんよ」

どの家系も信じられないくらい裏表を使いわけているようだった。「ちょっときいてみただけですよ。費用はどれくらいになるんです？」

「長期的にですね？　そうですよねえ」わたしが無愛想なわけがやっとわかったといいたげな口調だった。「あなたは〈氷穴〉の財務担当者でしたよね。失礼しました――うっかりしていました。まじめな話、われわれは、研究プロジェクトとしておもしろいと思っているんですよ。ここでうちの技術を完成できれば、〈トリプル〉でも、それ以遠でも、幅ひろく医療応用マーケットを展開できますからね。請求するのは実費だけ、それ以上のものはもとめませんよ、ミッキー。プラチナ級の貴重な機会ですからね」

「うまくいってるんですか？」仏頂面のまま、わたしはたずねた。

男は手にしたケースを親指でつついた。「ここにデータがはいっています。これから地球の歴史と照合するところです。ええ、うまくいってますよ。死者と話す――こんなことをやってのけた人間はいまだかつていなかったんですから！」

「だれなんです？」

「氏名不詳の三人のうちのひとりです。ロウがまずその三人をやろうといいましてね。それでいろいろわかってくるだろうということで。ミッキー、なかへはいってみてくださいよ。ネルンストは、ほんとうにすばらしい設備をつくりましたよ。なんでも質問して、作業をじかに見てくるといい。いまちょうど、ふたりめにかかっているところです」

「それはどうも」この男、なにをまちがって、わたしのBMの施設にわたしを招待してくれているのか、と腑におちない気分で、わたしはいった。「うまくいっていて、よかった」

「さてそれでは」といって、男は短く息を吸いこんだ。「もういかねば。この人物について調べて、いろいろ関連づけて……費用はすべてこちらもちでね、ミッキー。会えてよかった」

わたしは白線の前でとまって、入室許可をもとめた。

「いいから、さっさとはいりたまえ」ウィリアムのどなり声がスピーカーから轟いた。「あいているぞ。さっさと線をこえてはいりたまえ。いま、手が離せないんだ」

「わたしです、ミッキーです」

「ああ、だったら、こっちへきてパーティに加わるといい！　みんなここにいるぞ」

ウィリアムは研究室に閉じこもったままだった。橋の上にはオーネスとカイェテの技術者が数人いて、力無秩序化ポンプからは十分離れた位置に立って、しゃべりながら昼食をとっていた。わたしは軽く会釈して、そばをとおりすぎた。

ウィリアムの声は、とても客を歓迎する気分ではないことを物語っていた――いつもこの時間は仕事の密度が最高潮に達しているときなのだ。わたしはひらりとリフトにとびのって、研究室の七メートル下のロウの実験室へおりていった。〈氷穴〉には上からの声と下からの声がこだましていた。覆いのないリフトでおりていくと、音がそこらじゅうからきこえてくるような気がした――最初は右から、次は左から、途切れて、またもどって、こもった音になったと思うと、じかに響いてきたり。

実験室のてっぺんのハッチをぬけて、ロウが興奮したおももちで走ってきた。「ウィリアムがつむじをまげちゃったんだけど、ずっとひとりにしておいてあるから、もうすぐ機嫌もなおると思うわ」ロウはすっかり舞いあがっているようで、「ああ、ミッキー！」と叫んで、わたしに抱きついてきた。

「なに？」

「上できいたでしょ？　〝頭〟とコンタクトできたのよ！　うまくいったの！　さあ、はいって。いまふたつめのに挑戦しているところよ」

「名前のわからないやつだね」ロウの興奮ぶりにはとてもついていけず、とりあえず興味はあるところを見せて、わたしはいった（この問題にかんしては、彼女を責めることなどできなかった）。

「そう。名前のわからない、ふたつめのほうよ。スタータイムの管財人からは、まだ返事がこないの。ほんとうに予備の記録もまるごとなくしたんだと思う？　だとしたらひどいわよね」ロウはわたしの先に立って、ハッチから実験室へおりていった。なかは静かで、電気機器類のかすかなさえずりと冷却装置の低いヒス音がきこえるだけだった。

アーマンド・カイェテ＝デイヴィスがいるのが目にはいった。髪の薄くなりかかったやせぎすの男で、カイェテ研究所の発電所と呼ばれる精力的な人物だ。となりに立っているのはオーネスのイルマ・ストルバートだった。月生まれの評判の切れ者で、噂はきいていたが会うのはこれがはじめてだった。年は三十から三十五、ひょろっと背が高く、赤茶の髪にチョコレート色の肌。ふたりのそばには、三脚架にのった機械があった。三本の円筒をひとつにまとめて水平に置いた形で、その先端は棚にはいった四十のステンレススチールの箱のひとつの正面にむけられていた。

ロウがカイェテ＝デイヴィスとストルバートを紹介してくれた。わたしはここで実際におこっていることのすごさを実感して、ぞくぞくしてきた。おかげで暗い気分も少し軽くなったような気がした。

「いま、七十三の自然思考言語のうち、どれがあてはまるか選択しているところです」アーマンドが、イルマの手にした思考体のプリズムを指さしながら教えてくれた。イルマは笑顔でわたしとアーマンドをちらりと見たが、すぐに思考体での作業にもどった。彼女の思考体はウィリアムのQLの十分の一くらいのサイズで、じつにポータブルにできていた。「パターンのデータをアップロードして調べるんです――」

「その頭の思考パターンですね」わたしはわかりきったことを口にした。

「そうです。男性のようですね。死亡時六十五歳。当時の医療水準からすると、かなりいい状態です。劣化はごくわずかですね」

「なかは見たんですか？」とわたしはたずねた。

ロウがきゅっと眉をあげた。「だれもなかなんか見てないわ。実際に箱をあけて見た人なんかいないわよ。どんな顔をしているかなんて、だれも興味ないの」ロウはいらだたしげに笑った。「わたしたちが興味を持っているのは頭じゃなくて精神、記憶――脳にしまいこまれているものなのよ」

魂ということか？

理屈にならない恐れと疲労から、わたしは身ぶるいした。「すいません」だれにともなくいったが、みんな仕事に熱中していて、なんの反応もなかった。

「北欧の言語はこの三つのプログラム・エリアに集中する傾向があるんですよ」と説明しながら、イルマ・ストルバートが簡単なグラフを表示したスレート・スクリーンを見せてくれた。グラフには大きさのちがう十二の方形が描かれていて、それぞれに文化‐民族グループの名称がついていた。彼女が指で三つの方形の下に線をひいた――フィンランド語／スカンディナヴィア語／チュートン語。

「記憶保存思考言語は遺伝学的にもっとも固定性の強い特質のひとつですから、何千年たってもほとんど変化はないと考えられます。幼児が環境に素早く適応する必要性を考えれば、道理にかなったことなのです」

「たしかにね」ロウはわたしにむかってにっこりしながら、またわたしの腕を軽くぎゅっとつかんだ。「つまり、彼は北欧民族なんですね？」

「レヴァント人やアフリカ人あるいはアジア人でないことはたしかです」とイルマ・ストルバートはいった。わたしは彼女の顔をしげしげと見た。細おもてで、緊張感があり、美しい懐疑的な茶色い目をしている。

「ご自分のほうの理事会とは、話をされたのですか？」まさに青天の霹靂《へきれき》のように突拍子もない質問が口をついてでて、わたしは自分でもびっくりした。

アーマンドは判断の早さと適応性のよさでカイェテ内でしかるべき地位を築いた人物だけに、一瞬の躊躇もなく答えた。「われわれはだれかにここをでるようにといわれるまで、仕事をするつもりです。まだだれからもそんな指示はでていません。おそらくはあなた方管理者が、議会ですべて解決してくれるものと思っています」

いいや、あなた方管理者。これは、わたしたちのでしゃばりをたしなめるときのいい方だった。事務屋、官僚、政治家。政治はぼぶけ。なんの制約もうけずに研究し考えたいという科学者の望みの前に立ちはだかるのは、つねにわたしたちなのだ。

「大脳皮質に十四番のペンローズ暗号記憶痕跡アルゴリズムがあります」イルマがいった。「北欧系にまちがいありませんね」

ロウは困ったようすで、いったいどうしたのかと、わたしの顔をまじまじと見た。わたしは耳をひっぱり、身体を上にもっていかれるようなジェスチャーで、話があると伝えた。ロウはわたしをわきのほうへつれていって、「疲れてるの？」ときいた。

「へとへとだよ。ロウ、ぼくは大ばか者だ。この実験もなにもかもブルドーザーで月面のリルにすてるようなまねをしでかしたみたいなんだ」

「あたしはうちの家系を信じてるわ。きっとうまくいくわよ。ミッコ、あなたのことも信じてるわよ」ロウはわたしの腕をつかんで、いった。わたしを信頼して元気づけてくれるロウの顔を見ていたら、なんだか少し気分がわるくなってきた。「あなたにもここにいて見ていてほしいの……ほんとうにすごいのよ……あなただって関係者でしょ？」

「見のがしやしないよ」

「宗教的な感じがしない？」とロウはわたしの耳にささやいた。

「よおし」とアーマンドがいった。「場所がわかったぞ。写真を撮って、翻訳機にアップロードして、ファイルから名前がひきだせるかどうかやってみよう」

アーマンドは円筒を三本たばねた機械の位置を調整し、自分のスレートをそのアウトプットに同調させて、写真を撮った。黒い真四角のなかに、細いひも一本でつりさげられたぼんやりした灰色の塊――架台にのって小室に安置されている頭と外側の箱の写真だ。「中心点一致」アーマンドがいった。

「イルマ、すまないが……」

「場誘導装置スイッチ、オン」イルマ・ストルバートが箱にとめられた小さなディスクのスイッチをはじいた。

「記録開始」淡々とした口調で、アーマンドがいった。雑音はおろかなにひとつきこえず、なにかおこっているという目に見えるしるしも見あたらなかった。ただ、アーマンドのスレートにでている塊の右上の部分には四角がいくつもあらわれていた。よく見ると頭が一方にかたむいているのがわかったが、こっちをむいているのかどうかは、わたしには判断がつかなかった。映像にあらわれた四角はひとつひとつ順番に頭蓋に沿って点滅していった。それを見ているうちに頭がゆがんでいることに気づいて、わたしはぞっとした。地球の重力下で何十年も保存されているあいだに、つりひもに深く食いこんだ冷凍メロンのようになってしまったのだ。

「終了」アーマンドがいった。「もうひとつ——氏名不詳の三つめのやつ——これがすんだら、きょうはおわりにしよう」

ロウの手前、わたしは三つめがスキャンされ、神経状態と思考パターンが記録されるまで見まもった。そして彼女のほおにキスし、おめでとうをいって、橋へあがるリフトにのった。また、まわりじゅうからさまざまな声がきこえた——下の部屋からの穏やかな専門的会話、そして上の橋にいる技術者たちのおしゃべり。

わたしは貯水タンクの自室にもどり、ベッドに倒れこんだ。

ふしぎなことに、よく眠れた。


ロウが部屋までわたしをおこしにきたのは一二・〇〇、ベッドにひっくりかえってから八時間後のことだった。ロウが一睡もしていないのは、ひと目見てわかった——指ですいて形をなおしただけの髪はもつれ、長いことほったらかしの顔はてかっていた。

「氏名不詳の最初のひとりの名前がわかったの」とロウはいった。「たぶん女性よ。でもまだセンサーで染色体をチェックしたわけじゃないの。イルマが、死ぬ前数分間の記憶の位置を突きとめて音声に翻訳してくれたの。わたしたち、きいたの……」ロウは急に顔をくしゃくしゃにした。泣きだすのかと思ったら、顔をあげて笑いだした。「ミッコ、声をきいたのよ。医者の声らしいわ。大きな声で、『インチモアさん、きこえますか？　イーヴリン？　あなたの許可が必要なんですよ……』」

わたしはおきあがって目をこすった。「それは……」うまい言葉が見つからなかった。

「そうなのよ、アーメン」ロウはベッドの端に腰をおろした。「イーヴリン・インチモア。地球のスタータイムの管財人に、さっそく質問状を送ったわ。イーヴリン・インチモア、イーヴリン・インチモア……」ロウはさらに何度かこの名前をくりかえしたが、疲労と驚異の念にとらわれて声はだんだん小さくなっていった。「ミッコ、これがどういうことかわかる？」

「おめでとう」とわたしはいった。

「冷凍死体とコミュニケートできたのは、人類史上これがはじめてなのよ」ロウはうっとりとした口調でいった。

「むこうが答えたわけじゃないさ。彼女の記憶にアクセスしただけだ」わたしは肩をすくめた。「死んでることに変わりはない」

「そうね。記憶にアクセスしただけね――。ちょっと待って」ふいになにかに気づいたらしく、ロウは顔をあげてわたしを見た。「よく考えたら、男性かもしれないわ。この名前は女性名だとばかり思っていたけど……イーヴリンて、昔は男性名じゃなかった？　何世紀か前にイーヴリンという名前の男性の作家がいなかった？」

「イーヴリン・ウォーだろ」

「またとんだ勘ちがいをするところだったわね」疲れきっているせいだろう、いまはそれ以上考えをめぐらせる気もないようだった。「プレスに伝わる前にはっきりするといいんだけど」

　わたしのなかの警戒警報の目盛りが数段階アップした。「トーマスには報告した？」

「いえ、まだよ」

「ロウ、もし、ぼくらがもう〝頭〟とアクセスしたという話がひろまったら……といったって、カイェテやオーネスが成功を高らかに宣言するのは、だれにも止められないよな」

「まずいことになりそう？」ロウがたずねた。

わたしは漠然とだが、誇らしい気分を感じていた。トーマスがわたしに望んでいたとおり、やっとトラブルを予知できるようになってきたのだ。「火に油を注ぐようなことになるかもしれない」

「わかったわ。トラブルは最小限に食いとめましょう」ロウはやさしくいたわるような目でわたしを見た。「ミッコ、たいへんだったわね」

「ポート・インでなにがあったか、きいたの?」

「あなたが帰りのシャトルにのっているころに、トーマスが話してくれたわ」ロウは信じられないという顔でくちびるを突きだし、首をふった。「クソ政治家め。だれか彼女を告発して、タスク＝フェルダーの特権なんかとりあげちゃえばいいのよ」

「気持ちはうれしいけどね、どっちもできない相談だと思うよ。この件は、もう二、三日、伏せておいてくれるかな?」

「なんとしてでも、そうするわ。カイェテとオーネスには契約をまもる義務があるんだもの。科学面では全面的にかれらの功績だけど、結果の公表にかんしてはわたしたちがとりしきるわ。かれらには、裏付けとして地球の管財人の確認が必要だから、そのあいだに三つめの氏名不詳の頭を分析して……名前のわかっているのもいくつかやってみて、実験プロセスが信頼のおけるものかどうかたしかめたい、とでもいっておくから」

「ひいばあさんとひいじいさんは?」

ロウは、いわくありげな笑顔で答えた。「それはあとのおたのしみ」

「家族で実験するのはごめんだってことだろ?」

ロウはうなずいた。「なにもかもうまくいくことがはっきりしたら、ロバートとエミリアもやってみるつもりよ。ミッコ、あたしはこれからすぐ誘導睡眠にはいるわ。その前にカイェテとオーネスの人たちには、きっちりいいわたしておくからね。それから、ウィリアムが話があるんですって」

「また邪魔されたって話？」

「そうじゃないみたい。仕事は順調だっていってたわよ」

ロウはわたしをぎゅっと抱きしめてから立ちあがった。「さあ、寝よう。夢は見ない、と思うわ……」

「大昔の声もきかないようにね」とわたしはいった。

「そうね」


ウィリアムは疲れているようだったが、穏やかで機嫌がよく、研究室のコントロールセンターにすわって、まるで旧友かなにかのようにQL思考体をぽんぽんとたたいた。

「ミッコ、こいつにはまったく大満足だよ」とウィリアムはいった。「なにもかも完璧に調整してくれた。こいつは、宇宙の量子バグがここの装置を蚕食《さんしょく》するのを防いでくれるし、再建した無秩序化ポンプは制御してくれるし、仮想波動を予期して補正してくれるんだ。これでなにもかもととのった。あとはポンプを全開にするだけだ」

感激してみせたいところだったが、だめだった。心は悶々としていた。ポート・インでの最悪のできごと、間近にせまった議会、ロウの〝頭〟の実験成功……。

ちょっと考えてみただけでも、ひどくまずい気がしてきた。トーマスは議会の決定をひっくりかえすべく説得にやっきになっているというのに、わたしはここで周囲の流れから切り離されて、ウィリアムが勝利の瞬間をひかえて悦にいっているのを眺めているとは。ウィリアムはわたしが落ちこんでいるのに気づいて、わたしの手を軽くたたいた。

「おい、きみはまだ若いんだ。へまをするのもゲームのうちだぞ」

　わたしは怒りに顔をゆがめたが、怒りはすぐに悲しみに変わり、そっぽをむいた。涙がほおを伝った。ウィリアムに、いまそこまであけすけに——へまをするだなんて——いわれたくはなかった。もう少しひかえめな思いやりのあるせりふがいえないのか、と思った。「どうも、たいへんありがとうございます」とわたしはいった。

　ウィリアムはわたしが手をひっこめるまで、ぽんぽんとたたきつづけていた。「わるかった、ミッコ」ウィリアムの声の調子は変わっていなかった——最初から率直に話していたということだ。「わたしは、まちがいを犯したときに、それをみとめるのが怖いと思ったことはないんだ。まちがいを犯して気が狂いそうになることだって、ときにはある。つねに完璧であれ、と自分にいいきかせてはいるが、人間は完璧になるために生きてるわけじゃない。完璧な状態はわれわれの選択肢にはない——完璧な状態とは死なんだよ、ミッコ。われわれは学び、変化するために生きている。それはつまり、あやまちを犯すということなんだ」

「ご高説、いたみいります」わたしは仏頂面で、彼をちらりと見た。

「わたしはきみより十二歳年上だから、大きなあやまちだけでも、きみの十二倍は犯しているだろう。そんな人間になにがいえると思う？　だんだん簡単に失敗できるようになるよ、か？　まあ、それはそうなんだ。だんだん簡単になる、とともに責任はだんだん重くなるんだが——ミッコ、いやな気分はいつまでたってもおなじなんだ」

「ぼくにはたんなるあやまち、とは思えないんです」とわたしは静かにいった。「ぼくはだまされたんです。議長は卑劣で陰険な手を使ったんです」

　ウィリアムは椅子の背にもたれて、あきれたように首をふった。「まいったなあ、ミッコ、いったいなにを期待していたんだ？　それこそが政治というものだろう——威圧と嘘こそが」

わたしの怒りはいっきに頂点に達した。「冗談じゃない、ちがいますよ、政治は断じてそんなものじゃありませんよ、ウィリアム。そんなふうに考えている連中が、こんどの騒ぎをひきおこしたんですよ！」

「わからないな」

「政治は管理と誘導とフィードバックです。月ではみんな、そのことを忘れているらしいけど。政治というのは、大人数の集団を、いいときもわるいときも、うまく管理していく技術です。人々が自分がなにを望んでいるのかわかっているときも、わかっていないときもね。『政治ははぶけ……』なんて。ウィリアム、あなたの考え方こそ、まいったな、ですよ！」わたしは手を高々とあげてこぶしをふった。「政治をなくすことなんかできませんよ。そんなのはちょうど……」わたしはうまい比喩を懸命にさがした。「身ぶり手ぶりとか、しゃべることとか、おたがいの意思疎通の手段をぜんぶなくそうとするのとおなじことです」

「ご高説いたみいります、ミッコ」不愉快そうにウィリアムはいった。

わたしはこぶしをテーブルにおろした。

「つまりきみは、こんどのごたごたは月全体がひきおこしたことだといいたいわけだな」ウィリアムがいった。「わたしもそう思うよ。そしてタスク＝フェルダーBMがわれわれ全員を陥れようとしている、と。しかしわたしがいいたいのは、わたしは絶対に政治家や管理者にはならない、ということなんだ。この家は別として、わたしは血統というものがきらいなんだよ、ミッコ。血統だの家系だのは、わたしの邪魔をするために、この月に遣《つか》わされたようなものだ。この議会がらみの騒ぎで、その偏見はますます強くなった。それで、きみはどう対処するつもりなんだ？」彼はわたしを見て、ずばりたずねた。

「みんなに教えてやりますよ、ぼくだって、もっとましな……管理者に、政治家になれるってことを」

ウィリアムは皮肉っぽい笑みを浮かべた。「もっと狡猾な？　連中得意のゲームをみごとにこなせるようなやつにか？」

わたしは首をふった。狡猾さもタスク＝フェルダーの手口をなぞることも、およそ考えてはいなかった。わたしの頭にあるのはもっとなにか高い理想に根ざした、法律のみならず倫理にもそむかないものだった。

ウィリアムがつづけた。「最悪の事態にそなえておかないとな。敵はほかのBMの援助を禁じるだけでなく、いっさいの財源、資材供給源を絶つ手にでることも考えられる。しかしそうなっても、しばらくは生きのびられるさ。場合によっては、〈トリプル〉内で独自にビジネス同盟をつくってもいいし」

「それは……危険が大きいでしょう」とわたしはいった。

「それしか手がなければ、どうしようもないだろう？　大手の事業体は〈トリプル〉じゅうにいくらでもあるんだ。なんとしてでも生きのびなければ」

台上のQLが静かな声で、「温度が不安定になっています」と告げた。

ウィリアムはぎくっと背をのばした。「報告しろ」

「未知の効果によって、温度が未知の位相で循環する現象がおきています。セルは現時点で既知の温度を呈していません」

「どういうことなんです？」とわたしはたずねた。

ウィリアムは思考体のモバイル端末をつかみ、カーテンを押しあけて橋にむかった。話が中断したことにほっとしながら、わたしもあとを追った。ウィリアムは〈空洞〉のところで立ちどまった。カイェテとオーネスの技術者たちは休憩時間でどこかへいったらしく、姿が見えなかった。〈氷穴〉はしんと静まりかえっていた。

「どうしたんです？」とわたしはたずねた。

「さあね」ウィリアムは〈空洞〉の現状ディスプレイに集中しながら、低い声でいった。「八つのセルのうちの四つで放出がおきているんだが、QLは温度記録の説明を拒否している。QL、どういうことなのか説明してくれ」

思考体のモバイル端末が答えた。「ラムダ相における相循環。四つずつのセルの列間での波動」

「くそっ」ウィリアムがいった。「こんどは、あとの四つが吸収して、最初の四つが安定している。QL、なにがおこっているのか、見当はつくか？」彼は不安そうな顔で、上目づかいにわたしを見た。

「第二列は現在、循環の下降サイクルにはいっています。三秒後に上昇サイクルにはいります」

「逆転した」少し間を置いて、ウィリアムがいった。「いったりきたりだ。QL、エネルギー放出の原因は？」

「温度維持のため」QLがいった。

「説明してくれ」少しいらついた口調で、ウィリアムは先をうながした。

「エネルギーは、温度を維持しようとする下降サイクルにあるセルが吸収しています」

「冷却装置でもポンプでもないのか？」

「温度維持をはかるため、エネルギーをマイクロ波の形で直接、セルに注入する必要が生じています」

「わからないな」

「申し訳ありません」とQLはいった。「セルは安定性をたもつために放出エネルギーを吸収していますが、本思考体が解釈できる温度は保持していません」

「温度をあげなければならないというのか？」ウィリアムはまさかという顔でたずねた。

「下降サイクル反転」QLがいった。

「QL、温度がいっきに絶対零度以下にとんでしまったというのか?」

「あまりよい解釈とはいえませんが、そういうことです」

ウィリアムは悪態《あくたい》をついて、〈空洞〉からあとずさった。

そのときQLが報告した。「セル八個ぜんぶが、ラムダ相下降サイクルで安定しました。波動はとまっています」

ウィリアムの顔から血の気《け》がひいた。「ミッコ、夢を見てるんじゃないといってくれ」

「なにがどうなってるんだか、さっぱりわかりませんよ」不安をおぼえながら、わたしはいった。

「セルはマイクロ波エネルギーを放出していながら安定した温度を維持しているんだ。驚いたな、あらたなスピン次元に近づいているのにちがいない。現状の結合構造から外へ放射しながら……。ということは、負の時間内で展開しているということになるのか? ミッコ、もしロウがつれてきた外部の連中がこの研究の邪魔をしているんだとしたら、連中のろくでもない装置が原因でこんなことになったんだとしたら……」ウィリアムは両のこぶしを固め、頭上の闇にむかってふりあげた。「いまいましいやつらめ! ミッコ、あとほんの少しのところまできていたんだ……。あとはポンプを接続して、セルを最終調整して、磁場を切ればいいだけだった……。あしたやるつもりだったのに」

「だれかのせいでこっちの機械に影響がでたということはないと思いますよ」興奮したウィリアムをしずめようと、わたしはいった。「ウィリアム、みんなプロなんですから。それに、そんなことをしたらロウが生かしちゃおかないだろうし……」

ウィリアムはうなだれて、力なく何度もうなずいた。「ミッコ、なにかがおかしいはずなんだ。負の温度なんて、なんの意味もないんだから」

「QLは温度が負だとはいいませんでしたよ」とわたしは指摘した。

「本思考体はデータ解釈はおこないません」QLが割りこんできた。

「それはおまえが腰ぬけだからだ」とウィリアムは非難した。

「本思考体は不正確な解釈は中継しません」QLが答えた。

ウィリアムは突然、身体をゆすって笑いだした。苦しそうな、怒りに満ちた笑いだった。彼は目を大きく見ひらいて、QLのモバイル端末をぽんぽんとたたいた。歯を食いしばって息子を許そうとする父親のようだった。「ミッコ、神かけていうが、月ではなにひとつすんなりとはいかないな、え、そうだろ?」

「もしかしたら絶対零度よりすごいものを手にいれたのかもしれませんよ。物質の新状態とか」

それをきいたとたん、ウィリアムはふっと我にかえったようだった。「そいつは……」彼は髪に指を走らせ、くしゃくしゃの頭をいっそうくしゃくしゃにした。「たいしたアイデアだな、そいつは」

「人手が必要ですか?」とわたしはたずねた。

「必要なのは考える時間だ」彼は静かにいった。「ありがとう、ミッコ。ひとりで考える時間がほしいんだ……少なくとも二、三時間は」

「ぼくはなにも保証できませんよ」

ウィリアムは目をすがめてわたしを見た。「なにかすごいことがわかったら知らせる、それでいいだろ? さあ、さっさとここからでていってくれ」橋の上で、彼はわたしをそっと出口のほうへ押しやった。

◐

議場は円形で、月農場産オーク材の鏡板がはめこまれ、中央に照明、いちばん奥に大きな骨董品級のスクリーン、と議会創設当時の美しい姿をたもっていた。政治家はおたがい相手から目を離したがらない――したがって、すみっこの席はないし、中央をむいていない席もないというわけだ。

　わたしは、トーマスと、彼がポート・インで雇ったふたりのフリーランス代言士のうしろから、足をひきずるようにして議場にはいった。代言士は、家系外の立場からトーマスに助言することになっていた。〈トリプル〉のなかでは、月の代言士は金で雇える最悪の人種という評判だった。たしかにそういえなくもなかったが、それでもやはりトーマスは、客観的、批判的立場からの意見をきく必要を感じていたのだ。

　議場はほとんどからっぽだった。席についている議員は三人だけ――興味深いことに、カイェテとオーネスとネルンストの議員だった。ほかの議員はまだ議場の外のホールでしゃべっているし、議長と議長スタッフは議会がはじまる直前まではいってこない。

　議会の思考体は、大きな、時代ものの地球モデルで、灰色のセラミックのケースにおさめられて議場北端の議長席の演壇の下に置かれていた。席につきながら、トーマスがわたしをつついて思考体を指さした。「古いからといって過小評価してはいかんぞ。あの機械野郎は、議場のだれよりも経験を積んでいるんだからな。ただし、あれは議長のツールであって、われわれ議員のものではない。あれは議長の言《げん》に反すること、議長の不利になるようなことはけっしていわないんだ」

　議員席がゆっくりと埋まっていくあいだ、わたしたちはだまってすわっていた。開会予定時刻になると、議長席のうしろのドアからフィオナ・タスク＝フェルダーがはいってきた。ジャニス・グレンジャーと議会代言士三人が一列になってあとにつづいた。

　BMの議員たちのなかには、わたしの知った顔が多かった。十何人かは、副専攻科目の研究課題にとりくんでいた何年かのあいだに直接話したことがあったし、ほかの議員たちは月ニュース・レポートや議会中継で見たことがあった。みなりっぱな人たちで、ここでなら、けっきょくはそうひどい事態にはならないのではないか、とわたしには思えた。

トーマスは、その渋い表情からして、そう楽観的ではないようだった。

〈氷穴〉にかんする論議は第一議題ではなかった。外惑星からの稀少な揮発性物質の供給便を就航させる契約はどこがとるか、そして、BM境界論争の的となっている地区にあるアルミニウムとタングステン鉱山の払下げ請求地をリヒターBM（月の採掘事業のほとんどを支配している三家系合同の巨大だが概して寡黙なBM）に売却する権利はどこにあるか、という二件がまず話しあわれた。議員たちの論議の進め方はじつにみごとで、わたしは感銘をうけた。いずれも解決の運びとなり、綿密な調査の上で契約が承認され、シェアが決定された。議長はほとんど口をはさまなかったが、いざ発言すると、言葉の選び方といい、的を射た論旨といい、さすがだと思わされた。

トーマスはあごに手をあて、半白《はんぱく》の髪をやや乱して、椅子に沈みこむようにすわっていた。いちどだけ、わたしのほうを意地のわるそうな目でちらりと見たが、それきりまたむっつりと考えこんでしまった。

外部から雇ったふたりの代言士は、ほとんどまばたきもせずに背筋をまっすぐのばしてすわっていた。

ジャニス・グレンジャーが議事日程にある次の議題を読みあげた――「サンドヴァルBMによる地球の保存協会《ソサエティーズ》からの遺体購入にかんする家系間論争」

ソサエティーズ――正しくはソサエティなのに複数になっている。ささいなまちがいだが、それだけにほかにどれほど多くの誤解があるのか先が思いやられた。トーマスは目を閉じ、しばらくたってからふたたび目をあけた。

「この件にかんして、ゴアリBMの議員が発言されます」議長がいった。「ゴアリBMのアフマド・バーニ＝サドル議員、発言時間は五分間です」

トーマスは背筋をのばし、前にのりだした。バーニ＝サドルが立ちあがった。プロンプターがわりのスレートをウエストのあたりにもっている。

「ゴアリBM理事会は、本取引が〈トリプル〉間に緊張関係をもたらすのではないかとの懸念を表明いたしております。月－地球間最大の輸送事業体として、また月全体に多くの関連事業を展開する者として、地球側のいかなる対応の変化も当BMのビジネスにとっては不利に働くのであり……」

こうして幕は切って落とされた。わたしのようなしろうとの目にも、すべてみごとに画策されたものであることはあきらかだった。BM議員は順に立ちあがっては、丁重な態度で、口をそろえて懸念を表明した。地球は札入れをこれみよがしにふって威圧し、火星は経済状態が不安定な時期に〈トリプル〉のボートを揺すったと非難し、西半球合衆国では満足のいく解決策が示されない場合、月との貿易を制限するとの提議がなされた、という。

トーマスの表情は固く、悲しみに満ちていたが、一分《いちぶ》の隙もなかった。彼もこれまで手をこまねいていたわけではなかった。カイェテは、死者にかんする研究は革命的ですらあり、非常に有利なビジネスに発展する可能性があるとして、興味をもっていることを表明。オーネスは、冷凍頭部を生き返らせる技術は何十年も期待をもって研究されてきていながらいまだ存在せず、この先二十年のうちに頭部が復活して社会の一員となる可能性があるとは考えられないと証言した。

驚いたことに、ゴアリBMの議員までが前言をひるがえしてこの研究の医学的側面に興味があると発言し、ビジネスとして成立するようになるまでどれくらいかかるのかと質問したが、理不尽とはいえないものの議長がその問題は本議題の範囲を逸脱していると裁定して、終止符が打たれてしまった。

リヒターBMの議員は、サンドヴァルが月ビジネスの新分野開拓を試みたことに共感を示したが、月産原材料の地球への供給ラインに影響がでるようなことがあれば、たちまち深刻な事態に陥るとの意見を表明した。「地球が月の鉱物をボイコットした場合、外惑星はただちにその分の供給にまわるでしょう。そうなったらわれわれは月輸出ビジネス総量の三分の一を失うことになるのです」

トーマスが返答の機会を請求し、議長はサンドヴァル側のいい分を述べる時間として十分間をあたえた。トーマスは代言士たちと手短に打合せをした。低い声で話しあい、うなずきをかわすと、トーマスは立ちあがった。ウエストのあたりにスレートをもっている。議場ではこれが正式なスタイルなのだ。

「議長閣下、栄誉ある議員諸氏、手短に、かつ直截《ちょくせつ》に申し上げます。わたくしは今回の処置を恥じております。本議会がこのような処置をとらねばならないほど無策であったことを恥じております。わたくしはサンドヴァルBMで三十九年間仕事をし、月市民としての生活は七十五年を数えますが、今日ほどの苦悩をおぼえたことはありません。これからなにがおころうとしているのか、功利主義の名のもとに月の理念にたいしどのような仕打ちがなされようとしているのか考えるとき、苦悩を禁じえません。

サンドヴァルBMは、正式認可をうけた地球の法人と、ごく正当な取引契約をかわしました。しかるに、当方には理解不能の理由をもって、タスク＝フェルダーBM、そして議長閣下は抗議の火の手をあげ、策をめぐらし、一連の手段を講じて、自立的月家系が合法的に獲得した資源を奪おうと図ったのであります。わたくしの知るかぎり、このような企ては月史上前例のないことであります」

「あなたは、まだとられてもいない行動、おそらくは考えられてもいない行動を、あたかも実在したかのように話しておられます」議長がいった。

トーマスは議場を見まわして、笑みを浮かべた。「議長閣下、わたくしはすでに指示をうけている方々にむけて話しているのです」

「議長がその、いわば陰謀に加担していると、非難されているわけですか?」フィオナ・タスク＝フェルダーがいった。

「彼に話をつづけさせろ」「いうべきことはいわせろ」と声があがった。議長はうなずいて、トーマスに先をつづけるよう身ぶりで示した。

「これ以上、多くを申し上げるつもりはありませんが、ひとつだけくわしく述べておきたいことがあります。専横政治の話です。太陽系全域にひろがる月外組織によって、月の安寧やビジネスとはなんの関係もないポリシーにのっとっておこなわれている、専横政治の話です。わたくしの補佐をつとめているミッキー・サンドヴァルも、罠に落ちました。制定以来いちども使われたことのない古い法律を用いた策略にはまって、家系内の私的なことがらを宣誓証言しなければならないはめに陥ってしまったのです。同胞のみなさん、彼は、議会のもとめとあれば宣誓の上、証言いたします——しかしそれが先例となることをお考えいただきたい！　あなた方がこの議会、そして議会をあやつる技術をもった人々にどのような力をあたえることになるのか、お考えいただきたい。われわれには、議会をあやつる技術はありません。この先、そのような技術を身につけることになるとも思えません。なぜなら、そのような行動はわれわれの本質に反するものだからです。われわれはそのような戦いにおいては、純真なる弱者です。その弱さゆえ、また先見の明《めい》の欠如、計画性の欠如ゆえ、われわれは屈伏することになるでありましょう。わが家系の活動は妨害されるでありましょう。いや、それどころか禁止されることすら考えられます。それもみな、われらが母惑星を根拠地とするある宗教集団が、われわれの活動を——まったく合法的におこなおうとしている活動を——きらってのことなのです。わたくしは声を大にして訴えます。議決にはいる前にこのことを公式に記録していただきたい。議長閣下、われわれの恥辱はまもなく完全なものになると思われます。わたくしは、本日以降、この場に顔をだすつもりはありません」

議長の顔は蒼白で冷えびえとしていた。「わたくし、もしくはわたくしのＢＭが月外の利害に左右されて動いているというのですか？」

トーマスは簡潔に話しおえてすでに腰をおろしていたが、ふたたび立ちあがって議場を見まわし、ぶっきらぼうにうなずいた。「そのとおりです」

「同胞BMを誹謗するのは、本議会の伝統ではありません」と議長はいった。

トーマスは答えなかった。

「策略云々という告発にたいしては、お答えせねばなるまいと思います。ミッキー・サンドヴァルは、わたくしの招聘《しょうへい》に応じて、議長に自発的に証言するためにポート・インにこられたのです。議会に正当に提供されるべき情報を議長が独占することを防ぐために制定された古い議会法により、議長には、議会全体にたいする宣誓証言を要求する義務があるのです。それを策略といわれるなら、わたくしは有罪ということになります」

トーマスのすぐとなりにすわっていた家系外第一代言士が立ちあがった。「議長閣下、ミッキー・サンドヴァルがあなたのオフィスを訪れたさいのテープがあれば、その規定の要求するところは十分満たされると思いますが」

「議会思考体の解釈によれば、それだけでは十分ではありません」と議長はいった。「あなたの判断を述べてください」

思考体がしゃべりだした。「本規定の精神は、議長との個人的面談でなされた証言よりも多くのことを、議会の場においてより公然と証言するよううながすことにあります。議長にたいする自発的報告は、議会においてすべてを証言する意思ありとの意向を包含《ほうがん》するものです。そのような証言は、つねに自発的なものでなければならず、罰則付召喚状《しょうかん》で威嚇して得られるものであってはなりません」深く、よく響く声に、議場はしんと静まりかえっていた。

「われわれのオートカウンセラーもおなじことをいっています」第一代言士はトーマスにそう耳打ちして、ふたたび発言した。「ミッキー・サンドヴァルの証言は、なにげない日常会話をよそおって、誘導され、ひきだされたものです。本人は、後日、全議会にたいして家系のビジネス問題を公表することを余儀なくされることになろうとは、自覚しておりませんでした」

「議長が議会のことを口にする以上、なにげなく、などということはありえません。そちらの補佐官の教育の欠如は、わたくしの関与するところではありません」と議長はいった。「本議会には、サンドヴァルBMが死者たちをどうあつかうつもりか、きく権利があります」

「神の御名《みな》にかけて、なぜ、とうかがいたい」トーマスがあごを突きだして立ちあがった。「だれが、そのようなことをききたがっているのです？　サンドヴァルの私的ビジネスの問題になぜ他人が口をだすのです？」

この激しい追及にたいする議長の反応は、わたしが予想したほど強烈なものではなかった。わたしはびくびくしていたが、フィオナ・タスク＝フェルダーはこう答えた。「どの家系にもこぶしをふりまわす自由はありますが、それもわれわれの鼻先までのことです。なぜ審理の必要が生じたかは大きな問題ではありません。問題にすべきは、月の利益がダメージをうけかねないという点です。これで納得いただけましたでしょうか、サンドヴァル＝ライスさん？」

トーマスはひとことも答えずに腰をおろした。わたしは彼をじっくりと観察した。どこまでが演技で、どこまでが怒りにまかせた本音だったのか？　彼の表情を見ているうちに、演技と心の動揺とがひとつになっていることに気づいた。そのときはじめてわたしは、彼がわたしなど足元にもおよばない世知《せち》にたけた人物であることを、そしてわたしたちがまちがいなく絶望的状況にあることを、実感としてうけとめたのだった。トーマスは申し分ない経験を積んだプロの理事であり、社会的関心と責任感とをともなった自由な精神をもつ、昔ながらの意味での真の月市民だ。その彼が、かろうじて抱いていた権力や政府や月の政治への幻想を、急速に失いつつある。

わたしは、議長席に、そしてフィオナ・タスク＝フェルダーに視線を移しながら、腹の底から憎しみが燃えあがるのを生まれてはじめて感じた。いまの自分は、あの瞬間からはじまったのだ、とわたしは思っている――あの瞬間、わたしはより冷笑的で、計算高く、鋭く、もう若くはない男に生まれかわったのだと。わたしの両手はふるえていた。ふるえをおさえて、汗ばむてのひらをズボンでぬぐい、証言としてなにを話すべきか、なにを伏せておくべきか、わたしは頭のなかで素早く計算した。

リヒターBMの議員が立ちあがり、ジャニス・グレンジャーが発言を許可した。「議長閣下、当該規定にしたがい、ミッキー・サンドヴァル氏に宣誓証言していただくよう提議いたします。しかしながら、サンドヴァル氏の証言は、氏の家系の将来的利益に悪影響をおよぼす恐れのない範囲の情報提供にかぎるべきと考えます。これは、本議会がプロジェクトの続行を承認した場合にそなえてのことです」

トーマスの表情が、ほんのわずか輝いたように見えた。わたしは、議長がこれを成功に水をさすものととって、多少は動揺するのではないかと期待したが、彼女はまばたきひとつしなかった。「支持の方？」

カイェテとネルンストの議員がそろって支持を表明した。ただちに決がとられ、満場一致で可決された――タスク＝フェルダーの議員も流れには抗さなかったわけだ。

これは巨大な怪物のとおる道に置かれた最初の障害物だった。小さなもので、あっというまに踏みつぶされてしまったが、おかげでわたしたちはひと息つくことができ、ずいぶん気分がおちついた。

わたしは、トーマスが急遽まとめあげ、代言士たちが綿密にチェックしたアウトラインに沿って証言した。全議員が熱心に耳をかたむけていた。死者のひとりの思考内容の解読に一部成功したことは、伏せておいた。

証言がおわると、タスク＝フェルダーの議員が立ちあがって、わたしたちのプロジェクトを続行すべきか否か、ただちに票決をとるべきだと議会をうながした。提議は支持された。トーマスは反対しなかった。票決の延期を提議することもしなかった。

カイェテとネルンストとオーネスがプロジェクト続行に票を投じた。

残る五十一人の議員はプロジェクト閉鎖に票を投じた。

歴史がつくられた。政治の規範が変わった。すべて法にのっとっておこなわれたことだった。

休会後、トーマスとわたしはポート・インのパブにでかけた。最初の五分ほどは生ビールの大きなグラスをかたむけるばかりで、ふたりともほとんど口をきかなかった。

「そうわるくもない」グラスを干して、トーマスがいった。「業火に焼かれて跡形もなく消えたわけではないからな。巨大なる老リヒターに幸いあれ、だ。われわれを八つ裂きの刑に処しはしたが、地面にたたきつける前に、威厳だけはたもつ余地を残してくれた」

「ロウにいうのは気が重いですよ」とわたしはいった。

「もう知っているさ。わたしのオフィスのほうで〈氷穴〉に連絡をいれたからな。きみと話したいといっていたそうだが、だれに連絡するにせよ、少しわたしと話してからにしてほしいんだ。いいかな？」

わたしはうなずいた。

「きみの物腰が変わったように思うが、わたしの気のせいかな？」トーマスは穏やかにたずねた。

わたしはほほえんだ。「気のせいではないと思いますよ。あなたも変わりましたよね？」

「ミッコ、わたしはきみが考えているほど優秀な理事ではない」そんなことは、とひかえめに反論しようとしたわたしを、トーマスは手をふって制した。「きみの考えは思い出としてとっておきたまえ。

わたしは、今回の決定を阻止することができなかった。しかし、今後のなりゆきを遅らせることはできる。議会はこれから、資源のロスを最小限におさえてプロジェクトを閉鎖する方法を考えねばならない。結論がでるまで数週間はかかるだろうし、タスク＝フェルダーが――フィオナなりＢＭなりが

――それをスピードアップさせることはできないだろうと思う。なんなら暗殺という手段に訴えてでも、そんなことはさせないつもりだ」

トーマスは笑っていなかった。いま考えてみると、彼が本気なのかどうか、わたしにはどうでもよかったように思う。

「なあ、ミッコ、わたしは前からこのプロジェクトに疑問をもっていた。議会で負けたのは、政治的理由というより、心理的というか神秘的とでもいいたいような理由からではないかと思うんだ。心の奥深くで、かれらは――たぶんわたし自身も――われわれが、踏みこむべからざる領域に踏みこみつつあると感じているのではないだろうか。しかし、もしロウが成功したら、多くの変化がおこるだろう。いくら宗教がらみのことは表《おもて》にださないのが常識とはいえ、われわれ月に住む者は、精神的には、保守派といってもいささか特殊な保守派だからな」

「もし、ではないんです」とわたしはいった。

「なにがだ？」

「もう成功したんです。ロウたちはすでに成功しているんです」

「それで？」

「〝頭〟にアクセスしました。いま、ふたつめにとりかかっています。名前もわかっています。それに――」

ふいに顔がゆがみ、わたしはぶるぶるふるえだし、悪態をつきながら半分腰を浮かした。幽霊がおなじテーブルについているのが、実際に見えたような気がした――おそろしく太ったファラオが氷に覆われて、わたしたちを悪意に満ちたまなざしで見つめているような気がして、ぞっとしたのだ。トーマスに腕をつかまれて、わたしは腰をおろした。幽霊は消えていた。

「しっかりしろ、ミッキー」トーマスがいった。ほかの客もこっちを見ていた。「どうしたんだ？」

「それが、どうなってるんだか。トーマス、わたしはすぐもどらなくちゃなりません。〈氷穴〉に帰らなくちゃならないんです。たったいま、あることを思いついたんです。たいへんなことに気がついたんです」

「話してくれるかね？」

わたしは立ちあがった。「いや、だめです」首をふりながらわたしはいった。「ただの直感、理屈もなにもない直感です。あまりにばかげているし、突拍子もないし。でも、たしかめなければなりません。失礼をお許しください」

「わかった。いきたまえ」トーマスはそういって、勘定を個人口座で精算してくれた。

◐

うまく〈氷穴〉行きの定期便をつかまえることができた。幸運と時刻表が味方してくれたのだ。わたしは心に芽生えた不安にとりつかれて、熱に浮かされたようになっていた。思いついた仮説をふりすてることはできなかった。頭は信じられない思いでいっぱいだった――そんなことがあるわけがない、が、そう考えるとすべてがしっくりつながる、とはいえ、そんな可能性はないにひとしい。もしまちがっていたら――いや、そうでなければ困る、そうにきまっているが――わたしにはサンドヴァルBMでいまの地位についている価値はない。引退すべきだ。

こんな突拍子もない直感にたよって行動するようでは、そんなものにとりつかれているようでは、役立たずの変人といわれてもしかたない。

眼下に、淡いグレーの塵と岩を背景にした鮮紅色の建物が見えた。月面に建てられた発電プラントだ。シャトルは〈氷穴〉の放熱器の上空で機体をかたむけた。深い溝の影のなかにうずくまった放熱器は、鈍いオレンジ色に輝いて漆黒の空間に熱を放出していた。

シャトルが着陸し、わたしは小さなブリーフケースを手に機をおりた。いつもなら八時間前に寝ているところだったが、そのまま進みつづけた。貯水タンクの部屋にもどってブリーフケースを置くのさえもどかしかった。

わたしは電話をかけてロウをたたきおこした。

「連中、もう装置をひきあげちゃった?」

「だれが?」眠そうな声だった。「ストルバートとカイェテ＝デイヴィス? まだよ。それぞれのBMから指示がくるのを待ってる。トーマスは、あなたにきけばいろいろわかるっていってたわ——これからあなたと話すといってたけど」

「いろいろ遅れがあってね、ぼくはちょっと調べものをしなくちゃならないんだ。三つめの頭にはもうアクセスした?」

「思考パターンを一部ダウンロードしたけど、まだ翻訳はしていないわ。この騒ぎで、なんだか水をさされた感じになっちゃったのよ」

「わかるよ。ロウ、とにかく、手元にあるやつを翻訳させてくれ」

「ミッコ、ちょっとおかしいわよ。こんどのことが自分のせいだなんて思わないでね。あたしのへまなんだから。あなたのせいじゃないのよ。チューリップのこと、おぼえてる?」

「いいから、そのダウンロードした思考パターンを翻訳してくれよ。たのむから、いうとおりにしてくれ」

わたしは進行しつつある事態に茫然としながら椅子の背にもたれ、わたしの予感があたったら、わたしの地位は、わたしたちの地位はどう変わるのだろうと考えた。

そしてまた調査にとりかかった。ほかに方法はなかった——わたしが知りたいことは地球でしかわからないと思われ、それには相当の費用がかかりそうだった。
それは当然、わたしの個人口座で精算するつもりだった。

六時間後、わたしは白線をこえた。まだ一睡もしていなかった。居住窟も通路も貯水タンクも火山性の気泡も橋も力無秩序化ポンプも、まわりのなにもかもが、どこかいやな夢のような感触をまとっていた。あのときなぜ、わたしの人生の中核で急所をおさえているのはやはりウィリアムだと思ったのか、いまだにわからない。が、あのときはたしかにそう感じていて、なにをおいても彼のプロジェクトの進み具合を見なければと思ったのだ。彼の仕事には、人間界の葛藤をこえた、なにか純粋な聖なる探究のおもむきがあった。彼の存在に触れ、彼の言葉をきけば心がやすらぐような気がした。

しかしウィリアム本人は、とても心やすらいだ状態ではなかった。やはり一睡もできずに、げっそりした顔をしていた。わたしは下の実験室からきこえてくる静かな話し声には耳を貸さず、研究室にはいった。ウィリアムは目を閉じてQL思考体の横に立っていた。祈りでも唱えているかのように、くちびるが動いていた。彼は目をあけ、肩のあたりをぴくりとさせてわたしのほうを見た。「これはこれは」穏やかな口調だった。「下の仕事はおわったのか?」

わたしは首をふった。「ぼくが新しい仕事を押しつけちゃったみたいでね」

「きみのほうは、王手をかけられたようだな」

わたしは肩をすくめた。「あなたのほうは?」

「わたしの敵は人間の陰謀よりずっとたちがわるい。プラスとマイナスを切り替えられるところまではいったよ」ウィリアムはくっくっと笑った。「この新状態には自由にアクセスできるんだが、そのあいだのどちらでもない領域にいきつこうと思うと、まったくいうことをきいてくれない。いまQLに考えさせているところだ。こいつはもう五時間、この問題を考えっぱなしだよ」

「なにが問題なんです？」とわたしはたずねた。

「ミッコ、この新状態を達成するのに、わたしは力無秩序化ポンプを使ってさえいない。磁場を切ってもいないし、特別なことはなにもしていない――ただいきなり、がくっと落ちこんで、不確定の温度を維持するためにエネルギーを吸収する負の状態になってしまうんだ」

「しかし、どうして？」

「QLが考えつくかぎりでは、時間を逆行して信号を送るという重大な事象に近い状態になっていて、それで現在の実験に影響があらわれているのではないか、という解釈がいちばん筋がとおるらしい」

「じゃあ、あなたもQLも、実際になにがおこったのか、わからないんですか？」

ウィリアムはうなずいた。「不確定なだけではない。理解不能なんだ。QLでさえまごついていて、まともな答えをだしてくれないくらいだ」

わたしはQLの台の端に腰をおろして、てのひらでQLをやさしくなでてやった。同情してやりたい気分だった。「上から下まで、なにもかもめちゃくちゃ。中心は維持不能、か」

「ああ、ミッコ――そこが問題なんだ。中心とはなにか？　われわれが近づきつつある事象とは何なのか？　指先を巧妙に過去にのばして、いまのわれわれを惑《まど》わせているものの正体は、いったい何なのか？」

わたしはほほえんだ。「ぼくら、正真正銘のばか者コンビですね」

「いっしょにするなよ」ウィリアムは守勢に立って、不服そうにいった。「わたしは、この混乱を絶対に解決してみせるからな、ミッコ」彼は下を指さした。「きみはきみのささいな問題を解決しろ。わたしはわたしのを解決する」

そのとき、まるで出《で》を見計らっていたかのように、ロウが真っ青な顔で研究室の戸口にあらわれた。

「ミッキー、どうしてわかったの？」

やはりそうだった——そうにきまっていたのだが——わたしは衝撃に身をふるわせた。そしてウィリアムをちらりと見て、いった。「かわいい幽霊が教えてくれたんだよ。氷の上の太った悪夢がね」

「翻訳はまだそれほど進んでいないけど」ロウがいった。「名前がわかったの」

「なんの話だ？」ウィリアムがたずねた。

「三つめの氏名不詳の〝頭〟ですよ」わたしはいった。「四百十のうち、三つ、名前のわからないのがあるんです。記録保存がまずかったという疑わしい理由でね」

「ミッキー、あなた、なにか知ってるの？」ロウがたずねた。

「スタータイムでは二〇七九年から二〇九四年にかけて、ロゴロジー信者を四人雇っている。ふたりは記録関係の仕事で、あとのふたりは経営にたずさわっていた。〝頭〟はデンバーの地下冷凍保存庫に保管されていたから、だれも直接、〝頭〟にアクセスできたわけではない」

「その人たちが記録をめちゃくちゃにしたっていうの？」

「それがせいいっぱいだったのさ」

「皮肉な話ね。ほんと、信じられないわ。わたしたち、ロバートとエミリアを……殺そうとしていたようなものよ。考えただけでもぞっとする」

ウィリアムがいらだたしそうに言葉にならない不満の声をあげた。「ああもう、ロウ、いったいなんの話をしてるんだよ？」

「どうしてタスク＝フェルダーがあんな騒ぎをおこしたか、わかったの。わたし、すごいものを引き当てちゃったのよ、ウィリアム。羊の囲いに、すごい狼をつれてきちゃったの。ほんとうに申し訳ないことをしたわ」

「なんという狼だ？」

「K・D・ティエリー」とわたしはいった。身体から息がぬけていった。笑えばいいのか泣けばいいのか、わからなかった。「ロゴロジーの創始者です」

「やつが下にいるのか？」さすがのウィリアムも度肝をぬかれたようだった。

ロウとわたしは抱きあって、ヒステリックに笑った。「キモン・デイヴィッド・ティエリーよ」やっと笑いがおさまってから、ロウが涙をぬぐいながらいった。「ミッキー、あなた、たいしたもんだわ。でも、まだわからないのよ。どうして連中は彼の存在を恐れるの？」

わたしは両手を大きくひろげた。とっさには、なんの答えも思い浮かばなかった。

「ロゴロジー信者のトップ……本人が？」ウィリアムはまだ全容をつかみきれていないようだった。

ロウは椅子にすわってQLの台に足をのせ、首をうしろにそらせた。「ウィリアム、ちょっと首をマッサージしてくれない？」

ウィリアムは彼女のうしろに立って、首をもみはじめた。

「これからどうする、ミッコ？」ロウがいった。

「連中が彼を恐れているのは、ぼくらが暗い秘密に、隠された真相に、アクセスできると思っているからだ」何時間も考えていたことをやっとひとつにまとめて、わたしはいった。「ぼくらは彼の記憶をのぞくことができる。彼の個人的な考えを知ることができる。連中は、もしどんどん作業が進めば、彼が偉大な本の数々を書いているあいだなにを考えていたか、教義をまとめあげるあいだ、なにを考えていたか……みんなぼくらに知られてしまうと思っているんだ」

「連中は、彼がペテン師だってことを知ってるのよ」とロウはいった。「自分たちが嘘で固めた人生を送っているると知っているから、あんなことをしたんだわ。信じられないくらい皮肉な話」

「連中は管理者だ」わたしはいった。「政治家だ、羊の群れを率いる羊飼いなんだ」

「だから『政治ははぶけ』というんだ」ウィリアムがいった。「ロウ、きみは蛇の穴をひっかきまわしたんだぞ」

「〈氷穴〉を、凍った蛇を、よ。ああ、天よわれらを助けたまえ」ロウは言葉づらだけでなく心底、天の助けをねがっている、とわたしには思えた。

「『預言者が敬われないのは、その故郷においてだけである』マタイ伝」ウィリアムは自分でいっておきながら、自分の博識ぶりに驚いているような顔をした。「フィオナ・タスク＝フェルダーはティエリーを始末したいと思っているのだろうか？」

「彼女は、そんなこととは知らないと思いますよ」わたしはいった。「地球から指示をうけているだけでしょう。みんな、あやつられて踊っているだけですよ。あやつっているのはロゴロジー教会の上のほうの人物で、そいつは最初からなにもかも知っていたんでしょう。ティエリーがずっとどこにいたかも、自分の意思でスタータイムに〝頭〟を冷凍保存させていたことも……火葬されたという話が嘘だということも、昇天主の仲間いりをして、銀河をめぐる霊になったという話がでっちあげだということも」

「だったらどうして地球であたしより高値をつけて買い取ろうとしなかったのかしら？」ロウがいった。「何十年も前にスタータイムを買い取って屍肉を埋葬しちゃうことだってできたのに」

「売り手に拒否されたら、買いようがないさ」わたしはスレートをだして、公記録と昔の〈トリプル〉財政ディスクロージャー・ファイルからとった氏名と略歴のリストをスクロールしていった。二十一世紀末から二十二世紀初頭にかけて、〈トリプル〉企業体に投資した地球の個人および団体は、当局に詳細な取引内容を申告しなければならなかった。当時、地球の当局はこうした取引にたいして疑い深く、しぶしぶ認めている状態だった。通商停止から〈分裂〉にいたる、月‐地球関係が悪化していた時代の話だ。

スタータイム保存協会は膨大な量の投資関係の書類を保存しており、そのなかには〈トリプル〉への投資の記録も含まれていた。「ほら、これがいちばん疑わしい人物だ。名前はフレデリック・ジョーンズ。二〇九七年にスタータイムの総裁に就任して、四年前に亡くなるまでその地位にあった。もともとはロゴロジー信者だったが、背教者になってしまった男だ。事実、二〇九〇年に三千万ドルよこせと教会を告訴している。負けたけどね。スタータイムは入札者を選んでいたのかな？」

「そうしようと思えばできたでしょうね」

「たぶんジョーンズは、K・D・ティエリーがスタータイムの会員だと知っていたんだろう。ただし、ロゴロジー信者の協会職員が記録をごたまぜにしたあと、それを整理しなおすのにとくに骨折ったようすもないところをみると、あるいは彼の居場所は知らなかったとも考えられる。いずれにしても、いちばん憎んでいた男を、そいつの教会からまもってやることになろうとは、ジョーンズの気持ちたるや、さぞ複雑だったろうな……。

ティエリーとの契約をまもって、ジョーンズの後継者は教会を入札からしめだし、合法的関与を許すのみに徹してきた。ジョーンズはそれまで何十年も教会を追いはらいつづけていたわけだ。ついには教会もあきらめたんじゃないかな。蘇生技術が完成する気配もなかったから、〝頭〟はただの冷凍肉でしかなかったし、当面、心配はないと判断したんだろう。教会の首脳陣もいれかわり、記憶は薄れていった。ところがここにきて、たいへんな事態になっていることに気づいた。すべては推測だが、筋はとおる」

「わたしがやってきたわけね」ロウがいった。「パンドラ。チューリップのパンドラが。ミッキー、これからどうするの？」

「ぼくらには冷凍死体の利益をまもる法的義務がある。それははっきりしているんだが——どの法律にもとづいてなのかが、わからないんだ。地球の法律と月の法律はもちろん、地球の法律と〈トリプル〉の法律も、うまくかみあわないんだ」

「ロバートとエミリアはどうなるの？　もし手離さなければならないことになったら、ふたりはどうなるのかしら？」

そのときＱＬがやさしいチャイム音を響かせて割りこんできた。「ウィリアム、理解可能な安定状態に回復しました。セルはすべて、十のマイナス二十乗ケルビンで安定しています。安定性維持のためのエネルギー注入は必要とされていません」

ウィリアムはマッサージの手をとめた。「薄情なやつだと思わないでくれよ。でも、やっと仕事にもどれる状態になったんだ」

「あたし、あなたの仕事の進み具合ひとつわかってないのね」ロウが悲しそうにいった。

「だいじょうぶだよ」ウィリアムはかがみこんでロウのひたいにキスした。ウィリアムがこんなにやさしく、こんなに思いやり深くロウに接しているのを見るのは、はじめてだった。ふたりの姿に、わたしは感動していた。「基本的にひとりにしておいてくれれば、自分の仕事はちゃんとやりとげるから。ロバートとエミリアをすくってやってくれよ。わたしにとってもだいじな家族だからね」

それから十分後、わたしはそれまでにわかったことをトーマスに報告した。トーマスはほとんどなんの反応も見せなかった——その晩は家系会議がひらかれることになっており、それまで彼の地位は宙に浮いた状態で、いろいろと考えごとにふけっていたのだ。

◐

「家系理事会は満場一致で信任してくれたよ」翌朝早く、トーマスが電話をかけてよこした。「この件はわたしに一任するそうだ」映像は切ったままだった。おそらく、部下に見せたくないほど疲れきった、なさけない顔をしているからだろうと思ったが、声をきいて、そうにちがいないと確信した。「職を解かれて、だれかに引き継ぎたいとねがっていたんだがな、ミッキー、みんなそれぞれもっと高度な次元の仕事で手いっぱいらしい」

「つまり、全員、あなたを信頼しているということでしょう」とわたしはいった。

「いいや」トーマスはゆっくりといった。「まったくちがう。ミッキー、よく考えてみろ。ほんとうはどういうことなのか」

わたしは少しのあいだ考えこんだ。「理事会は、サンドヴァルBMはこのままあなたの指揮下に置いても、これ以上のダメージをうけることはないだろうし、ほかの家系理事が裏でBMや議会に働きかけて調停にこぎつけられるだろう、と考えた」

「ミッキーには時間をやれ。時間さえあれば、ちゃんと答えをだす、か」トーマスはいった。

「しかし、それだけでは完全な説明になりません」トーマスの皮肉にかちんときて、わたしはつい大きな声をだした。「あっさり、ひっこんでいろ、といえばいいことじゃないですか」

突然、トーマスが映像のスイッチをいれた。十歳も老けたような疲れはてた顔をしていたが、その目は熱をおびてきらきらと輝いていた。「ミッキー、ティエリーのことは理事会には伏せてある。じつは、もうひとつやってみたいことがあるんだ。議長は、なぜうちのプロジェクトを閉鎖しろと指示されたか、理由までは知らないだろう、ということだったな。だったら、われわれが教えてやろうじゃないか。しかし、すんなり教えるよりもっといい手がある。どうだ、ミッキー、きみが生意気なろくでなし野郎を演じて、じかにいってやるというのは?」

おなじ部屋にいたら、ぶんなぐってやるところだった。「ろくでなし野郎はあなたですよ」とわたしはいった。「あなたは、くそまじめぶった、残忍な、ろくでなし野郎だ」

「ミッキー、それがほしかったんだ。その自信が」と彼はいった。「わたしはきみをおおいに信頼している。このことを知ったら、月のロゴロジー信者は衝撃をうけ、混乱をきたすだろう。そこにつけいるんだ。教会の指導者たちは、われわれが知らないものと思って行動している——われわれが知らなければ、フィオナにも月支部にも知らせる必要はない、ということだ。ここはひとつ、知らない同士というバランスをひっくりかえしてやろうじゃないか」

わたしはまだ腹の虫がおさまらず、通話オフのスイッチに指をかけたままだったが、彼の言葉、彼の計画が、だんだんはっきりと見えてきた。「もういちど横柄な若造を演じろというのですね」

「わかったようだな、ミッキー。怒りだ。侮辱された怒り。たったいま、きみの怒りにわたしが火をつけた。さあ、フィオナ・タスク＝フェルダーに、こっちにティエリーがいると教えてやれ。手をひかないとやつの頭から秘密をききだすぞといってやれ」

「トーマス、それは……ちょっと危険ですよ」

「これをきいたらフィオナは茫然自失、われわれはたっぷり必要なだけ時間をかせげるはずだ。次はどうするか、わかっているな、ミッキー？」

「太陽系全域に公表するんですね」

トーマスは大声で笑った。「いやはやなんとも、たいしたものだ、もうこつが飲みこめてきたようだな。ロゴロジー信者を五十年はあともどりさせることができるぞ。〝教会、創始者たる預言者の亡《なき》骸《がら》破棄を画策〟」彼は両手で、派手な見出しの配置をきめてみせた。「サンドヴァルの理事たちはこの件をわれわれにまかせて正解だったようだな、そうは思わないか？」

わたしは袋のネズミになった気分だった。「あなたがそうおっしゃるなら、そうなんでしょうね、トーマス」

「指令はくだったぞ。さあ、かかれ、ミッキー！」

わたしは三十時間、動かなかった。考える時間がほしかったし、なんとかして自分はトーマスに完全に隷属《れいぞく》しているわけではないと思いたかったからだ。トーマスが疲労のあまり正確な判断ができなくなっている疑いも捨て切れなかった。それに、こてんぱんにやっつけられたばかりの相手に電話するのかと思うと、いやでたまらなかった。わたしは、人間の歴史がはじまってこのかた、政治的罠、論理的罠、ありとあらゆる種類の罠にかかった、すべてのあわれな愚者たちのことを思った——ひとつ袋に追いこまれた、すべてのネズミたちのことを。

齢《よわい》を重ねた気がした。しかし、それが進歩とは思わなかった。

すべての背後にいるのはだれなのか？　だれを責めればいいのか？

突きつめれば、ひとりの男にいきつく。妙に俗っぽい教会をつくって、善人も悪人も信心深い人間もさめた人間も、おなじように魅了した男に。男のつくった組織は大きくなりすぎ、金が集まりすぎ、もっともらしい機構になりすぎて、静かに消えることができなくなってしまった——嘘もつきつづけているうちに聖なる真実になるのだ。人間の歴史がはじまって以来、幾度こうしたことがおきたのだろう？　どれだけ多くの人がそのために苦しみ、死んでいったのだろう？

わたしは地球側の調査をしているあいだに、過去の預言者にかんする資料にもざっと目をとおしていた。ゾロアスター。イエス。ムハンマド。自分はメシアだと宣言しながら、のちにイスラム教徒に転向した、十七世紀のトルコのユダヤ人、シャベタイ・ツェヴィ。ハルトゥームでイギリス軍を撃破したムハンマド・アフマド。特殊な眼鏡で黄金の板から神の言葉を読みとったジョセフ・スミス。そしてブリガム・ヤング。十九世紀、二十世紀に、キリスト教やイスラム教系列の過激な分派を創始した何十人もの人間。二千年祭に登場した、名もなく顔もない預言者。そして、それ以後も続々とあらわれた小者たち。預言者をよそおって宗教をはじめたものの、けっきょくは消えていった者たち。たいした才能もなく、あまりにくだらなすぎて大量消費の波にものれないような言葉しか吐けなかった大ぼら吹きたち。ティエリーはどのランクに属しているのだろう？

暗い側面ばかりでなく、明るい面も見ようと、わたしは、こうした人間たちが人類の哲学や秩序、文明にどのくらい寄与したのか考えてみた。ユダヤ教、キリスト教、そしてイスラム教は西洋世界を整理分割した。わたし自身はイエスを敬愛している。

だが、ティエリーにかんして知りえた事実からすると、彼をトップランクにいれることは、どう考えても不可能だった。ティエリーは狭量《きょうりょう》で女好きで、彼の恩寵《おんちょう》を失った者たちにたいしては悪意に満ちた告発者と化す男だった。信者たちの生活を束縛する妙な規則をいくつもつくった。無慈悲で乱暴者だった。あげくのはてに、〝非肉体化〟した暁《あかつき》には昇天主の列に加わって銀河をめぐると宣言しておきながら、スタータイム保存協会の手で冷凍されてしまった。まったく純粋に世俗的な不死をもとめて、自分の頭を時にゆだねてしまった。

わたしは〈氷穴〉にいき、実験室へおりるリフトに乗った。ストルバートとカイェテ＝デイヴィスはついに呼びもどされてしまったが、それは一時的な措置であってプロジェクトの最終的処分は未決のままということで、機器類はすべてもとのまま残されていた。

ロウは機器の基本的操作を習っていて、すでにとった記録の再生と、ややおぼつかないが思考パターンの簡単な翻訳程度はできるようになっていた。わたしたちは、ほとんどなんの音もきこえない実験室のなかで、スチールの敷板にしゃがんでいた。ロウはぶつぶついいながら、あぶなっかしい手つきで、なんとか装置をセットしおえた。

「まずこれを一部、解釈しなおさなくちゃ」ロウはいった。「翻訳が完全じゃないのよ」

わたしたちは、ティエリーが意識を失うまでの最後の数分間の記憶に耳をかたむけた。視覚のほうは、まだ翻訳されていなかった。機械からでてくる音はひずんでいて、人間の声がかろうじてききとれる程度だった。

〝ティエリー先生、あの……〔耳ざわりな笑い声〕ウインストン夫人の昔からのお知り合いが……〟

「電話で話しているらしいの」ロウが説明してくれた。

〝ああ、知っている。なんの用だ？〟

ティエリーの声だった。頭のなかできいた、自分がしゃべっている声だ。ふつうよりも深く、よく響いている。

〝一月の〔不明〕ロゴス支部ミーティングのことでおたずねです。XYZ精神講話はしていただけるのでしょうか、ということですが〟

〝しないわけがないだろう。いったい何者だ？　またスタテン・アイランド補完教会のまわし者じゃないだろうな？〟

〝いいえ、ちがいます。プラチナ級の貢献者です。九月のタオス・キャンパス・ロゴスには子供を五人つれてきています……〟

「たんなる日常の仕事の話よ」ロウがいった。床の上で蓮華坐《れんげざ》を組んでひじを膝に置き、両手にあごをのせた姿は、子供のころを思いおこさせた。彼女は、もうちょっと我慢して、という顔でわたしを見た――まだあるからね。

〝精神講話は多大なエネルギーを必要とする、といってやれ。XYZをやるとなると、プラチナ級の貢献者があらたに十人は必要だ。失われた神々とコンタクトするには多大なエネルギーがいる、とな〟

彼自身のフィルターをとおしているとはいえ、ティエリーの声はたんに肉体的に疲れているというだけでなく、どうしようもなく退屈しきったような、安寧をえられる希望もなく、ただ言葉を口にしているだけ、という感じだった。

〝確実にコンタクトできるとお思いですか？〟

〝なんということをきくのだ〟

〝いえ、つまり、力がおありか、ということでして。最近はお身体の具合もすぐれないようですし、前回のロゴス支部は……〟

〝その、なんとか夫人にいってやれ。叡知《えいち》のデルタで泳がせてやる、神々をおのれの心の洞窟からだして、概念作用のなかによみがえらせてやるとな。なんでもいいから、われわれの役に立ちたいと思わせるようなことをいうんだ。プラチナ級の信者が十人、必要なんだからな。まだなにかあるのか？〟

〝ティエリー先生、ご機嫌を損じるようなことを申しまして、おわびいたします。でもわたくしは、事がうまく運ぶようにと――〟

〝心配してくれるのはありがたいが、自分の体力ぐらいは承知している。わたしは……わたし自身の神智学にしたがって行動しているんだ。ほかには？　あああァ……〟

〝先生？〟〔ひずんだ音〕

長いうなり声、つづいてかん高いしゃべり声、近くにいる人たちの声、前にでてくる女の声――

〝キモン、キモン、どうしたの？〟

ティエリーは答えず、またうなり声。防音室で配管工事でもしているような、花火でも打ちあげているような音だ。急激に衰えていく肉体の最後の記憶に呼びかける、かろうじてききとれるだけの、さっきの女の声――　〝キモン、これはどういう――〟

そして、ささやくようなうめきとともにしぼりだされたティエリーの最期の言葉――　〝ピーターを呼べ〟

翻訳がおわり、ロウはテープをとめた。

わたしたちは、しばらくのあいだ言葉もなく見つめあっていた。

「これでわかったよ……どうしてこんなことをしてはいけないと思う人がいるのか」わたしは静かにいった。「地球のロゴロジー信者がこれを葬りたいと思う気持ちもわかる気がする」

「これは真の意味での侵害といえる行為だわ。日記を見るのとはわけがちがう」ロウがいった。

「ほんとうに蘇生できるようになるまで、封印しておくべきだ」とわたしはいった。

ロウは、部屋のカーヴに沿ってきちんとならんだスチールの箱を眺め、すぐ横に積み重ねられたカイェテとオーネスの機械を見やった。「勇気をもたなくちゃ。もし続行を許可されたら、わたしたちの手で独自の倫理綱領をつくらなくちゃいけないわ。わたしたちが最初なんだもの。まちがってはいない、と思う。でも、たしかに危険な行為だわ」

「ロウ、もうなにもかも、うんざりだよ。タスク＝フェルダーに連絡して、ティエリーをやると申し出たっていいじゃないか。ほしいというなら、やっちまおうよ」

「むこうはどうすると思う？」

わたしは肩をすくめた。「たぶん、彼を地球へ送りかえすだろうな。あとは指導者たちの意向で……」

「解放されるわけね」ロウがいった。「解放されて昇天主の列に加わる」

「ぼくの調べたかぎりでは、彼には子孫もいないし家族もいない……。いるのは信者だけだ」

「その信者は、彼を邪魔者あつかいしてるのよ」

「ほかの人間の手元に置きたくないとも思ってる」

ロウは蓮華坐をといて、膝立ちで翻訳機の電源を切った。「トーマスの計画に賛成なの？」

はっきりいいかねて、わたしはしばし、じっとだまりこくっていた。「時間が必要なんだ」

「ミッキー、サンドヴァルはまるごとかかえこむ契約にサインしたのよ。拘束力のある契約書をかわしたのよ。あたしたちはかれらを保護しなくちゃならないの、保持しなくちゃならないの、かれら全員を……。それにもし生き返らせる方法があるのなら、それもしなくちゃならないわ」

「わかった」とわたしは答えた。「まあ、そう真剣に考えてたわけじゃないからさ」

「ロバートとエミリアがほかの保存協会を選んでいてくれればよかったのに。まったく、スタータイムのことなんか知らなければよかった」

「アーメン」とわたしはいった。


二枚舌を使うなんて最低だと思っていた。が、トーマスの計画は最高だった。少なくとも、わたしはそれ以上のものを思いつかなかった。わたしたちは壁際に追いつめられ、思い切った手段が必要だった。しかし、自分がこれからなにをしようとしているのか、考えるといやでたまらなかった——フィオナ・タスク＝フェルダー相手に不器用なまぬけ男を演じるなんて。狼の前に投げだされる肉の匂いがぷんぷんする役だ。

わたしはふたたびシャトルでポート・インに飛んだ。しかし、トーマスのオフィスにはよらなかった。相談は出発の二時間前にすませてあった。どんな偶然をよそおうか、どうごまかすか、万一のときどうするか、すべて計算ずみだった。

計画の第一段階は、前ぶれなしに議長のオフィスを訪れることだった。挫折し、仕事を失い、家系内の長老たちが築いた道を踏みはずしてしまった若者を演じるわたしは、髪を乱し、こわばった表情で議長の受付スペースにいき、かすれがちな声でフィオナ・タスク＝フェルダーとの面会をもとめた。

受付係の男はわたしのことをおぼえていて、椅子をすすめてくれた。男はフィオナに話すでも、なにかタイプするでもなく、ただすわっているように見えた。これはおそらく、フィオナはおもてに興味深い人物がきていることをいち早く知らされていて、わたしを隠しカメラで観察しているのだろうと思い、わたしはけっこう巧みに、おちつかないそぶりを演じてみせた。

しばらくして受付係がわたしのほうを見て、いった。「議長は、本日の午後遅くでしたらお会いできるそうです。一五・〇〇時にまたおいでいただけますでしょうか?」

そうすると答え、そのあと三時間つぶしてから、わたしは受付にもどった。この回のダンスのできは上々だった。足慣らしのステップもシャッフルもうまくいったし、どちらがリードし、どちらがしたがうのかもきまった。

わたしは長い廊下を歩いて、議長の聖域へとむかった。若い女たちが、まだファイルを運んでいた。前のときとまったくおなじ光景だった。女たちがほほえみかけたので、わたしは半分うわのそらで、笑顔をかえした。

議長オフィスのドアがあくと、デスクのむこうに議長閣下がすわっていた。青い目の、いかにも健康そうな議長は、手を組み、降伏以外のなにものもうけいれない、と全身で語っていた。

「どうぞ、おかけください」と彼女はいった。「サンドヴァルさん、どんなご用件でしょうか?」

「わたしは、大きなリスクを承知でここへきたのです」とわたしは切りだした。「わたしが返還処置をうけたのは……首になったのはご存知ですよね。しかしまだ多少は交渉の余地があるような気がして……」

「交渉というと、だれとだれとの?」

「わたし自身と……あなたとのです」

「サンドヴァルさん、あなたはどういう肩書でいらっしゃったんです? わたしがどこを代表する人間とお考えなんです？　議会ですか、それともわが結束集団ですか？」

わたしは弱々しくほほえんだ。「いまのわたしには、そんなことはどうでもいいんです」

「わたしにはよくありません。もし議会の議長とお話しになりたいということであれば、しっかりうかがいます。もしタスク＝フェルダーBMとお話しになりたいのなら――」

「わたしはあなたと話したいのです。あなたに話があるのです……」

議長は上目づかいに天井を見た。「サンドヴァルさん、あなたは前回、大失態をやらかした。当然、高くついたことでしょうね。わたしにいわせれば、家系BMは縁者びいきと無能力者の温床です。あなた、理事会の委任をうけているのですか？」

「いいえ」

「では、ここにおられても、わたくしたち双方、なんら益するところはありません」

「あなたには、みごとに利用されましたよね……」とわたしはいった。ほんものの怒りといらだちがわきあがってきて、わたしのつたない演技に信憑性を添えてくれた。「わたしは、うちの理事会や総裁の前で名誉を回復したいと思っているのです。それに、あなたにもチャンスをさしあげたい。ある情報を提供しようかと思いましてね。興味ある情報だと思いますが……」

議長はぬけめなさそうな目つきで、わたしを見た。冷たい目ではない。狼が、いかにも怪しげな肉を観察している目だ。「議会で証言するつもりはあるのですか？　これからいおうとしていることを議会でもいえるのですか？」

トーマスのいったとおりの展開だった。

「いや、それはちょっと……」

「議会で進んで証言できるのでなければ、きくわけにはいきません」

「おねがいします」

「ミッキー、これだけはゆずれません。これ以上突っ走らないうちに理事会に相談するのが得策だと思いますよ」議長は立ちあがって、退出をうながした。

「わかりました」とわたしはいった。「わたしに証言させたいかどうか、あなたに判断していただきましょう」

「この前ここへ見えたときとおなじように、自発的面会と記録しますよ」

「けっこうです」わたしはすごすごとひきさがってみせた。

「では、どうぞ」

「じつは、思考パターンへのアクセスを、〝頭〟のなかの記憶へのアクセスを、開始したのです」とわたしはいった。

議長は、なにか苦いものを飲みこんだような顔をした。「あなた方、なにをしているかわかってやっているんでしょうね。そうであることを祈りますが」ゆっくりと彼女はいった。

「たいへんなことがわかったんです。だれも予想していなかった、たいへんなことが……」

「つづけて」

わたしはまずスタータイムの記録にあきらかな欠陥があったことを話した。そして、氏名不詳の頭のうち最初のふたつの名前をどう確定したかも。脳は、死んではいても無傷の状態で、短期記憶や他領域を探って本人の名前がわかったのだと教えてやった。

議長が、なかば魅了され、なかば嫌悪感を抱いているのが見てとれた。

「ほんの二、三日前、三番めがだれなのか、わかったのです」わたしはつばを飲みこんだ。ぐっと身体をひいて深淵にとびこむ気分だった。「キモン・ティエリーでした。K・D・ティエリー。彼はスタータイムの会員だったのです」

フィオナ・タスク＝フェルダーは、椅子のなかでゆっくりと身体を前後に揺すっていた。「嘘だわ」彼女は静かにいった。「こんなばかげた、突拍子もない話はいままで……。サンドヴァルさん、あなたがここまでするとは想像もしなかったわ。わたしは……」彼女は首をふり、正真正銘の怒りの表情で立ちあがった。「さっさとでていきなさい」

わたしはデスクにスレートを置いた。「わ、わたしをいま、追いだすべきではな、ないと思いますよ」わたしはつっかえつっかえ、いった。身体がふるえて歯がカチカチと鳴った。反発心がむくむくとわきあがって、また演技を盛りあげてくれた。「証拠はいろいろあります。ティエリー氏の録音ももっています……臨終のさいのものです」

議長はわたしを見つめスレートを見つめてまた腰をおろしたが、口は閉ざしたままだった。

「証拠となることを、ざっとお話ししましょう」わたしは判明した事実を次々にあげていった。スタータイムにロゴロジー信者が雇われていたこと、フレデリック・ジョーンズが教会を告訴したこと、地球から運ばれた死者のうち三人の名前がわからなかったこと、そしてその三人の最期の記憶の再生、翻訳に成功したこと。頭のなかでは事実と記憶をカチッカチッと動かして照らし合わせていたのだろうが、議長の顔は、ただ冷たい、強く抑制された怒りをたたえているだけだった。

「サンドヴァルさん、それだけでは決定的とはいえません」わたしが話しおえたとたん、彼女はいった。

わたしはティエリーが晩年作成したテープを彼女にきかせた。それから、臨終場面のものを再生した。音声の短期記憶だけでなく、トーマスの指示でロウが苦労して処理、翻訳した視覚の記憶もいっしょに。でてくる顔は、最初は妙に人間ばなれしていたが、そのうち形がととのって、はっきりだれとわかるようになった。感情という緩衝《かんしょう》装置をとおして解釈されていない分、この記憶は直接的で、粗く、したがって驚くほど生々しかった。臨終の場となったオフィス、テーブルに置かれた彼の太った手、部屋のあちこちに視線がとんで、ついていくのがむずかしかった。フェードアウト。記録停止。

議長は眉をつりあげ、固く結んだこぶしをデスクに置いたまま、スレートを見つめていた。

スレートをしまおうと、わたしが手をのばしたときだった。彼女がスレートをつかみ、ふるえる両手でにぎりしめたと思うと、いきなり部屋のむこうに投げつけた。スレートは気泡岩石の壁にぶつかってはねかえり、代謝カーペットの上ではずんだ。

「捏造ではありません」わたしはいった。「わたしたちにとっても衝撃でした」

「でていって」彼女はいった。「さっさと、ここからでていきなさい」

わたしは背をむけて帰ろうとした。が、ドアまでいかないうちに彼女が泣きだした。肩をがっくり落とし、両手に顔を埋《うず》めて泣いていた。なにかしよう、ひとこと声をかけようともどりかけたが、でていってという叫びに気圧《けお》されて、わたしは部屋をあとにした。

◐

「反応はどうだった？」とトーマスがたずねた。わたしは彼の私室にすわっていたが、心は百万マイルも彼方で、犯した罪のことを考えていた。まさかこんな罪悪感を抱《いだ》くことになろうとは、想像もしていなかった。トーマスがふるまってくれた地球産マデイラをストレートで干して、わたしは彼の居間の壁際に置かれたキューブ・ファイルに目を泳がせた。

「わたしのいうことを信じようとしませんでした」とわたしはいった。

「それで？」

「納得させました。テープをかけて」

トーマスがグラスをふたたび満たしてくれた。

「で？」

わたしはまだ彼の顔をまともに見る気になれなかった。

「どうした?」

「泣きだしました」とわたしはいった。

トーマスはほほえんだ。「よし。それで?」

わたしは疑問と不服のまなざしで、彼を見た。「トーマス、泣いたふりじゃないんです。打ちのめされていたんですよ」

「わかっている。それから彼女はどうした?」

「でていけといいました」

「次の面会の予定はきめなかったのか?」

わたしは首をふった。

「ミッキー、どうやらほんとうに、鎧《よろい》に大穴をあけてやったようだな」

「そのようです」わたしは重々しく答えた。

「よし」とトーマスはいった。「これで時間ができただろう。ミッキー、家へ帰って、少し休みたまえ。きみは百回分余計に失地回復したようなものだ」

「ろくでなしになった気分ですよ、トーマス」

「きみは、名誉あるろくでなしだよ。他人にやられたことをやりかえしただけだ」トーマスは手をさしだしたが、わたしは応じなかった。「家系のためなんだぞ」酷薄なまなざしで、トーマスはいまさらのようにいった。

わたしは、あふれる涙を、激しい、ふるえるような怒りを、狼狽を、そして裏切りを、忘れることができなかった。

「もういちど、礼をいうよ、ミッコ」トーマスがいった。

「ミッキーと呼んでください」去りぎわ、わたしはいった。

外なるものを疎外することは、内なるものを疎外することにつながる——これはあらゆる社会階層そして個人にも通用する原則だ。同胞を、いやたとえ敵であろうと、人を傷つければ自分も傷つき、自尊心と自己イメージの本質的要素のいくばくかを失う。一人前に戦うとは、こういうことなのだと自分にいいきかせてみても、いっそう憂鬱になるだけだった。人は敵を殺すたびに、古い自分自身をも殺している。そこに新しい自分がはいる余地があれば、めざましく再生できる余力があれば、成長し、一段と成熟した、ただし一段と悲しい人間になる。

余地がなければ、生ける屍《しかばね》になるか、気が狂うかだ。

乾燥した暖かな貯水タンクの部屋でぬくぬくとくつろいではいるものの、心はどうしようもなくみじめなまま、わたしはひとり、声にはださぬ独白をつづけ、シェークスピア劇もどきの場面を演じていた。ありったけの自己を動員してパーティをひらき、議論し、戦った。

トーマスにたいする怒りは筋ちがいだったと後悔した。とはいえトーマスはわたしを武器として使い、わたしは効果的な働きをした、そう思うと胸が痛んだ。わたしはつらい思いをして、フィオナ・タスク＝フェルダーは非情な怪物ではないことを学んだ。彼女も人間で、自己権力の拡大のためではなく、ただ命令にしたがってやらねばならないと思った仕事をしただけなのだと学んだ。

わたしたちがあたえた情報は、彼女の上司、すなわちロゴロジー教会の政治的、世俗的手足を操っている指導者たちにどんな影響をもたらすのだろうか？

もしトーマスがほんとうに〈トリプル〉全体にあの情報をリークしたら、何百万もの忠実なロゴロジー信者たちはどんな影響をうけるのだろうか？

　ロゴロジーは、偶然と社会法則のおかげで拡大し、無際限に存続しうる、それどころか時代とともに成長しうる組織になったが、もとをただせば一個人の狂気に発したことだ。わたしたちは、最終的には、狂気の源《みなもと》にいた男の経験と記憶をとりだすことができるだろう。やがては信者たちの幻想を砕き、教会を破滅させることすらできるかもしれない。そう考えても、心は少しも満たされなかった。わたしは切実に、純真な心をもとめていた。三ヵ月前までもっていながら気づかずにいた無邪気な心を。

　猶予時間を買った効果は、たしかにあらわれていた。ロゴロジーの片腕タスク＝フェルダーが沈黙したのだ。〈トリプル〉のネットにも、地球側の敵陣からの声はつぶやきひとつはいってこなかった。ポート・インからもどって十時間後、わたしは貯水タンクをでて白線をこえた。

　ウィリアムは上機嫌だった。「いままでロウがいたのに」研究室にはいったとたん、彼はいった。「まあ、一時間でまたもどってくるが。ミッコ、ついにやったぞ。あす、いちど試してみるつもりだ。なにもかも安定していて――」

「このあいだのトラブルの原因がわかったんですか？」

　ウィリアムは、わたしがなにか汚い言葉でも吐いたかのように、口をすぼめた。「いや、あれはさっさと忘れることにした。もうあの現象を再現できないし、ＱＬにもなにもわからないんだ」

「あの幽霊には気をつけたほうがいい」わたしは皮肉たっぷりにいった。「またでますよ」

「きみたちはそろいもそろって、まったくたのしい連中だな」と彼はいった。「なんだかみんなでこの世のおわりを待ってるみたいじゃないか。トーマスはきみになにをさせたんだ、だれかを暗殺してこいとでもいったのか？」

「いいや、文字どおりそうというわけじゃありませんが」

「だったら、もう少し元気をだせよ——あすは、きみたちふたりに手伝ってもらいたいんだ」

「なにをするんです？」

「手が二本ではたりないし、正式な立会人も必要なんだ。記録装置だけでは心情的に満足できなくてね。生身の人間が証人になってくれたほうが、たぶん助成金もおりやすいだろうし、ましてきみとロウが金をだしてくれそうな相手にじかに証言してくれれば、可能性も高いと思ってね」

どこのだれから塵ひとつしぼりだすのも、むずかしいだろうとわたしは思った。「絶対零度を市場にだすというんですか？」

「新しくて珍しいものを市場にだすんだ。宇宙開闢《かいびゃく》以来、物質がケルビン零度にまで冷却処理されたことはなかった——その歴史が、あす変わるんだ。ミッキー、〈トリプル〉じゅうにひろまるぞ。洒《しゃ》落《れ》じゃないが、サンドヴァルBMの熱を少しはさましてくれるかもしれない。いや、そんなことはわかってるよな。なのにどうしてそう悲観的なんだ？」

「すみません、ウィリアム」

「きみの顔から判断すると、われわれはもう負けてるってことになるぞ」

「いえ、勝ったのかもしれません」

「だったら、少しは元気をだせよ。そうしてくれれば、この陰気な雰囲気のなかで、わたしが息をつける空間が少しはできるってもんだ」

ウィリアムは仕事にもどった。わたしは橋の上にでて、わざと力無秩序化ポンプのあいだに立ち、石板に爪をたてたときのような感覚刺激で、われとわが身を責め苛《さいな》んだ。

ロウとわたしは八・〇〇時に、ウィリアムのいる〈氷穴〉の研究室にでむいた。ウィリアムは、すでにフル稼働させてあるポンプをモニターする仕事をロウに割り当てた。わたしは、ただすわって冷却装置を見張っている役目だった。実質的にはロウもわたしもそこにいる必要はないように思えた。すぐにわかったことだが、ウィリアムがわたしたちを呼んだのは、手伝いや証人というより、仲間がほしかったからなのだ。

ウィリアムは表面上は平静だったが、じつはとても緊張しているようで、ときおり小さなかんしゃくをおこしては、すぐにあやまり、暴言を取り消した。かんしゃくをぶつけられても、わたしは少しも気にならなかった。むしろ、〈氷穴〉の外でのできごとを忘れさせてくれて、気分がいいくらいだった。

おかしな三人組だった。ロウはウィリアムよりおちついていて、不快な無秩序化ポンプのそばでも平気な顔をしていた。わたしは、なんのいわれもないのだが、もろもろのトラブルから切り離されてほっとしたような気分になり、徐々にその気分に酔いつつあった。ウィリアムはすべての装置のあいだをめぐってから、最後にみごとに磨きあげられた〈空洞〉のそばに立った。セルをおさめた〈空洞〉は、橋の左分岐部のすぐむこうにある磁場浮揚緩衝装置の上にのっていた。

頭の上には、岩屑落下防止ネットに覆われた火山性空隙の濃灰色の丸天井が、研究室と橋からのあかりで、かろうじてぼんやりと見えている。

九・〇〇時、ウィリアムの平静さに、ついに大きなひびがはいった。QLが、またラムダ相に反転がおこってセル内の状態が解釈不能になったことを告げたのだ。「この前とおなじ状態なのか？」両手の指でQLの上面をたたきながら、ウィリアムはたずねた。

「諸示数とエネルギー要求量はおなじです」QLがいった。ロウが、力無秩序化ポンプの状態がセルからの〝引き〟でひどく不安定になっていると指摘した。「前にも、こういうことはあったの？」

「ポンプをここまで稼働させたことはなかったからな。はじめての現象だ」ウィリアムがいった。

「QL、もしいま安定化エネルギーの供給をとめてしまったら、セルはどうなる？」

「推測できません」QLが答えた。おなじような質問をくりかえしても、にべもない答えが返ってくるだけで、ウィリアムのいらだちはつのる一方だった。

「たしか前に、この状態はセル内の未来の事象を反映している可能性がある、といっていましたよね」わたしはウィリアムにいった。「あれはどういうことだったんです？」

「ほかになにも思いつかなかったんだ」とウィリアムはいった。「いまでもそうだが。QLはその可能性を否定も肯定もしないんだ」

「ええ、でも、どういう意味だったんです？　どうしてこういうことになるんです？」

「セル内が、いままでのところ解明不能のなんらかの状態になると、時間の逆流がおきて、過去、つまりわれわれの現在に影響をおよぼすのではないか、ということなんだが」

「なんだかすごく純理論的な話みたいね」ロウが感想を漏らした。

「純理論なんてものじゃない。どうしようもない月面の塵みたいなものだよ」ウィリアムはいった。

「しかし、そうとでも考えないと、まるっきりお手あげなんだ」

「こういう変化がおきるときの時間間隔に相関関係はあるの？」ロウがたずねた。

「ああ」ウィリアムは、いらだたしげにためいきをつきながら答えた。

「オーケイ。だったら、ゼロ達成予定時を変えればいいのよ」

ウィリアムは眉をあげ口をぽかんとあけて、研究室の反対側にいる妻のほうを見た。長い顔がいっそう長くなって、まるで猿のようだった。「なんだって？」

「機械をリセットするの。ゼロ達成時を早めるか遅らせるかするのよ。そして二度ともとにもどさないようにするの」

ウィリアムは、これ以上ないくらい皮肉っぽい、あわれむような笑顔を浮かべた。「ロウ、きみって人はまったく、わたしよりいかれてるよ」

「やってみて」ロウはいった。

彼はぶつぶついいながらも、ロウにいわれたとおり、機器類の設定時間を五分遅らせた。ラムダ相の反転はおわり、五分後にまたはじまった。

「まいったな」と彼はつぶやいた。「怖くてもう、さわれないじゃないか」

「さわらないほうがいいわよ」ロウがにっこりしながら、いった。「前のときはどんなだったの？」

「継続的だった。中断はなかった」

「ほら、まちがいなくうまくいくわよ。これは結果が先にでてるってことよ、もしそういうことが量子論理では可能なんだとしたら」

「QL？」ウィリアムは思考体に問いかけた。

「時間反転状況は、メッセージが伝達されない場合のみ、おこりえます」と思考体はいった。「あなたは実験成功の確証をえることを要求しています」

「成功といったって、なんの成功なんだ？」ウィリアムはいった。「メッセージはまったくあいまいだし……。いまのこの状態は、われわれの実験がこれからひきおこすなにかが現在に影響をおよぼして生じているわけだが、そのなにかの正体がつかめないんだからな」

「このろくでもないポンプが動いていると、頭がくらくらして、なにも考えられませんよ」とわたしはいった。

「セルに完全に同調するまで待つしかないぞ」ウィリアムは、わたしが不快な思いをしているのをおもしろがるような口調で警告して、歯がまる見えになるほど大きくにやりとした。そして最後の準備にはいり、必要もないのにわたしたちにむかって数字や設定状況を読みあげていった。わたしたちはウィリアムの士気高揚のために、とりあえず声をそろえて復唱した。ここから先、実験はＱＬの制御ですべて自動的におこなわれるのだ。

「反転は数分後におわると思う」磨きぬかれた〈空洞〉の横に立ったウィリアムがいった。「量子の知らせ、とでも呼んでくれたまえ」

数分後、ＱＬがふたたび反転が終了したことを告げた。ウィリアムは満足そうにうなずいて、わたしたちを煙《けむ》にまいた。「ミッコ、われわれは科学者ではない」たのしそうにウィリアムはいった。「魔術師だ。神よわれらをすくいたまえ」

いくつもの時計が、静かにそれぞれの数字をきざんでいった。ウィリアムは橋をつかつかと歩いて、小さな六角レンチで右手にあるポンプを最終調整した。「幸運を祈ってくれ」

「いよいよなの？」ロウがたずねた。

「あと二十秒でポンプをセルに同調させて、そのあと磁場を切る……」

「幸運を祈るわ」ロウがいった。ウィリアムは彼女に背をむけ、またふりかえって両手を大きくひろげると、ロウをしっかりと抱きしめた。顔が熱っぽく輝き、いかにもうれしそうで、まるで子供のようだった。

彼がポンプを同調させると同時に、わたしは歯を食いしばった。感覚刺激はこれまでの三倍になった。まるで身体じゅうの長い骨がフルートになって、メロディのない量子の音楽をキンキンかなでているようだった。ロウは目を閉じて、「ああ、ぞっとする」とうめいた。

「うるわしい音楽じゃないか」ウィリアムは、ハエでも追いはらうかのように頭をふりながら、いった。「さあ、いくぞ」彼は指を立ててカウントをとった。「磁場……オフ」研究室の主制御盤に、小さなグリーンのライトが点滅しだした。ＱＬの信号だ。

「未知の相反転。ラムダ相反転」ＱＬが報告した。

「くそっ、いいかげんにしろよ！」ウィリアムは足を踏みならして金切り声をあげた。

その叫び声と同時に、頭上からやはり足踏みするような音が四回、轟いた。上の階に住む巨人が共鳴をおこしやすい床の上でとびはねたような音だった。ウィリアムは、自分の怒りに応えたかのような音にびっくりして、片足を宙でとめてしまった。顔には、いらだちをとおりこして、歓喜を待ちうけるかのような表情が浮かんでいた——よおし、くるならこい、こい、こい、こい、次はなんだ？

ロウのスレートが小声で用事があることを伝えた。わたしのスレートもチャイム音を響かせた。ウィリアムはスレートを携帯していなかった。

「緊急事態です」ふたつのスレートが同時に告げた。「緊急時予備電力供給中です」あかりが薄暗くなって、研究室に警報が鳴り響いた。「本ステーションに電力を供給している発電機が爆発しました」

ロウは目を見ひらき、口を真一文字に結んで、わたしを見た。

スレートは人工的な声をそろえて、あくまでも平静に報告をつづけた。「〈氷穴〉空隙上部の設備に、放熱器を含め、かなりの被害がでています」この情報は、ステーションじゅうに設置された自動警備装置から流されていた。ステーションじゅうのすべてのスレートが、そして居住窟や通路の全緊急連絡システムが、おなじ情報をくりかえしているにちがいない。

ふいに、人間の声が割ってはいった。だれかはわからなかったが、たぶんステーションの警備担当者だろう。自動警備装置は、つねにだれかがモニターしている——機械の陰に人間がいるのだ。「ウィリアム、だいじょうぶですか？　ほかにだれかいますか？」

「ミッキーとわたしもウィリアムといっしょよ。みんな、無事です」ロウがいった。

「シャトルが溝に爆弾を投下したんです。ウィリアム、あなたの放熱器がやられてしまいました。ステーションの発電機も全滅です。〈氷穴〉の電力消費がいつもよりずっと多くなっているので——もしかして、と心配になりまして——」

「そんなはずはない」とウィリアムがいった。

「ウィリアムが、電力消費がふえているはずはない、といってるわ」ロウが、だれとも知れない警備担当者に伝えた。

「だが、たしかにそのとおりだな」計器をふりかえったウィリアムがいった。

「全セル内、ラムダ相反転下降」QLが告げた。

「——みなさんになにかあったのではないかと思いましてね」QLの声にかぶさって、警備担当者の声が流れた。

「わたしたちはだいじょうぶだ」とわたしはいった。

「しかし、そこはでたほうがいいですよ。空隙がどの程度のダメージをうけているかわかりませんし、もし——」

「外にでよう」上を見あげながら、わたしはいった。

岩の塊や塵が頭上のネットにゆっくりと落ちていくのが見えた。ネットはさかさまになったクラゲのかさのように波打っていた。

「全セル内のラムダ相反転終了」QLがいった。

「待て——」ウィリアムがいった。

わたしは、橋の上の、〈空洞〉と無秩序化ポンプのあいだに立っていた。冷却装置は精緻な支持機構に支えられて微動だにせず、さがっている。ロウは研究室の入口に立ち、ウィリアムは〈空洞〉のそばにいた。

「ゼロ達成」QLが告げた。

ロウがわたしのほうを見た。わたしはなにかいおうとしたが、のどがつかえて声がでなかった。あたりの照明がいっせいに暗くなった。

遠くで、ふたつのスレートの声がした。「避難してください……」

わたしはむきを変えて外へでようと、ポンプのあいだを何歩か進んだ。そのおかげで、命拾いした……少なくとも、わたしがいま、このような状態でここにいられるのは、そのおかげだ。

ポンプの被甲がグリーンの蛍光色に光って消え、スパゲティのようにぐるぐるまきになったワイヤやケーブル、卵形の包みのようなものがむきだしになった。まばゆいグリーンの光で目がちかちかした。その光は、空隙の壁から押しよせるねばっこい波と呼応しているように見えた。なにか落下物が頭にあたって、そのせいでこんなものが見えるのだろうと思ったが、痛みはまったくなく、ただ、頭から足まで長くひきのばされたような感覚だけがあった。橋の上で〈氷穴〉の出入口をむいている形になっていたので、ロウもウィリアムも見えなかった。声もきこえなかった。くるりとむきを変えようとすると、わたしの存在がばらばらになって、またひとつにあわさったような気がした。わたしは本能的に動くのをやめて、すべてがまともにおさまるのを待った。

橋の手すりをにぎっているほうの手に精神を集中するのが精一杯だった。その手から黒っぽいリボンが流れでて、まがりくねりながら橋の上に落ちていった。まばたきすると、まぶたがあがったりさがったりするたびに、分離して、またひとつにあわさる感じがした。理性よりも深い恐れに支配されて、あらゆる動きをとめてじっとしていたが、そのうち血と心臓の鼓動がわたしを内側からばらばらにしてしまいそうな気がしてきた。

ついに耐えきれず、わたしはゆっくりとむきを変えた。あたりは深い静寂につつまれ、わたしの靴が橋をこする音と、むきを変えるにつれて身体が分離したり、あわさったりするときのシューッという音――蛇が舌をだすときのような音――だけがきこえていた。

ここから先の話は、客観的真実は含まぬものと思っていただきたい。なにがあったにせよ、わたしの精神はともかく、感覚はその事象の影響をうけて、いっさいの客観性を失っていたのだから。

〈空洞〉は、卵のようにひびだらけになっていた。ロウが〈空洞〉と研究室のあいだに立っているのが見えた。ふりむこうとした途中だったのか、わたしのやや左のほうをむいたまま、まったく動かなかった。どこか現実離れしている感じだった。彼女から反射してくる光はいつもの光ではなく、わたしの目ではとらえきれなかった。光が変化したせいだったのか、わたしの目が変化したせいだったのか、いまだにわからない。さらに、彼女からは、彼女の存在を伝える情報のようなものがでていた——放射されていた、といういい方は誤解をまねきそうで適切ではないと思うが、それがいちばん近い表現かもしれない。こんな経験は生まれてはじめてだった。わたしが見ているうちに、ロウの脱《ぬ》け殻ができて、ロウが減少していったのだ。あれはおそらく彼女の身体を構成している情報だったのではないかと思う。その情報が、それまでは存在しなかった新種の空間をとおって浸出《しんしゅつ》しようとしていたのではないだろうか。空間が結晶化して、情報の超伝導体になっていたのではないだろうか。存在のエッセンスが流れでていくにしたがって、ロウは非物質化、非現実化していき、ぬるま湯にいれた角砂糖のように溶けていった。

　彼女の名を呼ぼうとしたが、声をだすことができなかった。ねばっこいゼラチン質のものに閉じこめられたような感じだった。動こうとするたびにそいつがちくちくと肌を刺したが、見たところ、わたしはロウのように溶けだしてはいなかった。少なくとも、その危険だけは免《まぬが》れているようだった。

　ウィリアムはロウのうしろに立っていて、彼女が消えていくにつれて、はっきりと見えてきた。彼はロウよりも〈空洞〉から遠い位置にいた。そのせいで、ロウほどの影響は——どんな影響だかわからないが——うけなかったのだ。しかし、彼からもまた、すぐにエッセンスが——素粒子それぞれの位置と量子状態をほかの素粒子に伝える秘められた音楽、この瞬間から次の瞬間へとうつるあいだ、わたしたちをひとつの形、ひとつの状態にたもっておいてくれる音楽——が流れだしてきた。ウィリアムはなんとかして研究室のなかへもどろうとしていたようだったが、その動きはエッセンスの流出を早めただけだった。彼は動きをとめ、こんどはロウのほうへ手をのばそうとした。一生懸命なその顔は、必死に虎をおどそうとする子供のようだった。

ウィリアムの手が、ロウをとおりぬけた。

その瞬間、それまでとはちがうものが姉から逃げていくのを、わたしは見た。それがどのようなものだったか述べる前に、お詫びしておきたいのだが、わたしは人間の存在を神秘的に解釈するむきに多少なりとも希望をあたえるつもりも、勇気づけるつもりもない。なぜなら、前述したとおり、わたしが見たものは客観的事実ではなく、幻覚のなせるわざだったかもしれないからだ。

しかし、わたしは見たのだ。姉の似姿が、ふたつ、そして三つと、橋の上に立っているのを。三つめのはだいたいの形をたもっているだけの雲のようなもので、どうにかわたしのほうへ近づいてくると、すうっとのばした手でわたしに触れた。

ミッコ、だいじょうぶ？　耳でなく、頭のなかできこえたような気がした。動かないで。おねがいだから動かないで。あなた、まるで……

突然、わたしは姉の視点でわたし自身を見ていた。姉の体験が浸出して、わたしのなかにはいってきたのだ。超伝導媒体のなかで消えていこうとする姉自身の体験のようだった。

雲はわたしをとおりぬけ、なにか未知の伝播《でんぱ》の慣性のようなもので、橋の手すりをぬけ、そのむこうの空間へと運ばれ、雨のように落ちていった。

わたしもおなじように消えてしまうのだろうか？　ロウとウィリアムのほかの像は、もう研究室を背景にした霞《かすみ》のようにぼやけていて、研究室自体も、ぼうっとにじみながら流れるようなまきひげとなって散りはじめていた。

奇妙なことに、銅の試料――わたしは、ＱＬが告げたケルビン零度という新状態になったこの試料こそが、すべての原因ではないかと思うのだが——がはいった〈空洞〉は、一面にこまかいひびがはいっているにもかかわらず、周囲のなにものよりもしっかりと安定しているように見えた。

まわりのものすべてがより非現実的、非物質的になってきたにもかかわらず、わたしの分離度がそれほどではなかったのは、無秩序化ポンプのあいだにいたせいだと思う——が、これはわたしの推測にすぎないことをくりかえしておく。

橋がたわんで、がくっと沈みこんだ。まるでゴムシートの上に立っているようだった。わたしは軽業《かるわざ》まがいの動きで、両手で手すりをつかんだが、身体はどんどん下へ落ちていった。下には頭を収納するためにつくられた部屋があった。上にはいあがろうとしたが、足がかりが見つからなかった。

そのまま落ちつづけ、ついに橋とわたしの足が実際に下の部屋の天井を突きぬけてしまった。鋭い痛みが槍のように両足を貫き、骨をけずって腰にまで達した。ほかにつかめるものはないか、なんとかこれ以上落ちるのをとめるすべはないかと上を見あげると、空隙の中心で、研究室が霧をしたたらせながらゆるゆると回転していた。ロウとウィリアムの姿はもう見えなかった。

ひどく冷たい感触がわたしをつつみ、やがて消えた。冷却装置がわたしのまわりを音もなく落ちていき、下の部屋を突きぬけた。空隙の底には青く冷たい液体が満ちていて、ゆっくりとしぶきがあがり、わたしの身体を洗った。

ここから先は、譫妄《せんもう》状態にある者のうわごと以外のなにものでもないと重々承知した上で、述べさせていただく。いまだかつてだれひとり直面したことのない状況から本能で危険をかぎとることができるのは、どういうわけなのだろうか？　わたしは得体の知れない液体がかかったことをひどくおぞましく感じて、強烈な嫌悪感のあまり、両手でつかんだ手すりを薄いアルミ板のようにひしゃげさせてしまった。だがわたしは、その液体が冷却装置からでた液化ガスではないことを知っていた——わたしは凍ってしまうことを恐れていたわけではなかったのだ。

両足をぬかるみからひきあげ、片足を支柱にかけて、身体を一メートルばかりもちあげた。それでもわさわさと揺れる池からのがれられず、液体が身体にしみこんできた。わたしのものではない感覚、記憶が、わたしのなかに満ちてきた。死者からの記憶だった。ぜんぶで四百十の頭から、変質し、結晶化した時空を伝わって、かれらの思考パターンや記憶が漏れてきたのだ。物質ではないもの——いかなる人も出会ったことのないもの——でできたどろりとした湖に、情報が沈んでいった。なにかのエッセンスか冷えたビールのような湖に。

その記憶のうちいくつかは、いまだに残っている。ほとんどは、だれのものかも、どんな状況なのかもわからず、ただいろいろなものが見え、声がきこえるだけだ。わたしが知っているはずのない地球の情景を記憶していたりもする。こうした記憶を事実と照合したことはない。これまで、この話を人にしたこともない。理由はひとつ——もしわたしがこうした記憶を容《い》れた杯《さかずき》であるなら、それがわたしを変えてしまっているのではないかと思うからだ。あの〈静寂〉にひたった最初の数瞬間に、わたし自身の記憶が流れでて、こうした記憶といれかわってしまったのではないかと思うからだ。このことを確認するつもりは毛頭《もうとう》ない。

とくに記録しておかねばならないと思う記憶が、ひとつある。もっとも不穏なものだし、たしかにそうだと証明できるわけでもないが、やはり述べておかねばなるまいと思う。出どころはキモン・ティエリーその人だ。特徴が、フィオナ・タスク＝フェルダーに見せたテープの翻訳された声や視覚記憶のものと一致するから、まずまちがいはない。

あの青く、冷たく、おぞましい池のなかで、ティエリーが死のまぎわに考えたことがわたしにしみこんでしまったのだ、とわたしは信じている。わたしはこの記憶を嫌悪してやまない。彼を嫌悪してやまない。

他人の邪心のなかにある不誠実さや邪悪さ、あこぎさを想像することはできる。深く確信することもできる。しかし、それを事実として知ることは、あってはならないことだ。人間だれひとりとして経験すべきではないことだ。

キモン・ティエリーが最後に考えたことは、自分を待ちうける輝かしい旅でも、より高位の存在への変容でもなかった。彼は天罰を恐れていた。記憶が途絶《とだ》える直前の最後の瞬間、彼は自分が嘘をついてきたことを自覚していた。その嘘を多くの人に信じこませ、個人としての成長と自由を制限してきたことを自覚していた。そして、日曜学校で教わった地獄へ落ちることを恐れていた……。

彼はそれとはちがうレベルの嘘も恐れていた。過去の嘘つきどもが敵を罰し、おのれのちっぽけな存在を正当化するためにつくりだした嘘だ。

記憶は唐突に途切れている。おそらくその瞬間が、彼の死、記録された記憶の終点、あらゆる肉体的変質の終焉なのだろう。この点にかんしては、わたしのなかにはなんの印象も残されていない。

わたしはあの忌まわしい池から支柱を伝ってはいあがり、もっと頑丈な鉄材を見つけた。もとは〈空洞〉のむこう側にあったもので、頑丈ではあったが、その頑丈さも形も、急速に失われていこうとしていた。わたしはただただ恐ろしくて、ほかのことはなにも考えられず、昆虫のように鉄材をはいあがって、なんとか二十メートル上の出口のところまでたどりついた。あたりはしんと静まりかえっていた。爆撃から、おそらく三分くらいしかたっていなかったと思うが、〈氷穴〉内で時間というものが機能していたのかどうかもさだかではなかった。ウィリアムがひいた白線を這ってこえたところへ、何人かが救助にかけつけてくれた。あとのふたりを助けになかへはいろうとする人々を、わたしはとめた。みんな、くわしい説明はきかなくとも、わたしの状態を見ただけで事態を察したようだった。

わたしは首から下の肌全体、深さ〇・五センチまでのところを失っていた。髪の毛もなくなっていた。まさに超低温の気体を吹きかけられたのとおなじ状態だった。

わたしはイン・シティ病院に収容され、二ヵ月間、夢も見ず、ほぼ仮死状態で、治療液にひたされていた。治療液には皮膚細胞や筋肉細胞、骨細胞がはいっており、外科用ナノマシンに誘導されて移動しながら、肌を修復していた。二ヵ月たって目がさめたとき、わたしはまだ〈氷穴〉にいるような気がしていた。あらゆる感情を失ってしまったかのように、ひとかけらの恐怖心もなく、スポンジに水が吸いこまれるごとく球形の空隙にしみこんでいく池に浮かんで、ゆっくりと穏やかに、〈静寂〉に溶けていく――そんな錯覚にとらわれていた。

自分がだれでどこにいるのか、はっきり把握できるようになったころ、トーマスが病室をおとずれた。トーマスはわたしが寝かされている揺籃《ようらん》のかたわらに腰をおろしてほほえんだが、肌が青白く、目はどんよりとして、死人のようだった。

「わたしの落ち度だよ、ミッキー」と彼はいった。

「わたしたちの落ち度ですよ」わたしはしゃがれた、ささやくような声でいった。どうがんばっても、それ以上大きな声はだせなかった。身体全体が角氷で覆われているような感じだった。わたしの存在がそっくり黒い天井に吸いあげられて、そのまま宇宙へでていってしまうような気がした。

「脱出できたのは、きみだけだった」トーマスがいった。「ウィリアムとロウは逃げられなかったよ」

そうだろうとは思っていたが、はっきりそうきくと、心が痛んだ。

トーマスは揺籃を見おろし、ふしくれだった青白い手で架台のフレームをなぞった。「ミッキー、きみは全快するそうだ。わたしよりうまくやってくれるだろう。わたしは総裁を辞任したよ」

目が合うと、彼の口元に一瞬、皮肉な、自己批判めいた笑みが小さく浮かんで消えた。「政治の極意は、危難をさけることにあり、だ。敵をも含めて、あらゆる人々の利益となるよう、困難な事態をうまく処理する。人々が、なにがいいことなのかわかっていようといまいとな。そうだろ、ミッキー？」

「そうですね」しゃがれ声で、わたしは答えた。

「わたしがきみにやらせたことは……」

「やりましたよ」わたしはいった。

彼はそれだけは認めた。共犯であることは認めたが、それ以上はなにもいってくれなかった。「ミッキー、あの話はあっというまにひろがった。かれらには相当、こたえたようだ。自分たちで考えている以上にな。自業自得だ」

「爆弾を落としたのはだれなんです？」

彼は首をふった。「それはどうでもいいことだ。証拠はないし、逮捕者もいない、有罪判決もない」

「だれも見なかったんですか？」

「一発めで月面のいちばん近場にあった警備装置をやられてしまったから、見た者はいない。低高度シャトルだったようで、調査チームが外へでたときには、敵は何百キロも彼方だった」

「逮捕者なしですか……議長はどうなるんです？　だれが彼女につけを払わせるんです？」

「ミッキー、彼女が命令したかどうかはわからないんだ。それに、彼女はきみとわたしとで徹底的に粉砕したよ。彼女はもう議長ではない」

「辞任したんですか？」

トーマスは首を横にふった。「フィオナは爆撃の四日後にエアロックからでていった。スーツなしでな」彼は指で手の甲をさすっていた。「それはわたしの責任だろうと思っている」

「あなただけじゃありませんよ」とわたしはいった。

「まあ、いい」と彼はいった。それでおしまいだった。彼が帰ったあと、わたしはさまざまな考えにふけり、なんどもなんども、くりかえし自分にいいきかせた——

ウィリアムとロウは脱出できなかった。

あの池のことをおぼえているのはわたしだけだ。

ふたりは死んでいるのか、それとも〈氷穴〉で溶けて、あの不可解な池に浮かんでいるのか、その上の空間でこだましているのか、わたしにはわからない。あの四百十の頭が前よりも死から遠ざかった状態になっているのかどうか、それもわからない。


説明義務という問題がある。

わたしは忍耐の限界ぎりぎりまで執拗な尋問をうけたが、告発はされなかった。爆撃は、フィオナ・タスク＝フェルダー自身——そうでないとしたら地球——からの指示でおこなわれたのではないかという疑惑はだれの目にもあきらかだったが、けっきょく、正式な告発という形をとることはなかった。どの結束集団も、この忌まわしい異常事態を早く忘れて正常な状態にもどりたいとねがっていたのだ。

しかし、トーマスのいったことは正しかった。あの話は隅々までひろまり、伝説となった——ティエリーが頭を切りとらせ、冷凍させていたこと、それは自ら築きあげた宗旨にあきらかに反する背教行為であること、どのような姿にしろ彼が帰ってくることをよろこばず、暴挙にでた信者たちのこと。

それから数十年、伝説は、裁判で有罪判決がおりていてもこうはなるまいと思うほど、彼の創始した宗教にダメージをあたえた。真実は、伝説ほど強力な告発者たりえない。専横政治も数々の大嘘も、伝説には太刀打ちできないのだ。

タスク＝フェルダーは二十年前、構成員の過半数が、信教のいかんをとわず新規移住者に門戸をひらくことに賛成し、純粋なロゴロジー信者の集団ではなくなった。地球とのつながりも絶たれた。

わたしは傷も癒《い》え、年をとり、月の政治を正すために働き、結婚し、サンドヴァル家系の繁栄に貢献すべく子供をもうけた。顧みるに、わたしは家系と月への義務をはたし、恥じることはなにひとつないと思う。月の政治も憲法も変わった。だれにとっても理想のものとはいいがたいが、大多数にうけいれられ、危機に強い、ともに生きていける程度のものにはなった。わたしはそのすべてを見まもってきた。

しかし、あの恐怖の何分間かにわたしが知りえたこと、体験したことの一部始終を明かすのは、今回がはじめてだ。〈静寂〉でのできごとは、もしかしたらわたし自身をもあざむく嘘なのかもしれない。苦痛と危険のなかで空想した自己正当化の物語、わたしなりの復讐の物語なのかもしれない。

ロウとウィリアムには、いまだに会いたくてならない。これを書いていても、ふたりを懐かしむあまり、スレートをわきに押しやってあれこれ思いおこしては、ひとしきり深い悲しみに沈み、そのあとでやっとまた書きはじめるというありさまだ。悲しみは消えない。真珠のように、時とともに層を重ねていくばかりだ。

ウィリアムのなしとげたことは、いまだに再現されないままだ。そのことからしても、もしあの爆撃がなかったら、やはり失敗におわっていたのではないかと思えてならない。あのときは、ウィリアムの才能と頑固なＱＬの手引きと予想外の機器の破損がむすびついて、セレンディピティとでもいおうか思わぬことをなしとげるふしぎな力が生じ、実験成功につながったのではないだろうか。あれを成功と呼ぶならば、の話だが。

わたしはおりにふれて、封鎖された〈氷穴〉の入口に足を運ぶ。これを書きはじめる前にもいってきた。途中に警備員が詰めている哨舎《しょうしゃ》があって、そのときもひとりが張り番に立っていた——前述の事件のあとに生まれた若い娘だった。サンドヴァルBMの総裁として、また謎の事件の関係者として、わたしはこの自由を許されているのだ。白線のむこうには、調査に使われた機器が雑然と置かれている。調査は何十回もおこなわれたが、なにひとつ実らなかった。

わたしはあそこへいっては、祈り、合理主義にそむく感興《かんきょう》にひたり、わたしの言葉が、白線の彼方の、変換された物質や情報にとどくようにとねがっている。ティエリーが多くの人にたいして罪を犯したとおなじく、わたしはフィオナ・タスク＝フェルダーにたいして罪を犯したという意識とは、なんとか折り合いをつけたいと思うのだが……

いまも割り切れないままだ。

人にはわかるまいと思うし、自分自身、理解しかねるのだが、わたしが死んだら、姉やウィリアムといっしょの〈氷穴〉にいれてほしい。神よ許したまえ、ティエリーやロバートやエミリアや、ほかの頭たちといっしょの〈氷穴〉に……。〈静寂〉のなかに。

解説

SF翻訳業　山岸　真

本書は、二〇二二年十一月に亡くなったアメリカSF界の重鎮、グレッグ・ベアの代表的なノヴェラ二作、「鏖戦《おうせん》」と「凍月《いてづき》」を一冊にまとめたものである。いずれも三、四十年前に発表された作品だがいまもまったく古びることのない、最上級の傑作SFだ。

ベアの新刊が日本で出るのは十年以上ぶりになるので、まず作者のプロフィールをかんたんに紹介しておこう。

グレッグ・ベアは一九五一年、カリフォルニア州サンディエゴ生まれ。父が軍人だった関係で、日本、フィリピン、アラスカ、合衆国本土の各地を移り住んで育った。日本では横須賀に二、三歳のころ住んでいたという。

十五歳でセミプロジンに短篇を売ってデビュー。これは当時のアメリカSF界で若くして作品を売った記録の二位タイだった。七〇年代半ばからコンスタントに短篇を発表し、七九年に第一長篇を上梓。

八二年に発表した「ペトラ」がネビュラ賞ショート・ストーリー部門候補になったのに続いて、八三年発表の二作品、「鏖戦」がネビュラ賞ノヴェラ部門、"Blood Music"がネビュラ賞とヒューゴー賞のノヴェレット部門を受賞。同時期のアメリカのSF各賞で候補になっていた（何人かは受賞もした）ウィリアム・ギブスン、コニー・ウィリス、ブルース・スターリング、キム・スタンリー・ロビンスン、デイヴィッド・ブリン、ルーシャス・シェパード、マイクル・スワンウィックなどの俊英たちとともに、八〇年代（以降の）SFの第一線に立つ作家の地位を確立した。

その後も「タンジェント」（八六年）でネビュラ賞とヒューゴー賞のショート・ストーリー部門、『火星転移』（九三年。以下特記のないベアの長篇の邦訳はハヤカワ文庫SF）と『ダーウィンの使者』（九九年。ヴィレッジブックス）でネビュラ賞長篇部門を受賞。ちなみに現時点でネビュラ賞の小説四部門（長篇、ノヴェラ、ノヴェレット、ショート・ストーリー）をすべて受賞しているのは、ベアとコニー・ウィリスのふたりだけである。

長篇では、先端テクノロジーや科学理論を取り入れつつ空想科学の翼を広げた、壮大なスケールと巨視的な視点を持つ本格SFをメインに発表。おもな作品に、『ブラッド・ミュージック』（八五年）、『永劫』（同）、『女王天使』（九〇年）、先述の『火星転移』と『ダーウィンの使者』など。一方、短篇を含めてファンタジーやホラーも手がけた。

作家としてだけでなく、二十代のころはアーティストとしても活動し、一九七〇年以降毎年開催されている一大イベント、サンディエゴ・コミコンの立ち上げにも関わった。

「**鏖戦**」は、悠久の時の流れを百ページあまりの高密度で描いて無常観すら漂わせる、作者が自身の最高傑作と呼んだ作品。

舞台は超遠未来。容姿も社会体制も大きく変容した人類は、銀河系と同じくらい古い歴史を持つ異星種族セネクシと、果てしない戦いを続けている。〈メドゥーサ〉と呼ばれる原始星群をめぐる巡航艦《混淆《メランジー》》で、敵の抹殺だけを教えられて育った少女プルーフラックスにも、戦場に身を投じるときが訪れるが……。

本作が〈アイザック・アシモフズ・サイエンス・フィクション・マガジン〉の八三年二月号に発表されたとき、見開きタイトルページにこんな空前絶後の〝惹句〟が載っていた。

「作者紹介の前に警告を。あなたが読もうとしている作品は、これまで本誌に載ったどんな作品とも違います。難解です——就寝前にさっと読める代物ではありません。けれどもこれは、とても読み甲斐のある作品です。読むのにかけた時間と労力を、あなたが後悔することはないでしょう」

もちろんこれは、本作に対する編集部の熱狂のなせる業であり、後悔することはないという言葉にも嘘はない。ここでいう難解さとは、造語や固有名詞が最小限の説明で（あるいは説明抜きに）飛び交う文体や、構成の複雑さを指す。だがその〝難解さ〟はそのまま、ほかに類のないこの作品最大の魅力であり、読み進むうちに目も眩むようなヴィジョンがひらけたときの感動は、筆舌に尽くしがたいものがある。さらにそこから、結末の茫然とするような余韻へ……。

本作はネビュラ賞ノヴェラ部門を受賞したほか、ヒューゴー賞同部門でも二位となり、ふたつの年刊SF傑作選に収録された。日本では〈SFマガジン〉創刊四百号記念特大号（九〇年十月号）の巻末を飾り、小川隆・山岸真編『80年代SF傑作選』（ハヤカワ文庫SF、九二年）に収録された。

個人的には、中短篇のオールタイム・ベストで五指に入るSFであり、ノヴェラに絞ればこれが一位だと思っている。

「凍月」はノヴェラというより、ショート・ノベルの分量がある作品。

二十二世紀前半。月の地下に広がる天然の空洞では、絶対零度を達成する世紀の実験が進行中だった。ところが、強力な冷却能力を持つこの施設に、百年以上も地球で冷凍保存されていた四百十人の人体（ただし頭部だけ）が運びこまれることになる。本作では、それが二百万人の暮らす月社会に引き起こす思いがけない波紋と、そのまっただ中で翻弄される二十歳そこそこの青年、ミッキー（ミッコ）・サンドヴァルの成長が語られる。

本作は、九〇年にイギリスの〈インターゾーン〉誌の七月号と八月号に分載されたのち、イギリスのLegend社から単行本として同年出版され、ローカス賞ノヴェラ部門で僅差の二位を獲得。日本では〈SFマガジン〉九六年二月号に一挙訳載されて、〈SFマガジン〉読者賞と星雲賞をダブル受賞。九八年に単独でハヤカワ文庫SFから刊行され、「魅力的なアイデアをコンパクトにまとめていて密度の濃い作品となっている」（渡辺英樹、〈SFマガジン〉）、「ミステリ的な謎を焦点に緊密なサスペンスを最後まで保ちつづける」（大森望、〈本の雑誌〉）と再度高く評価された。

本作のSF的な読みどころは数多いが、スペースの都合で二、三点のみに触れておく。

作者によれば、本作中の量子《Q》論理《L》思考体《シンカー》は、SFで量子コンピュータの可能性を最初に示唆した例だという。なお、QL思考体が登場するベアの作品には『女王天使』『斜線都市』「凍月」『火星転移』があり、この順で未来史を構成している。いずれも独立した作品として楽しめるが、本作の約半世紀後が舞台の『火星転移』では、物語後半の展開に本作の結末が大きく関わってくる。

頭部の冷凍保存については、人体冷凍保存《クライオニクス》の研究と実行を目的として一九七二年に設立され、八〇年代後半から大きく注目されたアルコー延命財団がモデルになっている。この財団にはのちに、SF作家・編集者・評論家のチャールズ・プラットが深く関わった。また二〇〇九年に元施設役員のラリー・ジョンソンが、管理体制のずさんさなどを告発した『人体冷凍　不死販売財団の恐怖』（スコット・バルディガとの共著。講談社）を出している。

モデルといえば、作中の新興宗教にもモデルがある。一九四〇年代にSFなどを発表したL・ロン・ハバードが、五〇年代に入るころに〝精神科学に基づく〟と称する心理療法ダイアネティクスを発案した。やがてそこに、「人類は何億年も前の異星人の輪廻転生である」という〝教え〟を加えて、ハバードは自らを教祖とする擬似宗教サイエントロジー教会を設立し、多くの信者を獲得していく。ハバードは八六年に没したが（その数年前から死亡説が流れていた）、八五年には〝L・ロン・ハバード提供〟と冠のついた「未来の作家」コンテストというSF・ファンタジーの新人賞がはじまって（数年遅れでアーティスト部門も開始）、ジャンルのトップクラスの作家らを審査員に現在まで続いている。しかし、サイエントロジー教会は脱税容疑で捜査されたとき、政府機関から関係書類を盗もうとして逮捕者を出すなどしたことがあり、コンテストはそれに対するイメージ回復策だ、という批判がSF界には根強い。——このくらいで、本作のロゴロジー教会との関連は明らかだろう。

本書には諸般の事情で収録されなかったが、ハヤカワ文庫SF版『凍月』には作者が序文を書き下ろしていて、のちにアメリカで著者の（ほぼ）全短篇集成が出たときには、「凍月」のあとがきとして収録された。その中でベアは（以下引用部分は小野田和子訳）、『凍月』では、ふたつの非常にアメリカ的なひねくれた心理にたいして、怒りをぶちまけてみた。」と書いている。

その対象のひとつがサイエントロジーで、「そしてもうひとつは、多くのアメリカ人がもつ中央政府にたいする、というよりむしろ、ありとあらゆる管理体制にたいする嫌悪感だ。」

ベアにそれを嫌というほど実感させたのは、アメリカSF&ファンタジー作家協会（SFWA）で七年にわたって運営に携わった経験（八八年から九〇年の二期は会長も務めた）だという。本作（と『火星転移』）で繰り返される「政治はばぶけ」というスローガンは、そのときのSFWA会員たちの態度から導かれたものだといえる。

そしてまた、ベアはこうも書いている。

「十九世紀、二十世紀文学の長所のひとつとして、とるに足らない人物、いわば弱者を強調した点があげられる。……政治力、経済力……の底辺にいるキャラクターに注目し、共感をよせている。……／しかしわたしは……自作では、共感をよせる中心的キャラクターに責任と権力を有する立場の人物を選ぶことがよくある。かれらもまた人間であり、内面の葛藤も弱者に負けず劣らず複雑なのだ。指導者の任務はダーティなものだ。が、だれかがやらなくてはならない」

本書刊行時点で日本で手に入る新刊のグレッグ・ベア作品は『ブラッド・ミュージック』（電子書籍あり）だけだが、今後、ハヤカワ文庫刊の既訳長篇の大部分と、日本オリジナル短篇集『タンジェント』が早川書房で順次、電子書籍化される予定だという。

本書と『ブラッド・ミュージック』もあわせて、現代ＳＦの最良の一面を体現したグレッグ・ベアの作品を、ぜひお楽しみください。

訳者略歴

酒井昭伸《さかいあきのぶ》

1956年生，早稲田大学政治経済学部卒　英米文学翻訳家　訳書『竜との舞踏』ジョージ・R・R・マーティン，『女王天使』グレッグ・ベア（以上早川書房刊）他多数

小野田和子《おのだかずこ》　青山学院大学文学部卒，英米文学翻訳家　訳書『プロジェクト・ヘイル・メアリー』アンディ・ウィアー，『火星転移』グレッグ・ベア（以上早川書房刊）他多数

鏖戦《おうせん》／凍月《いてづき》

2023年4月20日　初版印刷
2023年4月25日　初版発行

著　者　グレッグ・ベア
訳　者　酒井昭伸《さかいあきのぶ》・小野田和子《おのだかずこ》
発行者　早　川　　浩

発行所　株式会社　早川書房
東京都千代田区神田多町2－2
電話　03 - 3252 - 3111
振替　00160-3-47799
https://www.hayakawa-online.co.jp

印刷所　三松堂株式会社
製本所　大口製本印刷株式会社

定価はカバーに表示してあります
ISBN978-4-15-210226-3 C0097
Printed and bound in Japan
乱丁・落丁本は小社制作部宛お送り下さい。
送料小社負担にてお取りかえいたします。